诗酒趁年华

三百年的宋词王朝

刘应 / 著

团结出版社

图书在版编目（ＣＩＰ）数据

诗酒趁年华：三百年的宋词王朝 / 刘应著. -- 北
京：团结出版社, 2021.8
ISBN 978-7-5126-8687-8

Ⅰ. ①诗… Ⅱ. ①刘… Ⅲ. ①宋词－诗歌欣赏 Ⅳ.
①I207.23

中国版本图书馆 CIP 数据核字(2021)第 047790 号

出　版：团结出版社
　　　　（北京市东城区东皇城根南街 84 号　邮编：100006）
电　话：(010) 65228880　65244790　（出版社）
　　　　(010) 65238766　85113874　65133603（发行部）
　　　　(010) 65133603（邮购）
网　址：http://www.tjpress.com
E-mail：zb65244790@vip.163.com
　　　　tjcbsfxb@163.com（发行部邮购）
经　销：全国新华书店
印　装：三河市东方印刷有限公司

开　本：170mm×240mm　　16 开
印　张：19.25
字　数：261 千字
版　次：2021 年 8 月　第 1 版
印　次：2021 年 8 月　第 1 次印刷

书　号：978-7-5126-8687-8
定　价：58.00 元

自序

我为什么要写书

每个作家心里都明白，写作其实是跟自己过不去的劳累活儿。写一本书，最起码要认认真真阅读十本书以上；改一本书，最起码要修改打磨十次以上；出一本书，最起码也要碰壁十次以上。

2017年年底，我出版了第一本书，主题是故乡。拿到书后，奶奶叫我一字一句读给她听，当她听到我在书中描写她的情节时，立刻热泪盈眶，拉着我的手继续诉说她以前的故事。

让我印象最深刻的是，奶奶拿着我的书，在公园里给那些老爷爷、老奶奶看，当我得知她把我的第一本书与她的那些"宝贝"锁在一个古董箱子里，当读小学的堂弟跟我说要把它永久珍藏时，我便觉得写书有了一点意义。

出过几本书之后，"青年作家"开始成为我的身份标签。

这几年的时间里，我一直对唐宋时期的诗人和词人充满了兴趣，可是将历史上的记载与他们留下的诗词进行对照，有时候难以还原一个真实的人物形象。

因为有的诗人、词人只留下几首诗，便转身消失在历史的长河之中，就好像有的人在朋友圈发了一条动态之后，便不再更新了。

今年三月，当我认真写完《北宋第一流量"大 V"苏东坡与南宋第一"古惑仔"辛弃疾》这本书之后，瞬间对宋代的其他词人产生了兴趣，便开始着手写这本书，兴致勃勃地写到一半时，我和女友分手。加上家里发生了一些事情，让我措手不及、难以应付，调整了一段时间后，重新开始创作。码字的那段时间，我把自己关在房间里，白天处理家里的琐事、工作上的难事，晚上埋头读李煜、柳永，找苏轼、陆游，翻阅各种趣闻轶事、历史古籍。

每次写完一位词人，都为他们的故事而惋惜、感叹、震惊。在了解每位诗人、词人的基础上，我的生活仿佛多了一些诗意。

回想自己工作以来的经历，我才发现自己已经真正地踏入社会了，随之而来的一系列问题让我不得不慎重考虑和裁决，害怕自己即将变成年幼时所不悦的那种为了生活终日奔波劳碌的世俗之人。

我现在已经成了名副其实的上班族，工作与码字多少有些关系，但和文艺创作完全不一样。有时甚至会怀疑自己的决策是否正确，但确实是回不去了，只能勇敢地向前走去。

每个人都是独立的个体，却又难做到个体的独立。人不光是为了自己而活，也得为了别人而活，为别人活得越多，为自己活得就越少。很多时候，我们不得不为了生活而放弃自己的兴趣，说大一点，叫放弃梦想。

我上大学时，所读专业与写作完全不沾边，不知道听到过多少遍这样重复的话："有梦想是好事，但文学不好就业啊，你得先找一份工作养活你自己，稳定下来，再去追求你的梦想，写你的文章。"这话来自关心我的好友，乍一听觉得挺有道理，但等我真正地静下来反思，很多人本来是有梦想的，正是因为干了一份自己不喜欢的工作，消磨掉了自己的大部分时间，等到自己不再为生活到处奔波，再来追逐梦想时，兴趣也就所剩无几了。

在这个过程中，我极有可能会因为生活的压迫和名利的引诱，从对未来充满斗志的青年变成某个行业的裁决者，把原来仅有的那一点纯真的理想和品行消磨得一干二净，填满内心的是不安和自责。刚开始，我们都是充满斗志的理想青年，想象着自己有一天会成为某个行业的佼佼者，发誓一定要改造社会。但过了几年，发现社会实在复杂，个人意志力和生活压力相持不下，一直在平衡两者之间的关系，等到意志力被消磨，理想屈服于现实的时候，我们就不可能改造社会，而是被社会改造。

做自己喜欢的事情，无论多么辛苦都觉得有意义，做自己不喜欢的事情，无论多么清闲都提不起任何兴趣。我在偶然中翻出了以前写的那些文字，反复仔细地翻阅了几遍，觉得还是有一点可笑，但确实佩服自己年少的勇气，后来，远处求学，结交朋友，增长见识，才发现少年的梦想多么遥远。

一个作家的生活如果相当平常，没有什么波澜，那么这位作家是写不出来一篇好文章的，即便是编出来了也很费劲。每天都是重复性的操作：上班、下班、开会、读书、见客，一天就结束了，要是职业与写作相关的还好一些，职业和写作不沾边的就更为艰难了。平淡如水的生活很难有灵感，没有什么迫切的写作欲望。但也有例外，很多作者特别喜欢这种生活，平凡的生活和安静的环境能让自己的头脑清醒，所以，他们常常在深夜里构思和写作。

我算是例外中的例外，在安静和嘈杂的环境、平凡与波澜的生活中我都能写上一点的，只是很多时候写出的文章味同嚼蜡，像是在复制别的作家的风格。心情不好的时候难免要无病呻吟，有病呻吟的时候也会吼上几句，过段时间再来看看这些文章，第一感觉就是"写的什么玩意儿"！

我喜欢写散文，不会写小说，现在也写不了小说，之前试着写过几篇，自己都不愿意去读。一则我不喜欢虚构，二则写小说必须对人生、生活和人的揣摩相当透彻。诗歌就更写不了，没有诗性的思维，格律也极为讲究。我一直想象着，先写几年散文，再写几年诗歌，最后再去写小说。要是小说卖得好，改编成影视剧本，那我就赚大发了，作家的最终追求，不都是如此吗？

不过，写散文也不容易。很多人认为散文在于一个"散"字，信马由缰，收放自如，圆通灵活。散文容易写，但写得好却不易。有的散文读起来枯燥无味，单调窘迫。毫不客气地讲，我模仿过很多人的散文，写到现在都不知道是否形成了自己的风格。不像有的作家，比如鲁迅，他的文章，只要读上几句，大概就能猜到是他写的，辨认起来，一点也不含糊。

一转眼，工作已经多年，上了十几年的学，其实没学到什么知识，只是懂得了一些道理，能够明辨是非。十几年用过的教材装起来有几麻袋，高价买进来，低价卖给收废品的。老师们教的东西是不少，但是生活中用得上的知识不多；我看过的书也不少，但是真正看完的也不多。

我的生活可能会因为我的选择而变得窘迫，一个人来到这个世界上，总要实现一点价值。生活从来就不缺少美丽，无论你是达官显贵，还是平头百姓，只要肯用心观察、深切体会，我们周围，其实到处都隐藏着蓬勃的生命和意想不到的美丽。

还好，在我的坚持下，这本书没有夭折，得以与大家见面，我也逐渐靠近梦想。

如果这本书，能够让你重新喜欢上诗词，看过这本书后，愿意再去读一遍诗词，那么我的目的就达到了。

谨以这本书献给伟大的奶奶，献给一直陪伴我、支持我的亲朋好友。

我深深爱着你们，并且我知道，你们也一直深深爱着我。

2020 年 12 月写于西藏

目　录

李煜

千古词帝与南唐后主的「错位」人生

穿着龙袍的他只是一个不谙世事的孩子，

脱掉龙袍后的他才是真正的帝王

接过晚唐诗人的接力棒，宋朝词人纷纷开始亮相登场，开启了三百余年的宋词时代。

在宋朝词史中，甚至在中国的历史中，有这样一位奇葩：

他性格纯良、宽厚待人，最后却落得个国破家亡的下场。

他混迹后宫、风花雪月，主政南唐，几乎没干过什么有价值的事，除了写写词。

他当过皇帝、做过囚犯，体尝过人生最大的落差感，也没干过什么有价值的事，还是写写词。

他生于七夕、死于七夕，眼睁睁看着自己的爱妻遭人侮辱。

他无心做王、醉心诗歌，无法选择的命运让他身不由己。

没错——

他就是第一位登场的词人，南唐后主李煜。人们喜欢叫他李后主，他的一生是喜剧性开场、戏剧性度过、悲剧性结尾。

看到这个名字，有的人顿觉一惊，李煜从小生长在帝王之家，权力富贵唾手可得，佳人美女相伴在侧，有权又多金，简直是丈母娘最心仪的女婿人选。

等等，话题偏了，他可是皇帝，做皇帝有什么悲剧的呢？

李煜的悲剧在于，他本不想做皇帝，却偏偏做了皇帝。

其实，从古至今，每个人的一生，都充盈着很多无可奈何，比如喜欢得不得了却买不起的东西，遇到很爱却因现实问题不得不放手的爱人，凭实力考上的功名却遇到了关系户插上一脚……

在人生这场没有固定答案的修罗场里，命运经常捉弄世人。与爱而不得相比，李煜的境遇要无奈多了。

他不仅是一国之君，也是亡国之帝。

他明明醉心于诗歌，却受到身份的束缚，套上皇帝的枷锁，难以在文学上施展拳脚、开天辟地。

他可能是写词里面为数不多当皇帝的，却是做皇帝里面写词写得最好的。

他可能是帝王里面最文艺的，文艺青年中官最大的。

作为帝王，他可能只是历史的一个玩笑；但作为词人，他是文学史上的一个神话。

做个才子真绝代，可惜薄命做君王

如果可以重来，李煜绝对不会在人生的考场里，再次选择皇帝这个职业，他会毫不犹豫地选择做个文学家。

做皇帝太难了，我还是安安静静做个帅气的文艺青年好了。

可是，这场劫难，他注定迈不过去，命运还是和他开了一个玩笑。

公元 937 年，五代十国正赶上大分裂的时期，此时发生了两件大事：

第一件事，李昪在江南称帝，国号南唐。

第二件事，这年的七夕节，李昪的儿子李璟喜得一子，名叫李从嘉。这可把李家高兴坏了。

五代十国里的南唐，一共有三任君主。

李昪，南唐第一任君主；李璟，南唐第二任君主，史称南唐中主；李煜，南唐最后一任君主，史称李后主。

李从嘉，意思是从心顺意、万世清嘉，他是南唐中主李璟的第六个儿子，也就是后来文学史上鼎鼎有名的南唐后主李煜。

按照皇家传长不传幼、传嫡不传庶的说法，这个排序就注定李从嘉与江山无缘，他怎么也想不到自己会登上皇帝的宝座。

当时的太子是李弘冀，也就是李从嘉的大哥，从嘉的四个哥哥早夭，他在家里的排行一下子从第六升到第二。

太子骁勇善战、屡立战功。按理说，李弘冀只要安心当好他的太子，等李璟去世之后，他就可以顺理成章当上皇帝。

可是，李弘冀非要作死，把自己的皇位作没了。

况且，为了摆脱太子的猜忌，从嘉从小就不问政事，潜心于研究经籍乐律，他对于争权夺位、打打杀杀不感兴趣，只想在浩如烟海的历史典籍、诗词歌赋中寻找真谛，做个不谙世事、醉心诗歌的闲散王爷也是极好的。

李家祖辈都可以算是文学爱好者，因此南唐的皇家图书馆典藏非常丰富，从嘉在知识的海洋里遨游，诗词、音乐、书画逐渐成熟，是一个不折不扣的文艺青年。

本以为可以做一辈子的文艺青年，可是从嘉长相比较特殊，天生具备帝王相：广额丰颊，骈齿，一目重瞳子。

这是什么奇怪的长相呢？

按照古代的说法，从嘉本人天庭饱满、额头宽大，牙齿参差不齐，最主要的是他的一只眼睛有两个瞳孔。

这个长相是不是有点奇怪，甚至还有点丑？

可是据说，舜帝和项羽的眼睛也有两个瞳孔。

这个长相放在今天来看，可能很普通，而且很可能是瞳仁病变，先天畸形，谁知道他的这种长相在古代会是帝王相。

这就引来了太子的嫉妒，自己的弟弟不仅才华横溢，而且还长了一副帝王相。

心思缜密的从嘉，当然知道太子的敌意，为了打消哥哥的猜忌和疑虑，从嘉便寄情于吟诗作对、游山玩水。

花满渚，酒满瓯，万顷波中得自由。

千里江山寒色远，芦花深处泊孤舟，笛在明月楼。

一壶酒，一竿身，快活如侬有几人？

一下子成了从嘉的个性签名。

在万顷碧波上心满意足地品着美酒，举起酒壶欣赏沙洲上的春花，这是何等的潇洒自在。

至于那个高高在上的皇位，还是哥哥你去坐吧，别来烦我。

从嘉追求闲适、向往自由，对于皇位他没有兴趣。

为了表明自己不觊觎皇位的遁世之心，从嘉还给自己起了很多名号：钟山隐士、莲峰居士、钟峰隐者……意思一目了然，太子哥你看下，我对皇位真的没有兴趣，如今已是无欲无求，你可别再怀疑我了。

我本无心做皇帝，奈何命运不由人

太子哥打消了对从嘉的猜忌和疑虑后，以为自己可以顺利继承皇位。

谁知道，又冒出来一个叔叔，皇帝老爹李璟突然要搞"兄终弟及"，意思是等我去世之后，让我的弟弟继位。

这样一来，叔叔成了皇位的热门选手。太子哥哪能让叔叔继位，于是派人给叔叔下毒，让他早登极乐。

毒一下，再见吧叔叔。

这下太子哥以为热门选手被清除掉了，皇位候选人只剩下自己，从此可以高枕无忧，等着老皇帝一去世，自己就能顺利登上宝座。

没想到，太子没有做皇帝的命，估计是亏心事做多了，他经常能梦见叔叔面目狰狞前来索命，没过几个月，就病死了。

从嘉本来打算一辈子调风弄月、醉心诗词，没想到命运和他开了一个大玩笑。

太子去世之后，家中老大就变成了从嘉，顺位成了南唐的预备接班人。

此时的南唐，被李璟折腾得内忧外患，他大笔一挥，把皇帝宝座传给了六子李从嘉，而且还给他改名为"煜"，希望他能够像尧舜一样光耀千古，照亮南唐的晦暗。

二十多岁的李煜，还没有任何心理准备，就满脸疑惑地从父皇的手中接过了传位诏书。

什么？我要做皇帝了？可是这事儿真的轮不到我啊！李煜在脑子里接连三问。

公元 961 年，李煜即位，成为南唐末代国君。

你以为当上国君之后，李煜就能开始放飞理想、放纵自己，从此走上人生巅峰？

那就错了，因为北方还有一个大佬——赵匡胤。

醉心于诗词文学的李煜，从来没有涉猎治国治军之道，没有行军打仗的经历，又怎么能够光耀千古、照亮晦暗、重返辉煌呢？

事实证明，李璟你想多了……

李煜即位不久，赵匡胤就送来了贺信，祝贺他逆袭成为南唐的君主。

祝贺归祝贺，但是李煜你可别忘了，你是我大宋的臣子。

在李煜没有即位之前，赵匡胤就发动了陈桥兵变，建立大宋王朝。

穿上龙袍的李煜，只是个不谙世事的孩子。他知道自己做不到重返盛唐辉煌，懵懵懂懂地从父皇的手中接过南唐支离破碎的一片山河之后，他只能选择逃避，懦弱地躲在南唐朝廷的屏风后面，听歌赏曲、吟诗作画、逍遥避世，任凭外面刀光剑影、烽火狼烟、风雨飘摇、山河欲坠。

皇位还没坐热乎的李煜，就感受到了来自赵匡胤的深深敌意。受到宋军压迫的南唐，江河日下。

李煜"几曾识干戈"，不是不曾，只是他不想。

在这样的历史背景中，李煜选择做一名"昏君"。其实他也没得选，与其被国家拖累，不如选择醉心于玩乐，只是苦了南唐的百姓。

当"昏君"的这段时间，李煜写了很多旖旎轻浮的诗词，用以记录宫廷奢靡淫乐的生活。

晚妆初了明肌雪，春殿嫔娥鱼贯列。

笙箫吹断水云间，重按霓裳歌遍彻。

临风谁更飘香屑，醉拍阑干情味切。

归时休放烛花红，待踏马蹄清夜月。

月圆之夜，宫廷宴乐多么盛大，嫔娥盛装出席，美艳动人，音乐悠扬，器物华美，气氛欢愉，李煜耽享纵逸，充满雅兴。

晓妆初过，沈檀轻注些儿个。向人微露丁香颗，一曲清歌，暂引樱桃破。

罗袖裛残殷色可，杯深旋被香醪涴。绣床斜凭娇无那，烂嚼红茸，笑向檀郎唾。

叶嘉莹先生评价李煜："他没有反省，没有节制，没有觉悟到处在这样的地位，就不应该再说这样的话，不应该再写这样的词。他不但在破国亡家以后没有节制，在亡国之前的享乐也是没有节制的。但作为一个词人，从他纯真的、深挚的这种无所掩饰的投注和流露来说，他也有可爱的地方。"

一个人的身上总会被多重身份交织压迫，心理上总会过着几种年龄相互重叠的生活。写出那些呈现宫廷奢靡生活诗词的李煜，只不过是一个穿着龙袍的孩子，孩子看到喜欢的东西就会拍手叫好，看到不喜欢的就会嫌弃避开，李煜这样的人难免有些孩子气。

在王国维看来，李煜是一个"主观之诗人"。他认为这样的人，"不必多阅世。阅世愈浅，则性情愈真"。

李煜保持了孩子般的童真与单纯，这份单纯没有被世俗浸染，没有被生活捶打，没有被环境动摇，这是一颗赤子之心，而李煜只是把它呈现出来了而已。

这样的人，或许就不该入世太深。

他本是纯粹的创作者，奈何命运喜欢捉弄世人。

李煜没有成全南唐子民，却无意间成就了千古词帝。

治国未免孩子气、温柔善良赤子心

公元 927 年农历二月十六，宋太祖赵匡胤在洛阳的一个马苑内出生，关于他的传说有很多，但无非是人们为了美化或者神化一个人而特意编写的故事。

据记载，宋太祖赵匡胤出生的那天"赤光绕室，异香经宿不散，体有金色，三日不变"，赵匡胤出生的时候，屋子里面都是璀璨夺目的霓虹灯光，身上带着香味，身体上还有金色，整整照了三天。

赵匡胤的妈妈为了宣传自己的儿子，说她怀着赵匡胤的时候，梦见了一条龙钻进了自己的肚子。

这意思很明显，我的儿子以后会成为真龙天子，是块当皇帝的料。

赵匡胤的身体上有金光，难道他是神仙下凡?

其实，有的婴儿出生时，身上会有黄疸，只不过赵匡胤比较严重，接连黄了三天，当时人们还以为是金子附在身体表面。

赵匡胤出生于最混乱的时代，自从朱温灭了唐朝之后，五个朝代接连更替，十个国家陆续建立，这段历史就是"五代十国"。

五代十国里面的后唐，就是李煜那支。

公元 960 年，赵匡胤发动兵变，他的手下将黄袍披在赵匡胤的身上，拥立他做皇帝，史称"陈桥兵变"，也是成语"黄袍加身"的典故。赵匡胤即位之后，改国号为宋，定都在开封。

话说回来，李煜即位之后，宋太祖赵匡胤给他发来了贺信：小李啊，我真诚祝贺你逆袭成为南唐的君主，但是你别忘了，你们南唐要臣服于我们大宋，你是我大宋的臣子啊。

李煜还有一个弟弟叫李从善,这娃儿一直觊觎皇位,曾经拉拢大臣,在先皇的遗诏上面动手脚,没想到被大臣回绝,还向李煜汇报了这个事。

李煜看过很多为了争夺皇位手足相残的例子,所以对弟弟既往不咎,反而关爱有加。

李煜不是个好皇帝,却是个好哥哥。

当弟弟被抓走当作人质之后,他还登上城楼,眺望远方,泣不成声,想到弟弟入宋不得归,便触景生情写了一首《清平乐》:

别来春半,触目柔肠断。砌下落梅如雪乱,拂了一身还满。

雁来音信无凭,路遥归梦难成。离恨恰如春草,更行更远还生。

这首词,李煜直抒胸臆、毫无遮拦地道出抑郁于心的离愁别恨。遭遇生活突变,他心中的感情早已经如洪水注池、不泄不行,看到大雁横空飞过,为它没有给自己带来书信而感到失望。

这个不谙世事的皇帝,不仅对自己的血脉至亲温柔不止,对南唐的子民更是善待有加。

我虽然是个昏君,但是我的善良还未泯灭。

对于这个连年战争、国库空虚、风雨飘摇的南唐朝廷,李煜并没有苛政重税、剥削百姓,反而是减免税收、免除徭役,与民生息。

单从这点来看,李煜还不至于昏聩到头。

更让人意想不到的是,这个皇帝还特别关心囚犯,为了验证那些死囚是不是真的罪该万死,他还玩起了 cosplay,扮成囚犯去监狱里,因此解救了一批罪不至死的死囚。

李煜虽然是"昏君",但是他一系列的举动却得到了大臣们的好评,"赏人之善,常若不及;掩人之过,惟恐其闻"。论功行赏的时候,李煜总是担心赏赐的还不够多，论罪处罚的时候，他却总是帮着掩护，生怕坏了别人的名声。

这样的人，待人宽厚，还带有几分孩子气，做个文学家足够了，可是要做个君王，难免有些不足。

复杂的皇权向来容不下单纯的君王。李煜与赵匡胤，一个是千古词帝，一个是乱世枭雄，可能是命运无情的操弄，也可能是历史刻意的安排。

为了保住日薄西山的南唐，李煜不得不放低身份，刻意讨好敌国大宋，俯首称臣。

尤其是为了向宋主表明南唐的诚意，他不得不丢掉南唐的国号，自降身份为江南国主。每次大宋来访，他都会脱掉代表帝王身份的黄袍，穿上紫袍，还要把皇宫屋顶两头代表帝王尊严的"鸱吻"拆下来，等到大宋使臣走了之后，再费劲地安装上去。

逢年过节他会主动给赵匡胤送钱送物，搞得赵匡胤都有点不好意思了。

甚至，为了打消赵匡胤的疑虑，李煜竟然开始信佛。

老赵啊，你看我都这样了，就不要搞我了……

一国之君做到这个份上，可见他心里多憋屈、外表多窝囊。

在李煜看来，无论大宋多么蛮横无理，只要不兵戎相见，一切都可。偏安一隅的南唐，得以苟且偷生十几年。

或许在鱼米之乡、烟雨江南，潦草地过完这一生，也是可以的。

李煜知道，南唐早晚是大宋的嘴边肥肉，他清楚这是无力更改的事实，况且他也不想改变这个既定事实。在南唐的宫廷里过着他的小日子，美酒佳肴，美人在侧，佳人相伴，岂不快哉。

尽管如此，赵匡胤又怎能接受一山容下二虎，卧榻之侧岂容他人鼾睡。

在李煜三十七岁那年，宋主终于和他撕破脸皮，北宋开始大举进攻南唐，逼迫李煜投降称臣。

此时的金陵千里冰雪、风刀霜剑。城外的十万宋军，熙熙攘攘正等着瞧一个千载难逢的笑话。

谁都没想到，一向唯唯诺诺、懦弱逃避的李煜，竟然没有把皇位这个"烫手山芋"甩给宋主，而是苦苦抵抗了一天又一天。

弱小的南唐军队面对骁勇善战的大宋军队，节节败退、不堪一击，大宋的铁骑，把南唐的小江山围困得死死的。

没过多久，金陵的城门就被宋军攻破，李煜只得选择投降。

那个本应高高在上的皇帝，现在脱光了衣服，被人捆绑起来，一步一回头地钻进了宋军的囚车。

这场笑剧的主人——李煜，终于被俘。

亡国之时，他还写了一首《破阵子》：

四十年来家国，三千里地山河。凤阁龙楼连霄汉，玉树琼枝作烟萝，几曾识干戈？

一旦归为臣虏，沈腰潘鬓消磨。最是仓皇辞庙日，教坊犹奏别离歌，垂泪对宫娥。

从我做南唐国君的第一天起，就一直在赵宋政权的强压之下过着朝不虑夕的日子，随时都有亡国的危险，然而这一天终于还是来了。

三千里的大好河山，就这样毁在我的手中，南唐的宫殿高大雄伟，过着奢侈生活的我，哪里会知道战争这回事呢？慌张地辞别宗庙的时候，宫中的乐工还吹奏起别离的歌曲，当年的美男子沦为俘虏，只能挥泪告别我那些漂亮的宫娥们。

被俘之前，还想着那些漂亮的宫女，他确实不是什么好皇帝。

在被俘送往京师的路上，他写了一首《乌夜啼》：

昨夜风兼雨，帘帏飒飒秋声。烛残漏断频欹枕，起坐不能平。

世事漫随流水，算来一梦浮生。醉乡路稳宜频到，此外不堪行。

人世间的事情，如同流水东逝一样，说过去就过去了。回想我这一生，就像做了一场大梦，以前那种荣华富贵的日子一去不复返了，如今只能靠喝酒才能排解我心中的苦闷，别的办法也行不通。

何以解忧，唯有杜康。

李煜被囚禁待罪于汴京。宋太祖赵匡胤也还算厚道，因李煜曾守城相拒，封其为"违命侯"。

从此，李煜开始了他的囚禁生活。

昨日还是唐后主，今朝蜕变词皇帝

不知道是幸运还是不幸，被囚禁的李煜终于能够以文人而非帝王的身份得到重生，从此不再背负治国强国的沉重枷锁。

从脱下龙袍的那一刻起，他才是真正的帝王。

龙袍换成了囚服，皇帝变成了词帝。

如今的他，早已不是前呼后拥、高高在上的皇帝，已经沦为了大宋阶下囚，能与自己对话的，除了冰冷的墙壁，只剩下他手里握着的笔和从他笔下写出的一首首"词"。

他还算是幸运的，至少发现了"词"可以安放流浪的心灵，让他找到了活下去的理由。

利用词这种载体，他写尽了从君王到俘虏难以承受的生命之恨。

被囚禁期间，李煜能做的事情就是两件：第一，做梦；第二，喝酒。别的啥也不能干。

每天都喝得五迷三道的李煜，或许能在虚幻之中缓解一点亡国之痛。

多少恨，昨夜梦魂中。还似旧时游上苑，车如流水马如龙。花月正春风。

故国又再次入梦了，它还是那么美。故国的繁华，让自己追恋；残酷的现实，倍感难堪，昨夜梦中的景象，潜藏了多少恨。

林花谢了春红，太匆匆。无奈朝来寒雨晚来风。
胭脂泪，相留醉，几时重。自是人生长恨水长东。

人生的遗憾实在是太多了，就像那滔滔不绝的江水，永无尽头，此恨绵绵无绝期。

李煜先是文人，再是皇帝。作为文人，本身就比较敏感，身上附着一种本能的冲动，面对残酷的现实，就只好把痛苦铸成文字，尽数倾倒，可是他忘了，他也是亡国之君，所以这种本能的冲动更为致命。

可想而知，那个重门深锁、梧桐萧疏的"小院"，李煜克制住自己写了"多少恨，昨夜梦魂中"。

原来，待在北宋的地盘，不能随便在朋友圈表露自己的心情，稍不注意就会被宋主拉黑、封号。

在这座小院里，李煜并没有隐藏内心深种的家国情怀和浓浓乡愁，而是原原本本地将此呈现给世人，只不过这乡愁已经升华成了一种家国层面的愁，也是别人难以理解、难以想象的苦恨。

闲梦远，南国正芳春。船上管弦江面渌，满城飞絮辊轻尘。忙杀看花人！
闲梦远，南国正清秋。千里江山寒色远，芦花深处泊孤舟，笛在月明楼。

故国正是春暖花开的美好季节，春风拂面、水波荡漾，春满金陵，石城生辉，观赏众芳，确是赏心悦目的快事。

到了秋高气爽的时节，千里江山蒙上一层寒冷之色，美丽的芦花深处横着一叶孤舟，秋月当空，银光乍泻，高楼之上，笛声忽起，那悠扬的笛声，忽高忽低，时断时续，不禁感叹世事无常。

清代学者赵翼说："国家不幸诗家兴，赋到沧桑句便工。"

这两句话，无疑是李煜一生最好的写照。

体验从前呼后拥的皇帝到悲苦寂寥的阶下囚的痛苦，李煜不得不感叹命运无常、造化弄人。

生在帝王家他无法选择，做个醉心于文学的普通人也由不得他选择，就连登上宝座更是意料之外的事情，他最终还是逃不掉亡国的命运。

既然无法选择，那就被迫接受。

既然当不了一个好皇帝，那就在词的天地里当一方霸主。

李煜的词，并不是故纸堆里为赋新词强说愁，他突破了花间词以绮丽腻滑的笔调专写"妇人语"的风格。

无言独上西楼，月如钩。寂寞梧桐深院锁清秋。

剪不断，理还乱，是离愁，别是一般滋味在心头。

孤身登楼的李煜，仰视天空，缺月如钩。如钩之月，经历了多少次阴晴圆缺，见证了多少次悲欢离合。

俯视庭院，茂密的梧桐树已被无情的秋风扫荡殆尽，唯独剩下光秃秃的树干残枝在秋风中瑟缩，此情此景，让孤寂之感油然而生。

被锁住的不仅是梧桐和凄惨的秋色，还有我这个落魄的人、孤寂的心、思乡的情、亡国的恨。

时过境迁，如今的我早就成为亡国奴、阶下囚，荣华富贵早已成为过眼云烟，经历了家败国亡的痛苦折磨，领略了人间冷暖、世态炎凉，个中滋味，实在难以言喻、无人可诉。

这个曾经裹着黄袍的孩子，他的身体里实实在在藏了一颗有血有肉的心，无论是悲伤还是喜悦，他都毫无保留地袒露出来供人观赏。

尽管，它是血淋淋的。

可是，这颗放不下家国的思乡之心，却惹得宋朝 Boss 的忌惮，给他招来了杀身之祸。

你写词就写词吧，干吗还要发朋友圈……

🌀 滚滚红尘留不住，催命符止虞美人

李煜的结束，是悲剧性的。

他无法选择自己的出生，更无法决定自己的死亡。

他死亡的原因之一，就是活得太真。到了国破家亡的关键时刻，他也不曾学会阴谋算计。

他怎么也不会想到，自己在重门深锁、梧桐萧疏的小院中，写下的那一篇篇诗词，丝毫不掩藏自己的思乡之愁，那些句子就像一根根鱼刺卡在宋主的喉咙中，怎能不让人猜忌他的复国之心？

于是，大宋派遣南唐旧臣徐铉前去探望李煜，名义上是探望，实则是去打探虚实。面对旧臣来访，李煜像个孩子一样，倾诉内心压抑已久的情感，将心里话毫无保留地全部说了出来。

老哥，这些年我着实痛苦啊……

徐铉虽是旧部下，如今已成大宋臣，他把这些话告诉了北宋 Boss 赵光义，或许从很久之前，赵光义就已起杀心，现在恰好有这么个机会。

公元 978 年的七夕，银汉迢迢，家家乞巧，金风玉露一相逢，便胜却人间无数。

四十一岁的李煜，却在监狱里全身抽搐，口吐白沫，满地打滚，不一会儿就死了。

这个生于七夕，死于七夕的帝王，被迫结束了他的生命。

本来七夕是他的生日，往年在故国的时候，他都要命人用红、白两色丝罗百余匹，作月宫天河之状，整夜吟唱作乐，天亮了才撤去。

如今却物是人非，李煜和身边的人，在梧桐庭院里共同举办了一个小小

的宴会。

虽然是阶下囚，毕竟之前的身份摆在这儿。

喝了几盏淡酒之后，他想起往事，一时兴起，就让乐工们演奏自己刚刚写完的一首词《虞美人·春花秋月何时了》：

春花秋月何时了，往事知多少？小楼昨夜又东风，故国不堪回首月明中。雕栏玉砌应犹在，只是朱颜改。问君能有几多愁？恰似一江春水向东流。

中秋月圆，岁月更替，人生该多美好，可是我这阶下囚的苦难岁月，什么时候才是头啊！春风又一次吹拂小楼，春花又将怒放，回想故国早已灭亡，听着春风，望着明月，愁绪万千，这种精神上的痛苦难以忍受，自从降宋以来，自己又苟活了一年。

故国金陵华丽的宫殿应该还在，只是那些丧国宫女的朱颜已改，国土更姓，山河变色。满腹的仇恨如同满江的春水，悠长深远、汹涌翻腾。

国破家亡的痛感提升到了更高的层面，触及了命运最基本的真理，这是大多数人共有的悲哀。

这首千古绝唱竟成了他的"催命符"。

这样的词，只是一个极度孤独的人在与自己的内心对话，但传到了宋太宗赵光义的耳朵里却变了味道。宋太宗闻之大怒，起了杀心。

"歌声未毕，牵机遂至"，赵光义命人赐药酒，将李煜毒死。

一切似乎都是命运有意的安排，李煜终究没有照耀南唐，却因为一首绝命词而照亮词坛。

是词，结束了他的生命，同时也给了他"永恒"的生命。

李煜的词，是他对生命最真切、最真实的感受和体验，无论是享受的欢愉，还是痛苦的折磨，他都会全身心投入其中，他体验过最欢愉的快乐，也体验过最痛苦的悲哀。

作为皇帝，他治国无方，沦为囚徒，他不知自保，这一生可谓是失败至极。

这样的人，反而还得到很多人的喜欢。

大概是，他这一生做不了自己，可是他快乐的时候是认真地快乐，痛苦的时候也是认真地痛苦，他用自己的力量在这凉薄的人世间认认真真地走了一遭。

柳永

在北宋做个俗人，那又如何

不要迷恋柳永，他只是一个传说

公元 978 年，南唐后主李煜带着"人生长恨水长东"的家仇国恨，怀着生不逢时、命不由人的无奈，果断命赴黄泉，在历史的长河中激起了一朵浪花。

六年后，宋朝武夷山鹅子峰下书香门第的柳家，生了一个孩子，这个孩子天资聪颖、少年神童，他即将接过李煜树立起来的大旗，开创自己的不朽传奇，被称为一代词宗。

据说这位"大神"在宋代是个全民偶像，"凡有井水处，即能歌柳词"。意思是只要是天下有水井的地方，就有人能够唱他的词，这是火到了什么程度，即便远在西夏，也是这么一个情况。

这位火遍大宋的人，叫作柳永。

虽然柳同学在宋代是个全民偶像，但是他却不受那些文人士大夫、朝廷正统所待见，不被上流社会所接受。在他们看来，柳永写的是艳词，词不正经，因此从皇帝到臣子，都否定了他的才华，进而断灭了他报效国家的远大理想。

但这丝毫不影响柳永成为平民大众的偶像。

柳永能成为宋代全民偶像，主要原因之一，还是他可喜的人设。

父母口中别人家的孩子

书香门第的柳家，父亲叫柳宜，曾经官至工部侍郎，柳宜的几个兄弟大多都是进士出身。柳宜生了三个儿子，三个儿子皆工文艺，号称"柳氏三绝"，柳永便是第三子。

成长于这样充满文学氛围的家庭中，柳永与生俱来的文学天赋是可以想得通的。

柳永在家族中排行老七，江湖人称柳七。他的原名叫柳三变，所谓"三变"，是借用论语说君子的标准，就是远望时庄严可畏，接近时温和可亲，说话时严厉不苟。

父亲之所以给他取这个名字，显然是希望他以后能做一个庄重、温和、高尚的君子。

父亲，显然你高看我了……

按理说，这样"奉儒守官"的家风，是在给柳永以后出仕为官奠定良好的基础，以后的柳永应该是谦谦君子，相貌俊美，风姿飘逸。

没想到柳同学不太争气，没有活成父亲希望的样子。

父母对柳永满怀期许，少年时代的柳永，确实是别人家的孩子。他显露出了过人的天赋，还有一个曾经做过高官的父亲精心辅佐，柳永很快从同龄人中脱颖而出。

他在青少年时期不负众望，十岁能文，十三岁能诗，十六七岁能词。

十岁时他写了一篇《劝学文》，父亲看了之后，拍手称赞，心中窃喜，想着我儿子这么厉害，以后必成大器。

十三岁时他写了一首《题中峰寺》，在当地广为流传，父亲看了之后连连称赞，竖起大拇指说这娃儿以后肯定了不起，于是博得了"神童"的称号。

出名要趁早，有好处，也有坏处。柳永顶着"神童"的光环，在盛赞之下，抗压能力会变弱，经受不住现实的打击，自信过度导致不会收敛自己的脾气和秉性，这为柳永以后仕途不顺埋下了导火索。

到了十七八岁，苦读诗书的柳永已经成长为翩翩公子。在古代，这个年纪可以上京赶考了。

当时的京都，是汴梁。

告别父老乡亲之后，柳永背起行囊踏上了赶考之路，此次远行，他不仅要实现治国平天下的远大理想，还背负着光耀门楣的重大使命。父母希望他一举高中，延续"柳氏三绝"的无限荣耀。

柳永从家里出发，出钱塘，经苏州，览杭州，游扬州，饱览山河秀美，沉迷自然秀色。

上有天堂下有苏杭。苏杭二地，丰饶富庶，商贾云集，青楼林立，酒肆纵横，是闻名天下的"销金窟"。

骨子里流淌着浪漫血液的柳永，见到苏杭的美景，写下了一首著名的《望海潮·东南形胜》：

东南形胜，三吴都会，钱塘自古繁华。烟柳画桥，风帘翠幕，参差十万人家。云树绕堤沙，怒涛卷霜雪，天堑无涯。市列珠玑，户盈罗绮，竞豪奢。

重湖叠巘清嘉，有三秋桂子，十里荷花。羌管弄晴，菱歌泛夜，嬉嬉钓叟莲娃。千骑拥高牙。乘醉听箫鼓，吟赏烟霞。异日图将好景，归去凤池夸。

柳树如烟，桥梁彩绘，亭台楼阁高低排列，隐约有十万人家。潮水澎湃，浪花如雪，江面宽阔，一望无涯。山水辉映，秋天的桂花，满城飘香；夏天的湖面，风中摇曳的荷花犹如少女一般。

柳永简直在为苏杭的美景作旅游推介，把杭州的承平气象，形容曲尽。

这首词让他一举成名，据说一百多年之后，金国的君主完颜亮读到"三秋桂子，十里荷花"的时候，肾上腺素立马飙升，他不相信这世界上还有这么美丽的地方，如果有，那就是我的。于是他跟打了鸡血似的，率领几十万大军，投鞭渡江，挥师南下，引发了宋金两国之间的战争。

因为一首词引发战争，柳永确实厉害，不过这只是一个传说，即便柳永当初没有写这首词，完颜亮也会找其他借口挥兵南下的。

还有一个记载，柳永在杭州的时候，想拜访一下当地的官员孙何，可是孙何不想见柳永这个名不见经传的老百姓。

于是柳永想了个办法，他委托歌伎，如果你去孙府表演，麻烦把我这首词唱给他听，他如果问你是谁写的，你就说是柳七。没想到那个歌伎真的在宴会上唱了这首《望海潮》，第二天孙何果真请了柳永去做客。

因为词写得好，翩翩公子柳永成了青楼酒肆里的红人，那些歌伎竞相与他结交，他的词也因为歌伎们的传唱，瞬间火遍了大街小巷。

青楼酒肆的超级 VIP

柳永完全被苏杭繁华的美景迷住了，完全忘记了出发前的志向和父母的叮嘱。

我出发是要干什么来着？这个疑问他搁置了六年。

从十八九岁踏上赴京赶考之路，柳永在苏杭待了六年之久。

六年，似乎太长，到底是什么东西让他如此留恋？

第一，是苏杭的美景，柳永一路游山玩水。

第二，是苏杭的美女，柳永沉迷青楼酒肆。

在他纸醉金迷的六年之间，有一个小他几岁的学霸正在悄然崛起，这个学霸十四岁就考中了进士，比柳永更加"神童"。

这个学霸，叫晏殊。晏殊瞧不起柳永，学霸之间喜欢相互嘲讽。

那么，这六年之间，柳永都干了什么呢？

柳永没干什么正经事，他整天不是和官二代结伴郊游，就是与那些歌伎相互买笑。

但他并没有浪费自己的才华，也没有吝惜自己的浪漫。

六年间，他写了很多词，这些词既不是歌功颂德的赞美诗，也不是抒发远大志向的宣言书，而是一些男女之爱、偎红倚翠的词。

香靥深深，姿姿媚媚，雅格奇容天与。自识伊来，便好看承，会得妖娆心素。临歧再约同欢，定是都把平生相许。又恐恩情，易破难成，未免千般思虑。

近日书来，寒暄而已，苦没切切言语。便认得、听人教当，拟把前言轻负。见说兰台宋玉，多才多艺善词赋。试与问、朝朝暮暮。行云何处去。

柳永笔下的歌伎，脸蛋清香，酒窝深深，妩媚动人，与柳永走过了从相知到分别，从分别再到相思的全过程。

是处小街斜巷，烂游花馆，连醉瑶卮，选得芳容端丽，冠绝吴姬。绛唇轻、笑歌尽雅，莲步稳、举措皆奇。出屏帏。倚风情态，约素腰肢。

当时绮罗丛里，知名虽久，识面何迟。见了千花万柳，比并不如伊。未同欢、寸心暗许，欲话别、纤手重携。结前期。美人才子，合是相知。

柳永醉倒在烟雨江南的温柔乡，一醉就是六年，他写了很多这样的词，这些词也为他在江南打开了一些名气。

六年过后，这位柳同学意识到不对劲儿，才恍然想起来，我出来是为了博取功名的，再这样蹉跎光阴，肯定是不行的，我爸一定不会放过我。

于是，他忍痛辞别那些红颜知己，再次赴京赶考。

姑娘们啊，我要去追求我的事业啦！不然我父亲要把我的腿打折，咱们有机会再见面吧！

你去写词吧，功名不适合你

柳永来到京都，没想到自己已经名满京师。

据记载，"柳永为举子时，多游狭邪，善为歌辞。教坊乐工每得新腔，必求永为辞，始行于世，于是声传一时。余仕丹徒，尝见一西夏归朝官云：'凡有井水处，即能歌柳词。'"

他没想到，自己的词已经到了无人不知、无人不晓的地步，就连宋朝的一把手宋真宗都知道了他的大名。

能入一把手的法眼，我还怕谁？

这样一来，柳永对未来充满信心，形骸也更为放荡不羁。

小小的科举考试，算什么？我一定能够在这繁华的王朝考取功名。

声名远播的他，迈着自信的步伐，阔步走进考场，直接说道："定然魁甲登高第。"

我只要一出手，北宋的"清华北大"都要来争抢我。

没想到，他那些动人的辞藻、华丽的句子，反倒成了他的绊脚石。宋真宗喜欢理学，需要的是拥有治国之道、出谋划策的人才，而不是只会写艳丽虚浮文辞的诗人。

看到柳永的考卷，宋真宗勃然大怒道："读非圣之书，及属辞浮靡者，皆严遣之。"

到了放榜那天，柳永以为自己一定位列榜首，没想他到从头看到尾，看了几遍也没找到自己的名字，他第一次品尝到了失败的滋味。

这不科学。

他的身上还背负着光耀门楣的远大使命，只得选择留京继续考试，直到高中。

后来，他接连参加两次科举考试，都毫无意外地名落孙山。连续三次落榜，让柳永开始怀疑人生，于是他写了一首《鹤冲天·黄金榜上》：

黄金榜上。偶失龙头望。明代暂遗贤，如何向。未遂风云便，争不恣狂荡。何须论得丧。才子词人，自是白衣卿相。

烟花巷陌，依约丹青屏障。幸有意中人，堪寻访。且恁偎红倚翠，风流事、平生畅。青春都一饷。忍把浮名，换了浅斟低唱。

柳永的意思很明显，我只是暂时失去考取状元的机会，即便是那些政治清明的朝代，君王也会一时错失贤能之才。

我宁愿把那些浮名，换成手中浅浅的一杯酒和耳畔低回婉转的吟唱。

柳永通过这首词来表达自己对时代的不满，对社会的愤怒，看不起所谓的功名。

不过，他还是不信这个邪，莫非是自己的能力不行？

心有不甘的柳永，决定再试一次。

考了几年，宋朝的一把手已经从宋真宗换成了宋仁宗。宋仁宗看到柳永的名字，回想起自己的后宫，都在吟唱这个人写的"淫词艳曲"。

他对身边的人说："这年轻人不是说且去浅斟低唱，何要浮名吗？那就满足他的愿望，让他去喝他的酒、填他的词，还要功名干什么呢？"

你去写你的词吧，功名不适合你。

宋仁宗的话，彻底断送了柳永的前途。

柳永对仕途彻底绝望，立刻修改了自己的个性签名——"奉旨填词柳三变"。

转身一笑，背影从此消失在烟花巷陌。

🪭 在烟花巷陌开启一个传奇时代

在官场没有任何混头的柳永，直接认命，自嘲"奉旨填词柳三变"，干脆去写属于自己的艳词小曲了。

此时的他，已年过四十。

这种不合主流、离经叛道的人生态度，虽然不被朝廷所接纳，但在平头百姓中间却很受用，给人一种亲切而不做作之感。

柳永能够大火，除了他讨喜的人设之外，还有以下几个原因。

第一，宋朝是一个经济繁荣的时代，老百姓的消费水平高，购买力强，柳永的词既大雅又大俗，贴近生活，勾勒愿景，符合老百姓的迷恋和向往，百姓们传唱度高，逐渐火了起来。

看来，自下而上，也是一条出名的路子。

第二，柳永给歌伎写了很多唱词，他整日泡在青楼酒肆，与歌伎们待在一起，只要有新曲，那些歌伎就来找他，经柳永之手填的词，就一定能火。

那些歌伎经常去达官贵人的府上演唱，你传我、我传你，一传十、十传百，柳永想不火都难！

归根结底，就是因为柳词雅俗共赏。

歌伎在宋朝地位卑下，宛如路边不知名的花草，任人随意践踏。

那些出身低微的歌伎，在柳永看来，与那些高贵的上流女性并无本质上的区别，只是命运不济罢了。

此时的柳永，怀才不遇，内心孤苦，他与歌伎彼此欣赏、互相成就，柳永的词借着歌伎的喉咙传唱，歌伎借着柳永的才华艳冠群芳，使得柳永成为宋朝当时独领风骚的全民偶像。

柳永懂得歌伎的凄苦，歌伎欣赏柳永的才华。

在仕途不受待见的柳永，却是烟花之地的红人，被歌伎们奉为座上宾。

柳永为她们倾尽真心，他宁愿拿着手中的笔，给她们送去赞美的词语，他站在平等的角度，写出了一首首直击内心最深处的词。

曾经怀才不遇的柳永，在青楼酒肆成了最受欢迎的王牌填词家。他那种写实的创作方式，始终动人心魄。

柳永一生在官宦仕途与烟柳巷陌之间徘徊，因词而生，也因词而落第。他沉迷于歌酒，却始终对功名念念不忘，这是他一生的悲哀。

柳永懂得歌伎的凄苦，歌伎欣赏柳永的才华。

那些歌伎只要能唱柳永的词，立马身价倍增。

宋朝经济繁荣，宴饮郊游成为时尚，歌伎经常在宴会上出现，有官方的，也有私人的。举办宴会的时候，会让歌伎来唱歌伴舞，她们唱的歌，就是词，歌伎遇到好的词，会记录下来，因此她们对于宋词的发展也起到了一定的传承作用。

一转眼，柳永在京都已经待了十几年了，却还没混上个一官半职，他决定离开这个伤心之地。

临别之际，青楼的红颜知己前来送别，两人依依不舍，泪洒长亭。早已泪眼蒙眬的柳永，写了一首缠绵悱恻的《雨霖铃》，瞬间划破长空，传唱千年，经久不衰。

寒蝉凄切，对长亭晚，骤雨初歇。都门帐饮无绪，留恋处，兰舟催发。执手相看泪眼，竟无语凝噎。念去去，千里烟波，暮霭沉沉楚天阔。

多情自古伤离别，更那堪，冷落清秋节！今宵酒醒何处？杨柳岸，晓风残月。此去经年，应是良辰好景虚设。便纵有千种风情，更与何人说？

　　京城外的长亭，秋风萧瑟凄冷，暮色阴沉，骤雨滂沱之后，继之以寒蝉凄切，柳永的所见所闻，无不凄凉。跟红颜知己分别，实在不忍又不得不离别，难舍难分之际，船家又在催促着出发。

　　两人紧紧握着手，泪眼相对，千言万语哽在喉间，谁都说不出一句话来。如今要去远方，不想去又不得不去，一路上暮霭深沉、烟波千里，随它漂泊到一望无垠的南方。

　　此去一别，山高水长，何时才能与君相见？

　　离开京都之后，柳永开始南下，一路漂泊，继续填词，过起了流浪的生活。

　　在日复一日的漂泊旅程中，柳永岁月渐增、年华渐老、两鬓渐白，早已不复少年模样，他开始追忆"却返瑶京，重买千金笑"，不禁感叹"芳年壮岁，离多欢少"。

　　对潇潇暮雨洒江天，一番洗清秋。渐霜风凄紧，关河冷落，残照当楼。是处红衰翠减，苒苒物华休。惟有长江水，无语东流。

　　不忍登高临远，望故乡渺邈，归思难收。叹年来踪迹，何事苦淹留。想佳人妆楼颙望，误几回、天际识归舟。争知我，倚阑干处，正恁凝愁。

　　一首《八声甘州》，道尽了无数在外漂泊流浪的游子心中的羁旅之志和怀才不遇的痛苦愤懑。

　　命运总是喜欢捉弄世人，不经意间给了你希望，然后又让你彻底绝望。

　　年过五十的柳永，等来了一次生命的馈赠。

　　北宋 Boss 宋仁宗开了一次恩科，放宽录取尺度，给那些往届没有考上的考生一次机会，柳永闻讯再次赶往京城。

　　这一次，他终于金榜题名。

昔日那个春风满面、鲜衣怒马的少年早已寻不见踪影，如今眼前人已是一位两鬓斑白的老者。

柳永并未担任多大的官职，都是一些芝麻绿豆的小官，他在任上恪守本职、为官清廉，最终只做到了屯田员外郎。

晚年的柳永，穷困潦倒。

公元 1053 年，这个早年被誉为"神童"、晚年仕途不顺的柳永，与世辞别。

他去世之后，曾经的那些青楼知己，纷纷筹集资金，为他举行了葬礼。

出殡那天，满城歌伎无人缺席，遍地缟素，哀声震天。

他的墓碑刻云：奉圣旨填词柳三变之墓。

后面到了清明节，还出现了一个节日叫"吊柳会"，直到宋高宗南渡之后这个节日才结束。

柳永生活在"士"与"俗"交错的世界中，他从不畅言高论，也没有什么远大的政治理想，但是他直率真切，感情世俗化，反而贴近民生，更能够呈现真实的感情面貌，受到底层人民的喜欢。

他的士子身份也给他带来了一定的困扰，使得他敢跨越文人的基本规范，弃雅从俗，这也是那些士大夫阶层常常攻击他的原因。

柳永虽然辞别于世，但是那位白衣卿相微笑着负手而立，风华绝代。

几十年后，一位千古第一才女李清照，捧着柳永的《乐章集》泪水涟涟："始有柳屯田永者，变旧声作新声，出《乐章集》，大得声称于世。"

晏殊

十四岁的少年进士，半辈子的太平宰相

人生最可贵的品质不是圆滑，而是诚信踏实

那个与柳永同为学霸，互相嘲讽的神童终于上线了，他就是晏殊。

晏殊身上有很多标签。

首先，他是神童。当很多人还在数年寒窗苦读、绞尽脑汁要考上北宋公务员时，晏殊在十四岁已经高中进士了。要知道，很多考生咬紧牙关考了很多年，还是没能考上"铁饭碗"，即使考上了进士，一般都三四十岁了。

其次，他是政治家。晏殊是宋代文坛、政坛上大名鼎鼎的人物，是大胆创新的改革派。他反对内宦监军，注重加强边防，多次冒险诤谏，触怒大宋一把手和太后的天威，三次被贬。他还知人善任、重视教育，有名的应天书院就是由他创办的，大宋很多"超级大V"——欧阳修、范仲淹等人就是出自他的门下。

晏殊兴趣广泛、涉猎较广，对戏剧、音乐、书法都有较高的研究。他为官多年，虽然偶有贬谪，但终归是平稳退休。

十四岁考上"铁饭碗"之后，晏殊基本都在京城任职，顺风顺水，一直干到宰相。我们来看看他的政治经历。

二十八岁被任命为知制诰；三十岁官拜翰林学士，兼制太常寺、知礼仪院；三十五岁迁枢密副使；四十岁知礼部贡举；四十一岁为三司使；四十二岁为参知政事；五十岁加检校太尉枢密使；五十三岁加同中书门下平章事、集贤殿大学士兼枢密使。晚年虽然有点小波折，但一生终归完满。

最后，他是词仙。晏殊以诗闻名，以词行世，博学多才，一生笔耕不辍，著作很多，被誉为"北宋倚声家初祖"。他在宋词发展史上起到了承上启下的关键作用，上承清切婉丽的余韵，下开蕴藉淡雅的先风，晏几道、秦观等人的词风也受到了他的影响。

晏殊温润如玉、旷达内敛，不仅词写得好，而且做人也是一流。

开挂的少年时代

公元 1005 年，大宋举行统一的科举考试。

开封的某个考场，考试铃声响起来了，考生们纷纷通过安检有序进入考场。

他们有的两鬓渐白、胡子花白，一看就是多次落榜，心有不甘；有的神色慌张、心神未定，一副还未准备好的样子，等着最后一搏；有的穿着贵气、满脸不屑，似乎胸有成竹，高中非我莫属。

此时，保安拦住了一个飞奔而至的十几岁的少年。

"到别处玩去，小孩子，这里不是你该来的地方。"保安大吼道。

"我就是这里的考生，为什么不让我进去？"少年问道。

"小孩子，你再这样，我们就要把你请出去了。"

"请看，这是我的准考证。"少年向保安递上一张准考证。

准考证上很明确写着："江西临川，晏殊。"

保安拿着准考证仔细查看、反复研究，满脸疑惑地说道："你可以进去了。"

少年进去之后，保安小声嘀咕道："见鬼了。"

少年拿着准考证，气定神闲地坐在自己的位置上。

事实证明，这场考试就是为这个少年准备的，别的考生基本都是来打酱油的。

这个少年，当年才十四岁，他开了挂的人生，从这次考试开始。

实际上，这个开挂的少年——晏殊，从小就是别人家的孩子，比柳永还要传奇。

晏殊的父亲叫晏固，在宋代只是一个普通衙役，论级别，大约是一个排级干部而已，后来"父凭子贵"，被封为国公。

据说，五岁之前的晏殊，口不能说、脚不能走，现在听来这个传说稍微有点夸张。

过了五岁，晏家的祖坟上开始冒青烟，晏殊一开口，就能吟诗，成了"神童俱乐部"最小的成员，比柳永小了很多岁。

顶着神童的名号和光环，周围的人都会对晏殊高看一眼。

十三岁的晏殊，遇到了人生中的第一个贵人，洪州通判把自己的女儿嫁给了晏殊。

随着年龄渐增，晏殊的名气也越来越大，甚至传到了大官的耳朵里。到了十三岁的时候，公元1004年，他们省的省长张知白来江南一带治理旱灾，岳父在陪同张知白调研的时候，顺便推荐了女婿晏殊。

张知白想亲眼看一看辖区内的神童到底是何许人也。

他与晏殊进行交谈，了解了他的情况之后，觉得这小子相当争气，这么优秀的人才，应该早点上交朝廷，便极力推荐他进京。

当时宋朝的一把手是宋真宗，他即位之后，颁布了一个政策，准备选拔天下的神童进行培养，这无疑给了晏殊一个施展才能的良好平台。

名人光环加上高官推荐，第二年，也就是公元1005年，晏殊与一群叔伯辈的考生一起参加考试。

"三十老明经，六十少进士"，晏殊身上的闪光点实在太多了，而最耀眼的一个就是——年轻。

每场考试晏殊都对答如流、提前交卷，那些叔伯辈的考生都满脸疑惑，压力颇大。

晏殊一路绿灯，到了最后的殿试。这个年纪轻轻的小伙子瞬间引起了大宋一把手宋真宗赵恒的关注。

早在之前，他就听说了有个十几岁的少年横扫大宋的考场，脱颖而出。这次，宋真宗专门派了秘书盯着他的一举一动。

殿试上，晏殊面对一把手，毫不怯场、气定神闲，从容作答，援笔立成。

不一会儿，秘书就开始吆喝："有人提前一个小时交卷。"

三十多岁的一把手宋真宗笑了笑，继续埋头批阅奏折。

关键是晏殊这小子还特别诚实，殿试后的第三天，一把手要测试"赋"，试卷发下来之后，晏殊看到题目，发现这是他前不久做过的。

换作是别人，早都暗自窃喜，可是晏殊请求监考老师，重新换个题目再做。

旁边的考生满脸疑惑，心想："这傻小子怕不是有病？这是个多好的机会啊。"

换题目后，晏殊的答卷依然是最出类拔萃的，这更加得到了宋真宗的赞叹和赏识。

先是赐给他"同进士"出身，这相当于今天高考保送一流大学。

宋真宗本想进一步使用晏殊，但中间出了点小插曲，原来开国皇帝宋太祖赵匡胤留下祖训，"南人不得坐吾此堂"。

这句话的意思一目了然，长江以南的人不得在我朝为官。当时的宰相寇准，完全不理会选拔干部"五湖四海"的原则，他以晏殊来自长江以南为由，大搞地域歧视，反对提拔使用晏殊。

宋真宗越来越喜欢晏殊这小子，他力排众议，没过几天，来自江西临川的晏殊被任命为大宋秘书省正事，升任户部员外郎，这个职位相当于现在副厅级别。宋真宗想让他在秘阁继续读书深造，未来好为王朝的长足发展添砖加瓦。

要知道，晏殊此时才十四岁。

他开挂的人生，从此扬帆起航。十四岁就走上了重要的大宋公务员领导岗位，这样的真才实学、鸿运当头，换做是谁都无法低调，但是晏殊的可贵之处在于他始终能够保持初心。

晏殊不喜欢游乐宴饮，只想待在高阁之内搞研究。

当时的宋朝，在几任一把手的治理下，天下太平，那些文人士大夫游乐宴饮蔚然成风，成了一种官场时尚。

宋真宗这个人，名号有一个"真"字，为人也比较真实可爱，对于晏殊，他毫不掩饰自己的喜爱和欣赏。

看到晏殊成天待在室内、闭门研读，虽然难能可贵，但是不出去结交朋友，长此以往也是个问题。

宋真宗问他："小晏啊，文人士大夫都喜欢宴饮郊游，你怎么不出去走走看看、潇洒一番呢？"宋真宗年长晏殊二十多岁，作为武将兵变开国的宋朝第三任"董事长"，真宗对于读书人有一种亲近感。

没想到晏殊的回答更可爱，他说："老板，我不去宴饮，不是我不想去，而是因为我没有钱，如果我有钱，我也想参加这样的活动。"

宋真宗听完后，哈哈大笑起来。

这个来自江西的年轻人，着实让人喜欢。

对于晏殊的偏爱，宋真宗从不掩饰，他还把教育太子的重任交给了晏殊。没过多久，晏殊就升任为太子舍人，这个岗位是专门培养和教育大宋未来接班人的，可想而知是多么重要，这也为晏殊之后几十年的坦途奠定了坚实的基础。

凭借着出色的才华、淳朴的品质和领导的赏识，年纪轻轻的晏殊在官场如鱼得水，三十岁之前任职丰富，已担任过户部员外郎、太子舍人、知制诰、判集贤院等职。

反对太后的贬谪人生

宋真宗越来越离不开学识渊博、办事干练的晏殊。

当真宗遇到疑难问题需要解决、遇到事情需要咨询的时候，会与晏殊采取互递纸条的方式，真宗将疑难问题写在小纸条上，让秘书传给晏殊，晏殊将自己的答奏写好，与之前的小纸条一起秘呈给真宗。

有钱、有时间的晏殊，会在北宋公务员的下班时间，约上三五好友，也过起了"吃着火锅唱着歌"的宴饮生活，他们赋诗填词，推杯换盏。

晏元献公虽早富贵，而奉养极约，惟喜宾客，未尝一日不宴饮，而盘馔皆不预办，客至旋营之。

晏殊生活作风比较节俭，但是喜欢请人喝上几杯，与李白的独酌不同，晏殊喜欢群喝，这样比较有气氛。

可想而知，晏殊的家里面存放了多少年份久远的好酒。

晏殊非常喜欢书圣王羲之的《兰亭序》，他甚至认为，这是王羲之和一堆人群饮后最大的精神财富。

喝酒并非纯粹的喝酒，有时候在似醉非醉之间，灵感就能喷涌而出。

"暮去朝来即老，人生不饮何为。"人的一生，匆匆而过，朝朝暮暮之间，就变老了，如果不喝酒，我们应该做些什么。

"新酒熟，绮筵开。不辞红玉杯。"正值秋酒新熟，在绮筵上举着红玉杯畅饮，看着舞女们轻歌曼舞，其乐融融。

"君莫笑，醉乡人。熙熙长似春。"有美酒、有佳人，做一个醉乡人，熙熙快乐，入醉之后，人的一生宛如春天一样温暖快乐。

晏殊同学写词高产，达到一万多首，大胆猜测一下，有不少好词是在他喝酒之后写的。

李白吹嘘自己饮酒五十吨，恐怕晏殊也喝了不少，他简直就是宋朝的李白。

五代十国以来，皇帝是个高危职业，动不动就被军阀谋朝篡位。赵匡胤为了稳固自己的地位，采取了新的政策——重文抑武。简而言之就是抬高文官、压制武将，削弱地方，强化中央。

对于文官，设置了很多官职，放开科举限制，录取很多人来做官；对于武官，为了不让他们跟士兵亲近，经常进行轮换调动，降低地位。这样一来，就形成了这样的局面：冗兵、冗官、冗费，官员很多，士兵很多，赔款也多。宋朝的军事力量虽然很弱，但是文化、经济等却相当繁荣。

北宋对内实行重文抑武的国家政策之后，宋朝成了无数文人雅士的天堂，比清朝开明，比唐朝富裕，比汉朝繁荣。很多读书人通过自己的努力，参加科举考试，成了北宋的公务员，在他们的积极推动下，人们的娱乐生活逐渐丰富，城市经济得到繁荣发展，吃吃喝喝、唱唱跳跳成了宋朝人的标配和常规活动，达官贵人经常举办宴会，与音乐紧密结合的宋词也得到了迅速的发展和快速的传播。

当时的宋朝，富贵、郊游、写词成了文人士大夫的标配。

晏殊，正是这三者的顶配，一时间引领了北宋文化时尚潮流。

古代文人向来都是政治的附加品。晏殊也不例外，他的生活不仅有觥筹交错，还有宋朝政治的腥风血雨。

晏殊的命运，从公元 1022 年开始发生转变。

幸运的是，他是政治附加品里面运气较好的。

这一年，对他充满欣赏和偏爱的宋真宗去世了，继位的是十二岁的宋仁宗赵祯。

这个皇帝也是传奇，从出生开始都是故事。

历史上著名的"狸猫换太子"，说的就是宋仁宗。

宋朝第一任皇帝是宋太祖赵匡胤，后来赵匡胤把皇位传给了弟弟宋太宗赵光义。经过三四十年的时间，宋朝逐渐稳定下来。

到了第三任皇帝宋真宗即位时，宋朝开始繁荣发展。按理说，宋真宗当了皇帝，国家太平、经济繁荣，应该很开心，可是他还有一个心事。

什么心事呢？

就是四十多岁的宋真宗没有儿子，将来的江山不知道要留给谁。

宋真宗之前生了几个儿子，可是生一个死一个，他的心里非常着急，盼望着再当一次爸爸。

在他四十几岁的时候，后宫的两个妃子都怀孕了，一个是刘妃，一个是李妃，宋真宗对她们说："你们俩谁先生下儿子，我就让谁的儿子当太子，然后你做太后。"

刘妃推算李妃的预产期是她之前，于是就找人合计，串通接生婆。后来，李妃临产，孩子终于生下来了，这本该是件天大的喜事。但实际并不是这样，按照民间说法，这位妃子生了一只"猫"，这就是著名的狸猫换太子。

李妃被陷害关进冷宫，她的孩子被送给别人抚养，也就是后来的宋仁宗。

所谓母凭子贵，"儿子"当上宋朝的一把手之后，母亲刘氏成为太后，但是宋仁宗年龄太小，刘太后干脆"垂帘听政"。

皇家发生的一切见不得光的事情，晏殊尽收眼底，因此要在一把手与刘太后之间相互周旋、互不得罪、斡旋抽身，是需要很大的政治智慧的。

当然，晏殊此后的起伏人生，势必要与宋仁宗和刘太后挂钩。

刚准备垂帘听政的刘太后，迎来了最初的政治暗礁。

宋真宗去世之后，朝中有的大臣想独揽大权，以宰相丁谓和枢密使曹利用为代表的野心最盛，此时的晏殊，凭着高超的政治智慧，果断支持刘太后，阻止了宰相丁谓和枢密使曹利用独揽大权的野心，使得刚遭受皇帝突丧的宋朝，得以平稳度过危险期。

对于晏殊的大力支持，刘太后自然看在眼里、记在心上，于是着力嘉奖，晏殊被擢升为右谏议大夫兼侍读学士，后迁枢密副使。

得到太后的赏识，晏殊多么希望国家安稳、朝廷清明。

乐秋天。晚荷花缀露珠圆。风日好，数行新雁贴寒烟。银簧调脆管，琼柱拨清弦。捧觥船。一声声，齐唱太平年。

人生百岁，离别易，会逢难。无事日，剩呼宾友启芳筵。星霜催绿鬓，风露损朱颜。惜清欢。又何妨、沉醉玉尊前。

此时的晏殊，已经经历了多少家庭变故、接受了多少人的无情离开。

二十一岁，弟弟自尽；

二十二岁，发妻李氏病逝；

二十三岁，父亲晏固去世；

二十五岁，母亲去世；

三十多岁，第二任妻子孟氏病逝。

按照古代的规矩，父母去世必须要守孝三年，父母亲相继去世，按理说晏殊必须守孝两次，但是"北宋有限责任公司"离不开他，董事长也离不开他的政治智慧。

所谓的"天地君亲师"，君排在亲的前面，因此一把手因为工作离不开他，不让他回家守孝，也不算是不孝顺了。

宋仁宗对晏殊"倍加信爱，受特遇之知"，这种感情几乎是遗传自宋真宗。

晏殊一直严于律己，他看不惯那些慵懒懈怠的官员，有一次因为侍从来迟了一会儿，晏殊生气地拿起手里的笏板，直接将侍从的几颗牙齿打落。

刘太后想提拔一批人，比如提拔张耆升任枢密使，就遭到了晏殊的强烈反对，这也惹得太后不高兴。

朝中那些看不惯晏殊顺风顺水的御史们，借此机会放大两件事，向太后弹劾晏殊。

晏殊平坦的仕途迎来了第一次波折。公元 1027 年，朝廷贬刑部侍郎晏殊知宣州，后来又改知应天府。

在去宣州的路上，晏殊写了一首《踏莎行·碧海无波》：

碧海无波，瑶台有路。思量便合双飞去。当时轻别意中人，山长水远知何处。

绮席凝尘，香闺掩雾。红笺小字凭谁附。高楼目尽欲黄昏，梧桐叶上萧萧雨。

一向自律谨慎的晏殊，没有什么风流艳事，按理说，他应该不会在男女爱情上产生多少离愁别恨，这可能与词的传承有关，晏殊可以写人们的普遍情感，而不仅仅限于作者的自我写照。

这首词，便是这样。

被贬的晏殊，其实并没有什么损失，反而经过基层历练，有了几年的基层经验，在为官做人上更加成熟稳健。

在应天府任职期间，晏殊扶持建设了历史上有名的应天书院，大力应邀范仲淹等名人到应天书院讲学，并且聘任范仲淹全权主持应天书院的工作。

自从五代以来，天下的学校都被荒废，在晏殊的大力推动下，全国开始兴办教育。

应天书院是北宋有名的"985"和"211"。经过晏殊和范仲淹等人的不懈努力,为北宋王朝的建设输送了一批又一批新鲜血液,这些经世致用的人才为北宋的发展和建设贡献了不可磨灭的力量。

因此,应天书院成为北宋四大书院之一。得到了《宋史》的大力赞叹,"自五代以来,天下学校废,兴学自殊始"。

公元1032年,已经回到朝廷的晏殊,再次得到提拔,升任北宋参知政事加尚书左丞。

此时的晏殊,已过不惑之年,在与三五好友宴饮聚餐时,感叹人生无常,写了一首千古名篇《浣溪沙·一曲新词酒一杯》:

一曲新词酒一杯,去年天气旧亭台,夕阳西下几时回?

无可奈何花落去,似曾相识燕归来,小园香径独徘徊。

南唐后主李煜是一个特别纯情天真的诗人,对于自己的情感和情绪毫无节制,完全是真情流露。但是晏殊不同,他处理政事有理有据,对于情感有所节制。

对酒当歌人生几何,不如唱一首歌,饮上一杯酒。看看眼前,依旧是去年的春天,依旧是以前的亭台,一切似乎都是永恒。同样是一样的歌、一样的酒,只可惜已经不是去年的时光了。

对于生命变幻,李煜是"自是人生长恨水长东",将一切归结于无常。

晏殊则是"无可奈何花落去,似曾相识燕归来",将一切归结于永恒。

即便是无可奈何花落去,但是年年都有燕子归来,而且燕子还带了新孵化的小燕子。

晏殊陷入了沉思之中,他感受到生命不仅有循环,还会有归来。

宦海浮沉这么多年,晏殊学会了接受美好事物的逝去,因此更加懂得珍惜。

一向年光有限身，等闲离别易销魂。酒筵歌席莫辞频。

满目山河空念远，落花风雨更伤春。不如怜取眼前人。

公元 1033 年，晏殊再次迎来了第二次仕途波折。

太后想要前往太庙拜谒，有的大臣建议穿着衮冕前往。所谓衮冕，就是皇帝在祭祀天地、宗庙等重大庆典时所穿的正式服装，晏殊认为太后不是一把手，穿着衮冕不合时宜，于是反对。

太后当然不高兴，心想：我穿个衣服你都要指指点点，你小子是不是活腻了。

于是，晏殊被降职知亳州、陈州。

三月暖风，开却好花无限了，当年丛下落纷纷。最愁人。

长安多少利名身。若有一杯香桂酒，莫辞花下醉芳茵。且留春。

在地方待了五年，晏殊又再次被朝廷召回，担任刑部尚书兼御史中丞。

此时北宋的国际地位发生了变化，赵元昊称帝，建立了西夏国。当了皇帝之后，赵元昊出兵攻打北宋的陕西一带，宋兵节节败退。

晏殊主张抗击西夏，并且开始对边防军队进行整顿。

他认真分析了宋兵战败的原因，准备从三个方面开始入手：

第一，果断撤销了军队中的内臣监军，把边防军队的指挥权交给了将帅；

第二，大量招募弓箭手，加强训练，作为作战的补充人员；

第三，对宫廷中积压的财务进行全面清点，召回那些被侵占的物资，用以资助边关军饷，充实国库。

经过晏殊的整顿，边防军队焕然一新，宋军很快就平定了西夏的侵犯。

辉煌的政治生涯

公元 1042 年，晏殊位极人臣、官至宰相，主管北宋财政，做到了"正国级"领导。

对于北宋的长足发展，晏殊做出了不可磨灭的贡献。

首先，担任宰相之后，晏殊特别重视教育，他与范仲淹一起，大力倡导在各地市办学，设立官学，这场自上而下的教育改革，被称为"庆历兴学"，这个举措使得北宋的文化繁荣一时。

其次，晏殊注重于干部人才的选拔使用，身居高位的他，不搞嫉贤妒能那一套，而是喜欢奖掖后进。

北宋政坛上的大咖，譬如范仲淹、王安石、欧阳修等人，都是出自他的门下，经过他的精心栽培，这些人陆续成为北宋朝廷的中流砥柱。

欧阳修二十多岁就成了晏殊的得意门生，这位欧阳同学虽然有状元之才，但是他有些恃才傲物、锋芒毕露，让那些监考评委一度不爽，因此两次科举落榜。

晏殊比较爱惜欧阳修的文才，曾经评价他"吾重其文章，不重他为人"，还向一把手宋仁宗力荐过欧阳修。

但欧阳修多少有点不识好歹，在一次高级别的圈内文化沙龙上，欧阳修评价晏殊，"晏公小词最佳，诗次之，文又次于诗，其为人又次于文也"。

两人之间多少有些小误会，并没有什么太大的过节。

晏殊为相的时候，王安石还是个毛头小伙子，他当众质疑"正国级"领导："当宰相去喜欢填那些小词，这样的人能够把国家治理好吗？"

晏殊不做辩解，只写了八个字送给王安石，"能容于物，物亦容矣"。

哥的境界，不是一般人能懂的。

公元 1044 年，宰相晏殊再次迎来了贬谪岁月。

被贬的原因，一说是他撰修李宸妃墓志等事，被弹劾罢相，贬为工部尚书知颍州，后又以礼部、刑部尚书知陈州、许州。还有一说是因为晏殊与范仲淹、韩琦等人结党营私。

被罢官的晏殊，看惯了官场的起伏。写下了一首《木兰花·燕鸿过后莺归去》：

> 燕鸿过后莺归去，细算浮生千万绪。
> 长于春梦几多时，散似秋云无觅处。
> 闻琴解佩神仙侣，挽断罗衣留不住。
> 劝君莫作独醒人，烂醉花间应有数。

在人生最后的十年中，晏殊在地方上任职，病重之后回京治疗。北宋的一把手一直欣赏和爱护晏殊，但在远离朝堂的日子里，他也会萌生漂泊天涯的想法，渴望知音的出现。

> 家住西秦。赌博艺随身。花柳上、斗尖新。偶学念奴声调，有时高遏行云。蜀锦缠头无数，不负辛勤。
> 数年来往咸京道，残杯冷炙漫消魂。衷肠事、托何人。若有知音见采，不辞踏遍阳春。一曲当筵落泪，重掩罗巾。

古代官场，波诡云谲，危机四伏，很少有人能够在官场中独善其身、全身而退，晏殊是一个特殊的意外。

虽然他被贬多次，但是朝廷从未让他去偏远之地任职，并且每次任职，晏殊都是高配，这恐怕得益于他对朝廷绝对忠诚的忠厚品质。

与其他官员不同，晏殊不是一个激情主义者，他不喜欢搞阿谀奉承、见风使舵这一套，也不搞欺上瞒下，居功自傲，为官多年，他总是低调踏实，以大局为重。

对于自己的情感，晏殊控制得恰如其分，他不会让人轻易看见他的悲伤，也不会让眼泪在外人面前流下来，更多的时候他呈现出一种云里雾里的淡淡清愁。

南雁依稀回侧阵。雪霁墙阴，偏觉兰牙嫩。中夜梦余消酒困。炉香卷穗灯生晕。

急景流年都一瞬。往事前欢，未免萦方寸。腊后花期知渐近。寒梅已作东风信。

作为花间派的传承者，晏殊充分吸收前人的精髓，结合自己的生活感悟，开拓提升。那种缠绵哀婉的情愫，深深打动别人。

槛菊愁烟兰泣露，罗幕轻寒，燕子双飞去。明月不谙离恨苦，斜光到晓穿朱户。

昨夜西风凋碧树，独上高楼，望断天涯路。欲寄彩笺兼尺素，山长水阔知何处？

晏殊不主张把现实生活中严酷的一面写进词里，他虽然贵为宰相，但其实他的身上有一种士大夫情节，这与欧阳修是不一样的。

身为宰相的晏殊，常常以宰相的视角，描写文人士大夫的生活，营造出一种雍容华丽的意境，这也使得他的词含有一种富贵气象。

小阁重帘有燕过，晚花红片落庭莎。曲阑干影入凉波。

一霎好风生翠幕，几回疏雨滴圆荷。酒醒人散得愁多。

对于生活的严酷和挫折，晏殊认为，"厄者，人之本也。人无贱者，惟自弃也。大智无诈，顺乎天也"。

困难是人生固有的一种现象，这并不奇怪，人不应该自暴自弃，所谓的顺应天命，归根结底就是"真诚无欺"四个字而已。

有人会问，晏殊位极人臣，他的子女恐怕都享受高官厚禄吧？

宰相晏殊，按照族谱来算，他生了九个儿子六个女儿，幸亏北宋当时没有计划生育，否则晏殊要被罚惨了。

按理说，一人得道鸡犬升天，有个"正国级"的老爹，几个儿子的官位应该都不低。但实际上，晏殊为了避嫌，从未给北宋人事部门打过招呼让他们提拔使用自己的儿子，他的几个儿子完全凭借自己的本事谋生。

公元 1055 年，这个少年开挂、官拜宰相、富贵闲人与世辞别。

去世前，皇帝还想去探访他的病情。

晏殊派人跟皇帝说："我没什么大碍，无非就是老毛病又犯了，已经快要好了，皇上不必过分担忧。"之后不久便病逝了。

他的学生欧阳修，写了一篇《晏元献公挽辞》，对晏殊一生的功业德行，做了一个中肯的评价。

富贵优游五十年，始终明哲保身全。

一时闻望朝廷重，余事文章海外传。

旧馆池台闲水石，悲笳风日惨山川。

解官制胜门生礼，惭负君恩隔九重。

晏殊至诚务实的性格，也影响了他的几个儿子。比如不与秦桧同流合污的晏敦复，誓死戍边守疆的忠臣晏桂山，以身殉国的抗倭将士晏锐都是英雄好汉。

还有，与他齐名的晏几道。

晏几道

既是才高八斗的狷者，
也是婉约派的爱情圣手

他不仅是「四痴」，还是个情种

　　翻开北宋日历。某天，翰林大学士苏轼想约见他的偶像，约他聊天喝茶、畅聊文学，奈何苦于不认识偶像，他通过打听得知，黄庭坚跟偶像是知己好友，于是想让黄庭坚帮忙牵个线、搭个话。

　　黄庭坚受人之托，找到好友门上，直接说明来意："朋友，大学士苏轼想前来拜访，约你喝茶聊天，你有空吗？"

　　好友却回："今天的政事堂中，半数以上都是我家的旧客，他们我都没空见，更何况是闲杂人等，不见。"

　　要知道，苏轼可是北宋文坛第一流量"大 V"，何人这么高傲，连文坛大佬的面子都不给。

　　这个高傲的人，就是晏几道。

　　晏几道是晏殊的第七子，也是晏殊的儿女中最有名的一个。

　　晏殊被称为"大晏"，晏几道被称为"小晏"，两人都是词作名家。

　　黄庭坚曾在《小山词序》中评价晏几道，说他有"四痴"：

　　仕途连蹇，而不能一傍贵人之门，是一痴也；
　　论文自有体，而不肯作新进士语，此又一痴也；
　　费资千百万，家人寒饥，而有孺子之色，此又一痴也；
　　人百负之而不恨，己信人，终不疑其欺己，此又一痴也。

　　黄庭坚的评价，基本囊括了晏几道的性格。概括起来，晏几道是忠厚耿介、恃才傲物、不求仕途、歌酒自放的世家子弟。

他的一生可以说充满了悲剧色彩，显赫的家庭背景和良好的成长环境给他带来了优越感，使得他在当时的文化圈子交往中得到了满足和认可。

随着父亲晏殊的离世，他受到了政治斗争的波及，甚至因为朋友被牵连入狱。家庭的变故、政治的打击、经济的窘迫，让他仕途连蹇，产生了一定的逆反心理，在被边缘化的情况下，他依然坚守自我的精神高地。

晏几道的人生，堪称北宋的翻版"贾宝玉"。

含着金钥匙长大的贵公子

公元 1038 年 5 月 29 日，宰相府晏殊家中的第七位公子降生，此时的晏殊已经四十七岁了，老来得子的他把这个小儿子视若珍宝，给了他最优渥的物质条件。

晏殊对这个儿子寄予厚望，依照"上善若水，水善利万物而不争，处众人之所恶，故几于道"，给他取名为"几道"，希望这个小儿子能够修养心性接近于道，进而可以达到道德的境界。

通过前面取名的例子来看，事实证明，父亲这次又想多了。

在这样的家庭环境中成长，加上父亲晏殊的文学细胞，晏几道从小就表现出了良好的文学天赋，他的少年时期可谓逍遥自在。

聪颖过人的孩子，经常会被父亲拿出来显摆炫耀，就连"正国级"的晏殊，也不例外。

晏几道五六岁的时候，晏殊在家里宴请宾客，气氛烘托到一定程度后，晏殊就让晏几道给在座宾客背上几首诗词。

没想到儿子毫不怯场，张口就来——

蜀锦地衣丝步障。屈曲回廊，静夜闲寻访。玉砌雕阑新月上。朱扉半掩人相望。

旋暖熏炉温斗帐。玉树琼枝，迤逦相偎傍。酒力渐浓春思荡。鸳鸯绣被翻红浪。

晏殊一听，不对啊？

这孩子背诵的竟然是柳永的艳词。

你背谁的词不好，非要背柳永的。

要知道，晏殊与柳永都是学霸，互相看不上对方。晏殊听后，直接怒斥儿子。

五六岁的晏几道哪里顾得上这些，自己喜欢就是喜欢，喜欢胜过一切。

这一切仿佛都是宿命，那时的晏几道肯定想不到，多年以后自己也过上了柳永的那种生活。

少年时期的晏几道天资聪颖，很早就中了进士，但是他对于功名毫不在意，整日只知道斗鸡走马、填词衔觞，哪知世道艰难、社会险恶。

久而久之，形成了与贾宝玉一样的性格，"不通世务""偏僻乖张"。

公元 1055 年，晏家发生变故，晏殊去世，偌大的一家子突然失去了晏殊的庇护，门庭一下子冷落下来，晏几道只得提前结束逍遥自在的生活。

此时，他十七岁，被迫接受生活的捶打和现实的鞭策。

青春期晚期的晏几道，第一次直白地感受到人世间的世态炎凉，他本就生性孤傲、不慕权贵，这下变得更加孤高自负，不喜阿谀奉承。

然而，世间很多事总是祸不单行，家境衰败的晏几道，三十几岁时还卷入了北宋的政治斗争。

晏几道也是运气不好。公元 1074 年，晏几道的一个朋友郑侠，反对王安石的变法，给北宋一把手上奏了一幅《流民图》，得罪了那些当权者。

官差收集证据的时候，无意中找到了晏几道写的《与郑介夫》：

> 小白长红又满枝，筑球场外独支颐。
>
> 春风自是人间客，主张繁华得几时？

历史上很多搞"文字狱"的案子，大多都是无中生有，文人本来生性敏感，大多数情况只是把文字当成是一种寄托情感的载体而已。

官差一看，这个人胆子挺大啊，竟然敢诋毁大宋的方针政策，讽刺"新政"，于是就将晏几道逮捕入狱。

宋神宗其实比较欣赏晏几道，凭借北宋最高决策者的宽宏大量，晏几道才得以保住性命。

经此劫难，晏家更加衰败，早就没有了昔日的荣光。

但是晏几道不管这些，他依旧挥金如土，佳人相伴，保持着贵公子的一份体面。

晏几道在官场上面没有父亲一帆风顺的运气，没做过什么大官，最惊艳的官职，只是颖昌府许田镇监，还是写诗换来的。

这个级别，在现在大概是个县处级干部。

公元 1078 年，宋神宗赵顼大宴群臣，四十几岁的晏几道也在列。为了烘托宴会气氛，宋神宗让晏几道写一首诗给大家助助兴。

晏几道颇有才华，即席写了一首《鹧鸪天·碧藕花开水殿凉》：

碧藕花开水殿凉。万年枝外转红阳。升平歌管随天仗，祥瑞封章满御床。
金掌露，玉炉香。岁华方共圣恩长。皇州又奏圜扉静，十样宫眉捧寿觞。

很明显，晏几道写的是一首拍马屁的词，深得宋神宗的心，神宗一高兴，赏了一个颖昌府许田镇监的官职给他做。

这不合常理，晏殊是赫赫有名的"太平宰相"，他的儿子也颇具才华，怎么混得这么差呢？

晏殊去世之后，虽然有很多门生故吏、亲朋好友，但是晏几道生性孤傲，不肯低头求人。就连达观豁达的苏轼都曾被晏几道拒之门外，他的那个脾气不知道要得罪多少人。

因此，黄庭坚才总结晏几道的性格，有四痴。

第一，晏几道仕途不顺，但是他不喜欢结交权贵。

第二，晏几道文采斐然，但是他不喜欢追赶文坛潮流。

第三，晏几道饥寒交迫，但是他不会更改赤子之心。

第四，晏几道被人辜负从不记恨，而且一旦相信别人，对人一定会推心置腹。

这个贵公子虽然脾气怪了点，但充满了人性的可爱。因此，黄庭坚赞叹："叔原，固人英也。"

叔原，是晏几道的字。

晏几道不仅是"四痴"，还是个情痴。

放不下美女的情痴

"贵公子"晏几道非常有美人缘。

他自编了一本词集叫作《小山词》，在序言中他写道："始时，沈十二廉叔、陈十君宠家，有莲、鸿、苹、云，品清讴娱客。每得一解，即以草授诸儿。"

"莲、鸿、苹、云"，是何许人也？竟然能够在一个词作名家的序言中出现。

仔细揣摩，"莲、鸿、苹、云"代表四类歌伎，在晏几道的词作中，这四个字出现的频率较高。

梦后楼台高锁，酒醒帘幕低垂。去年春恨却来时。落花人独立，微雨燕双飞。

记得小苹初见，两重心字罗衣。琵琶弦上说相思。当时明月在，曾照彩云归。

这首词，就出现了"苹"，描写的是晏几道与小苹初见时，虽然已经过去了很久，但是晏几道还清楚地记得"琵琶弦上说相思"的佳人。

明月还在，只是小苹如今不知所踪，温柔旧梦再也回不去了。

"梦"字在晏几道的词里出现的频率也特别高，原来一直萦绕在他心中的，是那个意味悠长、悲喜交加的旧梦。

他还记得初见时候的场景。

西楼月下当时见，泪粉偷匀。歌罢还颦。恨隔炉烟看未真。
别来楼外垂杨缕，几换青春。倦客红尘。长记楼中粉泪人。

在一次宴会上，歌伎不得不面对众人强颜欢笑，然而，最撼动晏几道心灵的，是歌伎在一旁独自偷偷地哭泣，这深深地扰乱了他的心。

可惜，一切都回不去了。

彩袖殷勤捧玉钟。当年拼却醉颜红。舞低杨柳楼心月，歌尽桃花扇底风。
从别后，忆相逢。几回魂梦与君同。今宵剩把银釭照，犹恐相逢是梦中。

久别后再次相逢，担心这是在梦中。当年的宴饮场景，是多么豪华和欢乐。

别后，无数个夜晚梦见了她，可是醒后才发现终究是梦，好不容易熬到了现实，提着灯仔细打量眼前人，这到底是梦，还是现实呢？

这样的场景，让人喜悦，也让人怀疑，也许两人还要掐一下彼此的脸。

"是你吗？真的是你吗？"

两人多次验证，否则以为又是大梦一场。

晏几道从曾经的"白玉为堂金作马"到现在的"家徒四壁书侵坐"，这样的生活环境，能够给那些女孩子什么样的保护呢？

《红楼梦》中的贾宝玉，曾经希望住在大观园的姐妹们永远都在一起，不要分开。

北宋翻版的贾宝玉——晏几道，有时候也天真得像个孩子一样，没想过与她们会分别，竟然说了："若问相思甚了期，除非相见时。"

但是相遇总有离别，有了离别，相遇才更加深刻。

晏几道赌气说道："此后锦书休寄，画楼云雨无凭。"

以后我们恐怕没有相见的日子了。

其实，最不能忘记的就是他自己。

在晏几道即将告别这个俗世之前，也就是公元 1107 年，当时的权臣蔡京在过节时，几次想邀请晏几道来写几首词。

有人跟他说："大兄弟，蔡大人权倾朝野，你要抓住机会，写几首拍马屁的诗词，得到他的青睐，从此荣华富贵唾手可得。"

晏几道应邀之后，确实写了两首《鹧鸪天》：

其一

九日悲秋不到心，凤城歌管有新音。凤凋碧柳愁眉淡，露染黄花笑靥深。
初见雁，已闻砧，绮罗丛里胜登临。须教月户纤纤玉，细捧霞觞滟滟金。

其二

晓日迎长岁岁同，太平箫鼓间歌钟。云高未有前村雪，梅小初开昨夜风。
罗幕翠，锦筵红，钗头罗胜写宜冬。从今屈指春期近，莫使金尊对月空。

这两首词，没有一首是歌功颂德的，文化功底不低的蔡京当然看得出来，晏几道升官发财的机会又白白流失了。

公元 1110 年，年过古稀的晏几道悄然辞世，他留下了一部《小山词》。

很多人不喜欢他的这部作品，指责他"狭隘而浅薄"。

一向狂狷的他，没有什么朋友，只有知己黄庭坚站了出来，力挺这部作品"清壮顿挫，能动摇人心"，并且给《小山词》写了序言。

🌊 我为北宋这个病世写歌词

晏几道对于仕途没多大心思，他把主要精力都放在了创作上面。

尽管生活窘迫，但他依旧是个爱书如命的痴人。

每次搬家，他宁愿把那些不必要的生活用品扔掉，也要带上那些藏书，妻子很讨厌他这个习惯，说他搬书的时候像个乞丐。

没想到，晏几道写了一首诗来反驳妻子：

生计唯兹碗，般擎岂惮劳。造虽从假合，成不自埏陶。

阮杓非同调，颜瓢庶共操。朝盛负余米，暮贮藉残糟。

幸免墦间乞，终甘泽畔逃。挑宜筇作杖，捧称葛为袍。

傥受桑间饷，何堪井上螬。绰然真自许，嗼尔未应饕。

世久轻原宪，人方逐子敖。愿君同此器，珍重到霜毛。

晏几道既是高傲的贵公子，也是北宋翻版贾宝玉，他用自己独特的方式展现了一个才高八斗的狷者形象，给我们留下了经久不息的《小山词》。

人们总喜欢拿晏几道的词与父亲晏殊的作对比，一较高下。

北宋中期后，令词的创作已经逐渐衰微，慢词逐渐成为创作的主流，在这样的大环境下，晏几道仍旧传承花间词的传统，固守小令的阵地，继续书写自己的悲欢离合，他的作品仍旧以小令为主。

内容大体还未脱去闺阁园林之景、伤春怨别之情。

他当时的创作态度也很消沉，他在《自序》中写道："叔原往者浮沉酒中，病世之歌词，不足以析酲解愠，试续南部诸贤绪余，作五七字语，期以自娱。不独叙其所怀，兼写一时杯酒间闻见所同游者意中事……"

　　大概正因为病世之歌词，不足以析酲解愠，所以晏几道在遣词造句方面极为讲究，他的作品大多构思精妙，遣词造句比较秀逸，绵密地描写那些高堂华烛、酒阑人散的悲戚。

　　他的词境延续了晏殊和欧阳修的一些风格，远在花间之上，逐步展现了他的个人情怀思致，可以说是一脉相承。

　　晏几道和父亲晏殊的词风气韵高华润朗，但也有区别，这主要是与两人的遭遇和性情有关，晏几道的词流露出来的并不是理性的反省与思考，而是一种情绪的感伤与思怀。

　　他生于富贵之家，后来家庭变故，因此他的词作在华贵之中难掩悲凉凄绝，看似浓艳的辞藻营造出来的却是暗淡的气氛。

　　在词作的技艺上，晏几道要比晏殊和欧阳修更胜一筹，他将令词推到极致，能在伤感之中见豪迈，凄清之中有温暖。

　　所以黄庭坚评价他的词"嬉弄于乐府之余，而寓以诗人句法，清壮顿挫，能动摇人心"。

　　其实，一个人的创作情感总会受到生活环境影响。

　　晏殊的词风是雍容含蓄，晏几道的词风沉郁顿挫。

　　晏殊是太平宰相，懂得克制自己的情感，时刻保持风度。而晏几道人生阅历比父亲更为丰富，少年富贵，家道中落，中年落魄。他领略过人情冷暖、世态炎凉，这些生活经历没有完全摧毁他，反而促使他形成了与众不同的性格，导致他词作中的情感是浑然天成的。

　　同样都是写歌伎，晏殊是以宰相的视角去窥探人世间的众生相，那些歌伎只是作为一种背景出现，晏殊或许从未走进过她们的内心深处。

　　而情痴晏几道，没有瞧不起地位卑下的歌伎，那些歌伎经常被富人贩来卖去，在晏几道的心里，她们与正常人家的姑娘一样纯真美丽，曾经身为贵公子的他，与她们平等相待，通过词来表达歌伎的痛苦。

他把每个歌伎的名字都潜藏在他的词作里，每个名字，代表一段感情。

这份痴情，这种秉性，与柳永比较像。

如此，晏几道的整体形象就出来了。

小令尊前见玉箫。银灯一曲太妖娆。歌中醉倒谁能恨，唱罢归来酒未消。春悄悄，夜迢迢。碧云天共楚宫遥。梦魂惯得无拘检，又踏杨花过谢桥。

一向严肃惯了的大教育家程颐，读到晏几道这首《鹧鸪天·小令尊前见玉箫》的后两句时，都忍不住赞叹"鬼语也"。

晏几道的词能够以情感人，措辞婉妙，曾经独步一时。

或许依旧有人不喜欢晏几道，觉得他专工言情，不是"词家正声"，但不可否认的是，他为后面的词人表达情感提供了一种可能和选择。

林逋

北宋隐居山林的宅男，梅妻鹤子的主人公

他是北宋文坛上的一个另类、特立独行的光棍北宋文坛上有很多另类，但是下面出场的这位是另类中的另类。

第一，世人大多追名逐利，他却不喜名利、隐居山林，二十年从未踏入大城市，终身未娶妻生子，反而以梅树为妻、白鹤为子，算不算另类？

第二，世人大多喜欢以诗词流于后世，想到绝妙的句子立马要发到朋友圈让人点赞评论，而他写诗作词却随就随弃，从不留存，他认为既然选择了归隐，又何必留下佳作去追求所谓的生前身后名呢？算不算另类？

第三，他虽然隐居山林、词作不多，但是他的粉丝上至帝王仕宦，下至普通百姓，两句"疏影横斜水清浅，暗香浮动月黄昏"，火得一塌糊涂，撩拨了多少人的心，这算不算另类？

这个另类的三次方，就是林逋。世人称其为"和靖先生"，林隐士最大的特点，就是——"孤"。

原来，林逋是土生土长的杭州人，林逋"少孤，力学，不为章句。性恬淡好古，弗趋荣利，家贫衣食不足，晏如也。初放游江、淮间"。年少的时候，他心里想着世界这么大，我要去看看，于是便负书远游。见了外面的世界之后，他觉得故乡杭州不就是自己苦苦追寻的诗意栖居地吗？

特别是杭州西湖，美不胜收，不如选择隐居于此。

隐居之后，漫长的时光如何打发呢？

林逋想了一个办法，就是在周围种上一些梅树，说来也怪，他只种了三百六十棵梅树。

种梅树有很多好处，结的果子可以卖钱，还可以酿酒，空闲时候又可以在园中吟诗漫步。梅树的姿态迷人，品格高洁，不正符合美人的特点和秉性吗？

而且，不管你是悲伤还是喜悦，它们都站在那里，听你倾诉、陪你读书，日夜相伴、从不变更，任凭外界风吹浪打、岁月蹉跎，它们都与你心心相通。

怪不得林逋要选择梅树为妻！

或许有人心中有疑问，林隐士是不是曾经为情所伤，才会如此？

或许，林逋曾经全身心爱过一个女孩，只是爱而不得。

我们且看他留下的为数不多的作品，比如这首《长相思》：

吴山青，越山青。两岸青山相送迎，谁知离别情？
君泪盈，妾泪盈。罗带同心结未成，江头潮已平。

钱塘江北边青翠的吴山，钱塘江南边清秀的越山，每天看着帆船迎来送往。此刻，江岸边恰好有一对有情人，难舍难分，山似乎照旧招呼行人归客，完全不顾那对有情人的离愁别绪。

钱塘江的水同样无情，这对有情人的同心结还没打好，归期还未互相说完，就开始涨潮，催着船家早早出发。可是，等到两人泪水盈眶时，这潮头已悄悄涨到与岸齐平。

吴越之地山清水秀、风景宜人，却也是看遍了人世间的悲欢、阅尽了人世间的离合。

这对有情人心心相印难成眷属，只能各自带着悲伤洒泪挥别，一江恨水，绵延无尽。

因此，林逋不娶妻以表忠贞，不仕途以表高洁。

不懂林逋的人，认为他一个人隐居山林，种梅赏鹤，实在是个怪人，那些梅花白鹤用来观赏就行了，何必日日守着？

在林逋的诗词全集里，一共有八首咏梅诗，合称为"孤山八梅"。

最经典的，还是那首《山园小梅》：

众芳摇落独暄妍，占尽风情向小园。

疏影横斜水清浅，暗香浮动月黄昏。

霜禽欲下先偷眼，粉蝶如知合断魂。

幸有微吟可相狎，不须檀板共金樽。

特别是"疏影横斜水清浅，暗香浮动月黄昏"两句，将静止的梅花写活了。

欧阳修特别喜欢这两句，更说出了"前世咏梅者多矣，未有此句也"的评价。

"梅妻鹤子"成了林逋永恒的 Logo。

大胆猜想一下，其实林逋也想拥有三五知己好友，只不过是懂自己的人太少了。林隐士虽然孤傲不理俗世，但是何尝不希望有人前来慰藉他这个孤独的人呢？

不然，他也不会写下这首《点绛唇·金谷年年》：

金谷年年，乱生春色谁为主？余花落处，满地和烟雨。

又是离歌，一阕长亭暮。王孙去，萋萋无数，南北东西路。

曾经繁盛的金谷园，如今已是人去园空，杂草丛生，一片荒芜。与友人送别，芳草萋萋、草接天涯、蔓连长路。面对友人的离去，林逋不禁慨叹人世沧桑，所谓的繁华富贵不过是过眼云烟。

孤云将野鹤，岂向人间住？

这样遁世超绝的人，竟然有人愿意和他做朋友？

有！李及就算一个。

李及这个人在朝为官，不喜欢结交那些只知享乐、溜须拍马的人，更不喜欢与狐朋狗友宴饮。

有一次，李及冒着风雪前往郊外，别人都以为他是招待客人去了，没想到李及是去山林找林逋清谈，直到天色已晚才回来。

一个是在朝堂为官的俗人，一个是遁迹山林的隐士，二人因为志趣相投、性情相似，成了好朋友。

古之隐者，大概可以分为三类，最上乘的一种，就算遁迹山林，但是他的德行依旧能够远方，就算是万人之上的君主也会屈尊委任。林逋，就属于这类隐者。

或许有人充满疑问，这二十年林逋是怎么过的?

第一，林逋种了很多梅树，梅子成熟的时候，可以泡酒，也可以拿到山下换钱。

第二，林逋居住的地方有山有水，他很有可能在水中捕鱼。

第三，林逋会在山林之中采集一些林下资源，偶尔可能还会打猎。

隐居二十来年后，林逋的声名早已远播。这二十年，他从未去过大城市，也从未踏入烟火人间，宋真宗听闻他的事迹之后，想请他出仕，为国家的发展贡献智慧和力量。

可是，林逋心不在此，他说："荣显，虚名也。供职，危事也。怎及两峰尊严而耸立，一湖澄而画中。"

文坛大咖苏东坡、范仲淹、欧阳修等人都是他的座上宾，那个只有梅花仙鹤的朴素小院，竟然成了文人雅士们相聚的文学沙龙。

对于林逋，范仲淹非常欣赏，曾写下《寄赠林逋处士》：

......

未能忘帝力，犹待补天均。

早晚功名外，孤云可得亲。

就连苏东坡，也不吝惜自己的赞美之词，"先生可是绝伦人，神清骨冷无尘俗"。

林逋志不在功名富贵，而是绿水青山与我情相宜。相比于画前研墨、餐前温暖、月下私语，他更喜欢山水自然。简单的茅草屋，在树荫下锄田，闲暇写诗采药，平日邀月对饮，乐在其中。

如果有客人来访，"则一童子应门延客坐，即开笼纵鹤。良久逋必棹小船而归"。

等到他回来时，仙鹤就落在林逋的船头，与主人相伴而归。

林逋心中的山水居室，是这样的：

> 竹树绕吾庐，清深趣有余。
>
> 鹤闲临水久，蜂懒采花疏。
>
> 酒病妨开卷，春阴入荷锄。
>
> 尝怜古画里，多半写樵渔。

都说大隐隐于市。别的隐士遁迹山林，或许是无奈之举、无可选择，或许是不被重用、心灰意冷，但林逋与他们不同，他有很好的机会可以出仕，但他选择归隐，是心之所向。

林逋虽然不出仕做官，但是他从不反对别人求仕；他隐居也从不拒绝别人来访，但是他绝不回访。

这样的隐士，才算是真正的隐士。

北宋文坛是极具包容性的，不仅需要范仲淹、欧阳修这样的积极入世者，需要这些人经世济民，同时也需要林逋这样的隐者，与山水亲近，以另外一种方式实现生命的价值。

这位书法造诣较高、才气超脱、性格高洁的林逋，在告别俗世之前，曾

留下一首绝笔诗:

湖上青山对结庐,坟前修竹亦萧疏。

茂陵他日求通稿,犹喜曾无封禅书。

据说,林逋过世之后,那两只仙鹤在他的墓前徘徊,一直不肯离去,直至悲鸣而死。

那些梅树,又二度开花。

林逋去世后,盗墓贼挖他的墓,他们以为这样的大文豪,肯定有很多值钱的陪葬品。但最后他们只从林逋的墓中挖出了两件陪葬品:一块砚台,一支玉簪。

砚台代表文学,合情合理。

可是玉簪代表什么呢?

或许,是那个曾经爱而不得的女孩。

张先

北宋风流潇洒的词人里，我恐怕能排前三

与柳永齐名，不仅风流，而且长寿

人生七十古来稀，古人的平均寿命一般比较短，能够活到七十岁是不多见的，可是张先偏偏活了八十八岁，这位老爷爷，可真长寿。

张先不仅长寿，还会享受。

柳永彻底在烟柳巷陌放飞自我，他的风流完全是因为仕途无望、心灰意冷；可是张先的风流是因为才华横溢仕途平坦，玩到七十多岁才退休。

古代七八十岁的老人，身体一般不太行了，可是张先八十岁仍旧老当益壮，还娶了十八岁的小姑娘为妾，据说还生了几个孩子。

这个老先生可不简单，年轻的时候就是个风流种子。

张先年轻时候喜欢过一个尼姑，他还把这段往事写进《一丛花·伤高怀远几时穷》中：

伤高怀远几时穷？无物似情浓。离愁正引千丝乱，更东陌、飞絮蒙蒙。嘶骑渐遥，征尘不断，何处认郎踪。

双鸳池沼水溶溶，南北小桡通。梯横画阁黄昏后，又还是、斜月帘栊。沉恨细思，不如桃杏，犹解嫁东风。

站在高楼上眺望，感到伤感，苦苦地思念着远方的心上人，这种折磨什么时候才能结束呢？

看来这世间，再也没有比爱情更加浓烈的东西了，离愁别绪与千丝万缕的柳条相互牵扯、纷乱不已，更何况那东陌之上，垂柳已是飞絮蒙蒙。

我眼前还不断浮现着那嘶鸣的马儿越跑越远，扬起路上灰尘的情景。我的情郎啊，你叫我去哪儿寻觅你的踪迹呢？

池水中一对鸳鸯在嬉戏，在这南北通达的水中，经常可以看到船只往来。雕梁画栋的楼阁之上，梯子已经撤去。

黄昏以后，依然还是要独自一人面对帘栊，看到斜照在上面清冷的月色。怀着深深的怨恨，我独自反复思量，我的命运竟然不如桃花杏花，它们至少还能嫁给东风，随风飘逝。

这首词的背后，究竟有着一个怎样的故事呢？

原来，年轻时候的张先在郊外游玩，遇到一个年轻貌美的小尼姑，身体里的荷尔蒙飙升，就和这个尼姑好上了。

但是受到庙宇的管辖和上司严格的管理，小尼姑并不是很自由。她每天都要上课，很少有出去游玩的机会。

张先按捺不住对小尼姑的相思，每次都去寺庙找她。

被师傅撞见之后，就把小尼姑锁在了一个池塘中间的孤岛上面。孤岛上有座阁楼。

每次趁着师傅熟睡的时候，张先就偷偷划船前往孤岛，去看心心念念的小尼姑，然后小尼姑会放下梯子，让张先爬上去，两人开始在月光中幽会。

后来，他们的事情被师傅发现，小尼姑被送到别的寺庙，张先也被家里严格管教，再也不许他和小尼姑见面，两人被迫分手。

美好的恋情夭折，成了张先痛苦的回忆。这首词，就是这么来的。

后来欧阳修对张先的这首词大为欣赏，因此，他顺带还博得了一个雅号——桃杏嫁东风郎中。

张先的风流，是骨子里流淌的血液，并不是外部环境导致的。

他的一生算是顺风顺水，四十岁进士及第，算是大器晚成。后面做官，官职也不是很高，但是薪水不低，他不奢求大富大贵的生活，追求的是小富即安。

不必去刻意追名逐利，反而更加容易得到幸福。

张先的朋友圈大佬云集，譬如宰相晏殊、改革派王安石、文坛大佬欧阳修，还有相差几十岁的忘年交苏轼。

张先这老头虽然爱玩，但是颇有才华。文坛大佬欧阳修拜读了张先的诗词之后，被他的才华深深折服，恨不得马上要与张先见上一面。听说张先前来拜访，欧阳修激动地来不及穿鞋，生怕怠慢了这个"风流才子"。

柳永是因为才华不被朝廷正统所接受，彻底断灭了政治理想，进而颓然消沉在烟柳巷陌。而张先不一样，他是因为太闲太有钱，不断滋养心中的风流种子，到处寻欢作乐。

风流才子张先，经常对青楼妓院流连忘返，与那些歌伎美女相伴，风流快活。

他的忘年交苏轼，曾经送给他两句诗，"诗人老去莺莺在，公子归来燕燕忙"。

无论世人对张先如何评价，他都不放在心上，他认为人生苦短，要及时行乐。

张先也给那些官妓写了不少词，比如这首《醉垂鞭》，就是给一个叫龙靓的官妓写的。

什么是官妓？

官妓大多都是犯臣贵族的家眷，多少有些才华姿色、气质不凡。张先在一次宴会上见到了龙靓，惊为天人，便写诗相赠。

双蝶绣罗裙。东池宴。初相见。朱粉不深匀。闲花淡淡春。
细看诸处好。人人道。柳腰身。昨日乱山昏。来时衣上云。

这个龙靓在历史上颇有诗名。穿着美丽，绣罗裙上面双蝶飞舞，莲步轻移，体态翩翩，妆容犹如春天的小树，干净、嫩绿，简直是一个完美的女子。

龙靓的裙子上面有云，还有蝴蝶，充满诗意，或许是个女文青，有品位、有风情。特别是那些云的图案，让人联想到宋玉和神女之间的情缘。

朝云行雨，轻解罗带。

这样似真似幻的场景，境界全出，深深迷乱了张先的心。

如此大胆的女子，没有浓妆艳抹，懂得以天然之美俘获男人的心。

张先难免不动心，就写下了这首词，纪念他们之间刹那的一见钟情。

凡是艰难的爱情，往往都是伟大的，值得纵身一跃，张先做到了。

同样都是风流才子，张先可比柳永幸运多了。

柳永虽然遍地都是粉丝，但是他的词浅近俚俗，符合老百姓的口味，因此不被社会主流、朝廷正统所接受。

张先虽然写那些男欢女爱的艳词，但是他的词雅化了，符合文人雅士的审美情趣，反而得到了士大夫阶层的赞赏。

比如，看不上柳永的晏殊，喜欢嘲讽柳永的词，可是他却为张先的词集题词，称赞张老头"以歌词闻于天下"。

有一次，词人宋祁经过张先的家，让仆人从门口喊道："尚书欲见云破月来花弄影郎中。"

张先在屋内回应："莫不是红杏枝头春意闹尚书？"

这个喊人的方式有点新奇，是怎么回事呢？

原来，"红杏枝头春意闹尚书"，说的就是宋祁，他因为"绿杨烟外晓寒轻，红杏枝头春意闹"两句而得名。

"云破月来花弄影郎中"，说的就是张先，他写的两句"沙上并禽池上暝，云破月来花弄影"流传一时。

晏殊做京兆尹的时候，张先在他的手下做通判，晏殊非常欣赏张先的才华，每次举办酒宴的时候，都会安排一个侍女陪酒，还当场演唱张先所写的词。

张先老了之后，定居杭州。

八十岁那年，这个老爷爷相中一个妙龄女子，对方只有十八岁，比自己小了六十多岁。

人们纷纷议论："这个老头子要玩'爷孙恋'了。"

但是，张先认为爱情与年龄无关，只要彼此相爱，便可战胜一切。

不久之后，老爷爷就要纳那个女子为妾。

喜欢热闹、不喜低调的张先，宴请了很多亲朋好友，包括苏轼也在列。

给大家敬酒的时候，老爷爷想要显示自己的魅力不减当年，当着众人的面赋诗一首：

> 我年八十卿十八，卿是红颜我白发。
> 与卿颠倒本同庚，只隔中间一花甲。

张先得意扬扬地吟诵完自己的诗，大家纷纷为他喝彩，有的人还投来艳羡的目光，羡慕老爷子宝刀未老。

这时，苏轼喝了一点小酒，顿时来了灵感，即兴赋诗一首：

> 十八新娘八十郎，苍苍白发对红妆。
> 鸳鸯被里成双夜，一树梨花压海棠。

苏轼显然是调侃张先"老牛吃嫩草"。

张先与苏轼两人友谊匪浅，无论怎么开玩笑，对方都不会生气。

据说，老爷子后面与这个小姑娘还生了几个孩子，可真是老当益壮的典型代表。

因为纳妾无数，老爷子的子女实在是太多了，年纪最大的儿子与年纪最小的女儿相差了五六十岁。

张老头被别人称为"张三影",被认为是最会写"影"的词人。

有人就和张先说:"大家都喜欢叫你张三中,所谓张三中,就是心中事、眼中泪和意中人。"

张先回答:"为什么不叫我张三影呢?"

那人满脸疑惑,心想你咋不叫张三丰呢?

张先解释说:"老铁,你看啊,所谓三影,第一就是'云破月来花弄影';第二就是'娇柔懒起,帘压卷花影';第三就是'柳径无人,堕风絮无影',这是我平生最得意的作品了。"

那首《天仙子》,不仅是张先最得意的作品,也是北宋词坛的名篇。

水调数声持酒听,午醉醒来愁未醒。送春春去几时回?临晚镜,伤流景,往事后期空记省。

沙上并禽池上暝,云破月来花弄影。重重帘幕密遮灯,风不定,人初静,明日落红应满径。

王国维在《人间词话》中说,一个"弄"字意境全出。

单就写"影"来说,"云破月来花弄影"一句不亚于李白的"举杯邀明月,对影成三人"。

据不完全统计,"影"在张先的词作中出现了二三十次,大约占了他作品的六分之一。看来,张老头的确喜欢写"影"。

朦胧、空灵、素淡,却能炽烈、热切、高雅。

"张子野词,古今一大转移也。"

在北宋灿若星辰的词坛上面,张先虽比不上柳永的婉转绵长,也没有苏轼的豪迈旷达,但是他却凭借自己独特的笔调,在词坛上留下了一道别致的光影。

范仲淹

逆光生长的少年，作风硬核的名臣

在北宋大文豪里面，人品和文品均是顶配

北宋从不缺大文豪，譬如晏殊、欧阳修、司马光等人，可是有的大文豪人设风评不如他的文学造诣，比如绯闻缠身的欧阳修、因循守旧的司马光、常驻青楼的柳三变。

但是，有一个人，他的文品和人品在北宋文豪里面均是顶配。

他的"先天下之忧而忧，后天下之乐而乐"，为士大夫和读书人树立了一座难以逾越的精神高峰。

同样都是改革家，王安石、张居正等人毁誉参半，然而他却名节完整，堪称完人。

他提笔写下的"幽兰在深处，终日自清芬"，成了高风亮节的人们的个性签名。

他，就是范仲淹。

有人会问，既然范仲淹这么牛，为什么"唐宋八大家"没有把他列进去呢？

首先我们要弄清楚两个问题。

第一，"唐宋八大家"是谁排的？

排名的是明代的一个读书人，叫作朱右，这人选了几个人的文章编成了《八先生文集》，后来的文学发烧友根据朱右的选编方法，延续了这种排名，因为这种约定俗成，后来就成为一种惯例。

第二，"唐宋八大家"的评选标准是什么？

并不是说，文章写得很牛的人才能上榜八大家，它的评选标准是唐宋古文运动的中心人物，提倡言之有物的散文，而不是浮丽文体。老范虽然也写古文，比如那篇著名的《岳阳楼记》，但是他的成就不如那些古文运动的倡导人物。

因此，并不是说范仲淹没有入选"唐宋八大家"就代表他在文坛上混得不怎么样。事实上，老范在北宋文坛上也是名声显赫，不仅如此，他在政治上的成就更高。

这样的人，是不是有个开挂的童年？

答案是，不。他的出生是一副烂牌。

向光而生的少年

范仲淹的一手烂牌，主要在于：

他发现父亲原来只是自己的后爸；

他被继父家的哥哥嘲笑，你不配用我们家的姓；

原来妈妈不是爸爸的正妻，只是小妾；

本想认祖归宗，却被亲戚认为是来分家产的。

这个出生配置比起其他北宋文豪来说，简直糟糕透了……

范仲淹两岁的时候，父亲就去世了，妈妈只是小妾，因为身份卑下，被正妻赶出门后，只得带着小范改嫁。毕竟，活下去才是硬道理。

范妈妈改嫁到姓朱的一户人家，继父只是北宋的一个科级以下干部，工资不高，还要养活几个孩子。

改嫁到朱家，继父给范仲淹改了个名字，叫朱说（yuè）。

虽然寄人篱下，但是母亲一直对已经改姓的小朱言传身教，使他养成了勤俭节约的好习惯。

但那些朱氏兄弟却铺张浪费，不知节俭，小朱多次劝阻。

"你们不要这样，农民伯伯种庄稼多么辛苦。"

"我浪费是我的自由，轮不到你管。"

小朱同学好心提醒他们要养成勤俭节约的好习惯，没想到碰了一鼻子的灰。

久而久之，那些朱家兄弟就不耐烦了："我们用的是朱家的钱，你又不是朱家的人，关你屁事。"

什么？朱家？我不也是姓朱吗？这到底是怎么回事？

　　一连串的问题在小朱的脑袋里面挥之不去，他就开始到处打听自己的身世之谜。最后得知自己原来姓范，父亲死了之后，母亲是带着自己改嫁过来的。

　　寄人篱下、仰人鼻息的感觉实在是太难受了，小范同学下定决心要通过自己的努力改变命运，日后可以把母亲接回家。

　　小范同学先是在寺庙里面苦读诗书，后来又去了北宋"985""211"高等院校应天书院求学，家庭条件艰苦的他，更加发愤图强。

　　读书期间，小范同学自律自强的故事，有一个成语完全记录了下来。这个成语就是"划粥断齑"。

　　要改变自己的命运，就必须对自己下狠手，因为自律者自强。

　　小范同学求学期间，孜孜不倦，困了就用凉水洗脸，饿了就熬一碗粥充饥，整天与诗书相伴，五年来没有解开衣服就枕。

　　他没有外卖炸鸡，有的只是一碗稠粥。小范同学每天煮一碗粥，等粥凉了之后，把它划成四块，早晚各吃两块，拌上几根腌菜，吃完了之后就继续读书。

　　那些官二代同学看着范仲淹这样，十分同情他，就把小范同学苦读诗书的情况告诉了自己当官的老爹，老爹很感动，就让自己的儿子给小范同学送一些丰盛的饭菜，改善他的伙食。

　　小范同学笑着拒绝了："谢谢你的好意，可是我已经习惯喝粥了，如果我接受你的这些丰盛的美食，把我的胃养刁了，以后我再喝粥就索然无味了。"

　　有一次，恰好北宋 Boss 宋真宗临幸南京，朝廷的一把手来了，很多平头百姓、文人雅士想一睹龙颜，应天书院的学生也不例外，只有小范同学两耳不闻窗外事，一心只读圣贤书，坐在那里岿然不动。

　　同学们很纳闷，很多人一辈子都看不到北宋 Boss 一面，小范难道就不想一睹天子风采？

没想到范仲淹却说："迟早有一天，皇帝会主动召见我的，将来再觐见也不晚。"

小范同学不像别的人一样，只是语言上的巨人、行动上的矮子。

他在笔记本上潇洒写下，"但使斯文天未丧，涧松何必怨山苗"。

困难没有打败范仲淹，出身也没有让他怨天尤人，反而因此孕育了他忧国忧民的报国之心。

事实证明，他做到了。

有人问他，如果你的梦想实现不了怎么办？

小范同学回答得特别坚定："不为良相，便为良医。"

他的努力没有白费，二十六岁时，他参加北宋科举考试一举高中，如愿以偿见到了皇帝。

考上北宋公务员之后，范仲淹想到了还在朱家的母亲。求学这么多年，原来继父已经过世了，母亲与小范同学分别之后，因为想念儿子，把眼睛都哭瞎，没过多久就去世了。

范仲淹本想把母亲埋在朱家的坟地，可是被无情拒绝。

他欲把母亲埋在老家，认祖归宗。但范家的亲戚以为他是来分财产的，也是百般阻拦。

小范对他们说："我不要你们的一分钱，我只要认祖归宗。"

二十九岁，小范费尽全力才真正得来属于自己的姓——范。

由此开始，北宋文坛和政坛上面开始频繁出现一个名字——范仲淹。

爱管闲事的老范

考上北宋公务员的范仲淹，正式踏入政坛。

朝廷的格局发生了变化，宋真宗把皇位传给十二岁的儿子，也就是历史上有名的宋仁宗。

前面说过，历史上著名的"狸猫换太子"事件，说的就是宋仁宗。

十二岁，本应该是求学的年纪，可是皇家的孩子，一旦与皇位扯上关系，势必与其他同龄人经历不同。

十二岁的宋仁宗，学的不是数理化，而是《管理国家入门攻略》《做皇帝从入门到精通》《如何当好一名好皇帝》等书籍。

这个担子，压在一个十二岁少年的肩上，实在是太重了。

因此，刘太后开始"垂帘听政"。

宋仁宗的命运跟李煜有点相似，两人都不是家中老大，但谁叫前面的哥哥都短命呢！

老范就是在这样的政治环境中生存下来的，有时候，范仲淹也会让宋仁宗感到头疼。

范仲淹在安徽任职期间，本来只是小小的司理参军，类似于法院的办事员。但这位办事员却比主审法官还操心，因为案件的审理，经常和上司吵架，他还把这些吵架的内容都记录在屏风上面。

在江苏收盐税，你好好收你的盐税就行了，可是老范偏偏要给市长写信，建议政府修筑堤坝，用以抗洪。开工不久，天降暴雨，民工纷纷逃走，幸好有个铁哥们儿和他一起把这件事扛了下来，这个人就是《岳阳楼记》中"滕子京谪守巴陵郡"的滕子京。

在母亲去世期间，范仲淹必须回家守孝三年。这三年他可没闲着，分别给太后、皇帝、宰相写信，陈述自己的政治变革伟大理想。

公元 1029 年，宋仁宗率领百官给刘太后祝寿。没想到，时任秘阁校理的范仲淹站了出来，当着文武百官的面，指责仁宗皇帝的做法不符合礼仪。

"老板，您看您的这个做法不对，皇帝不应该是南面至尊吗？再说了，在内殿给太后祝寿，显然也不符合礼仪。"

这话明面上说的是皇帝不符合礼仪，言外之意是太后你可赶紧把大权还给我们皇帝吧。

秘阁校理是个什么官？竟然敢这么指责一把手？

其实，这个职位相当于北宋皇家图书馆的管理员，不属于谏官，当然轮不到范仲淹来指指点点。

可在当时，敢劝刘太后还政皇帝的，范仲淹算是一个。

太后过完大寿后不久，老范就知道自己这次肯定闯祸了，还没等到刘太后秋后算账，他就申请外放做官。

离开京城之前，他还给仁宗皇帝写了两封信《奏上拾物书》和《上执政书》。这两封信主要是给宋仁宗提意见，以及如何加强北宋干部队伍的建设、论科举制度改革的若干问题。

在外地任职的范仲淹，一刻也没有闲下来，他兴修水利、劝课农桑，时不时还给上面提下宝贵意见，包括水利、司法、教育、卫生等，基本涉及北宋内政国防各个方面。

在地方待了三年，刘太后就去世了，宋仁宗开始亲政，老范的春天终于来了。

被宋仁宗召回朝廷之后，朝廷根据实际情况，为范仲淹量身打造安排了谏官的职位。这个职位的工作内容就是不时地给朝廷提提意见，这不就是老范以前经常干的事吗？

　　刘太后去世之后，仁宗皇帝想在朝廷树立自己的权威，于是就对"太后党"进行政治清理。

　　一些见风使舵的"骑墙派"和"两面派"，伺机而动，开始大肆攻击刘太后。

　　这时，范仲淹来了个神操作，他第一时间站出来为刘太后说话。

　　那些官员满脸疑惑，心想：老范是不是当官当傻了？是谁把你贬到外地做官的？这个时候显然要跟老板站队，怎么会想到要和老板的对头站队呢？

　　百官没想明白，但仁宗皇帝却是个明白人，他知道老范当初要求刘太后还政于皇帝，现在又站出来维护刘太后，都是站在北宋战略全局的高度看待问题，都是为了大宋的长足发展和长治久安考虑的。

　　仁宗没有处理范仲淹，反而对他增加了好感度。

　　谏官并不是那么容易当的。

　　范仲淹本来就生性耿直，看到朝廷那些不好的现象就要批评。

　　朝廷官员吕夷简有过失，老范连上四章论斥，仁宗皇帝被吕夷简蛊惑，老范被贬为饶州知州，他的妻子还病死在饶州，自己也得了重病，后面几乎被贬死在岭南。

　　他的好友梅尧臣看到这些事情之后，就给他写了一首《啄木》和一首《灵乌赋》，让范仲淹多学一学那些报喜之鸟，不要像报凶的乌鸦一样，要学会报喜不报忧，管好自己的舌头，别给自己招来杀身之祸。

　　老范比较硬核，他也回复了梅尧臣一首同题《灵乌赋》。范仲淹认为，如果百官都因为害怕而不敢说那些不好的话，让皇帝误以为天下太平、国泰民安，那么皇帝得到的真实信息越来越少，就会影响决策。

　　范仲淹宁愿像千里马一样到处奔驰而劳累，也不愿意像一匹被圈养的马一样，虽然安逸，但是废物；宁愿像飞翔于云霄的鸟一样为吃饱而发愁，也不愿意做因为小利只在草一样高的地方徘徊的鸟。

无论如何，老范都要坚持正义和真理。

那两句"宁鸣而生，不默而死"，响彻云霄。

多年以后，宋仁宗想让范仲淹和吕夷简和解。

老范说："臣乡论盖国家事，与夷简无憾也。"

我是为了国家，对公不对私，我没有错，不道歉！

主张改革的奇才

北宋建国之后，被北方的辽国长期惦记，经常打仗，但是老输，因此只能和谈，花钱买平安。

辽国皇帝御驾亲征，来大宋砸场子，皇帝宋真宗被吓坏了，想要逃跑，宰相寇准及时制止，劝说宋真宗也御驾亲征。大辽和大宋两国的皇帝在澶州杠上了，大宋与大辽开始和谈，条件是大宋每年要给辽国发一个几十万两的大红包，这就是著名的"澶渊之盟"。这个合约签订以后，宋辽两国成了塑料兄弟，维持了边境近百年的和平。

除了辽国之外，西夏也对北宋虎视眈眈。北宋与辽国、西夏形成了三足鼎立的对峙局面。

范仲淹在陕西做官的时候，就表现出了出色的军事才能。

他任职的地方处于西夏战争的前线，针对北宋军队战斗弱的实际情况，他开始对军队进行改革，提拔名将，在边境修筑边防、强边固边，与其他羌族部落结好。

本来，西夏人要集结兵力攻城，他们看到范仲淹的部署，说道："今小范老子腹中自有数万甲兵。"于是不再攻城了。

后来，宋夏两国定川寨会战，宋兵大败。

范仲淹在危急时刻，率领军队驰援前线。

听到这个消息之后，宋仁宗悬着的心才落下，道："如果是范仲淹出援的话，那我就没有忧虑了。"

打仗之前，老范写了一篇《苏幕遮》，本来是想表达一下思乡之情，却被认为是散播消极情绪。

碧云天，黄叶地，秋色连波，波上寒烟翠。

山映斜阳天接水，芳草无情，更在斜阳外。

黯乡魂，追旅思，夜夜除非，好梦留人睡。

明月楼高休独倚，酒入愁肠，化作相思泪。

碧云悠扬、黄叶纷飞。从碧天旷野到遥接天地的秋水江波之上，笼罩着一层翠色的寒烟。

傍晚，夕阳映照着远处的山峦，夕阳、天空与江水相连，芳草萋萋，一直向远处延伸，隐没在连夕阳都照耀不了的天边。

范仲淹巧妙地用斜阳、芳草将天、地、水、山连接在一起，延伸到想象中的天涯。

羁旅的乡愁重叠相续，思乡的情愫黯然凄怆。好梦做得越来越少，漫漫长夜难以入眠。

月明中正的时候倚楼凝思，但是明月映照下的高楼，愁怀更甚，不由得发出"休独倚"的慨叹。

因为夜不能寐，所以借酒消愁。但是美酒一旦进入愁肠，全部都化作相思泪，反而增加了思乡之苦。

这哪里是散播消极的战争情绪？这明明就是在外漂泊的游子对故乡的思念。还好宋仁宗把这件事压了下来。

那首《渔家傲·秋思》，记录了当时真实的军营生活。

塞下秋来风景异，衡阳雁去无留意。四面边声连角起，千嶂里，长烟落日孤城闭。

浊酒一杯家万里，燕然未勒归无计。羌管悠悠霜满地，人不寐，将军白发征夫泪。

秋天又到了，西北边塞的自然风光与江南不同，西北边疆气候寒冷，一到秋天，寒风萧瑟，满目荒凉，大雁开始南飞，毫无留恋之意。黄昏时分，大风、羌笛、马啸等声音伴随着军营中的号角响起，凄恻悲凉。群山环抱，暮霭沉沉，长烟苍茫，城门紧闭。

作为前线的将领，长期防守边塞，天长日久，思念家乡，想要借着一杯浊酒缓解乡愁，可是路途遥远，家人在何方？

如今，战争还未取得胜利，归乡就无从谈起。可是要取胜谈何容易，两者相互交织，笼罩在心头，无计可除。

到了夜晚，笛声悠扬，秋霜遍地。守边固边的将士们上下一心、同仇敌忾，本来可以战胜敌人，可是朝廷奉行不抵抗的政策，将士们无法入睡；旷日持久的守边白了将军的头，使得士兵们流下了思乡的热泪。

又是一个失眠的夜晚。一句"人不寐，将军白发征夫泪"道尽了军旅生涯的心酸。字里行间，充盈着范仲淹的英雄气概。

宋仁宗这个年轻的皇帝，想在北宋推行改革，他把范仲淹调到中央，担任参知政事。

这个职位相当于副宰相，老范一生"不为良相，便为良医"的志向终于实现了。

范仲淹抓住了机遇，洋洋洒洒写了十项改革方针交给宋仁宗，得到了宋仁宗的支持，下诏书颁布全国执行。

北宋经过历任皇帝的治理，经济看起来繁荣发展，实际上却处于内忧外患之中。辽国和西夏一直惦记北宋这块肥肉，内部农民起义接连不断，针对这些实际情况，范仲淹建议宋仁宗在国家推行改革，在宋仁宗的支持下，范仲淹掀起了一场改革运动，因为当时年号叫庆历，所以这场以范仲淹为主的改革运动又叫作"庆历新政"。

老范对那些尸位素餐、贪污腐败的官员极其痛恨，势必要澄清吏治。

宋朝的冗官太多，主要是当官的渠道有很多。

第一，可以参加北宋统一科举考试，这种是最正统的，考上了才能当北宋公务员。

第二，朝里有人好做官。

第三，可以买官。

这样一来，冗官太多，官员素质低下。

老范的操作稳准狠，不干活的干部给我滚；能者上、庸者下、平者让，形成良性机制；赶紧让老百姓的钱包鼓起来。

每次老范看到北宋官员的调查报告，他都批示把这些贪官拿下。

有人就说："范大人啊，你把贪官的名字抹掉，他们一家人都得哭。"

老范霸气回复："一家人哭总比一个地区哭要好。"

当时的宋朝，混吃等死的官员有很多，只要不犯什么错误，时间一到，就可以升官，而且六品以上的官员，可以推荐自己的子孙做官。为了整顿这些现象，范仲淹推出了一系列的改革措施：淘汰不合格的官员、限制推荐子孙做官……这样一来，范仲淹肯定会触犯很多人的利益，得罪一大批人，所以这一系列的改革措施以失败告终。

老范的一系列操作触动一大批既得利益者的"奶酪"，这些人就开始组织铲除范仲淹。

这时，发生了一件公款吃喝案，震惊朝野。

北宋的机要秘书处一把手苏舜钦组织了一场饭局，吃饭的费用来自变卖公务废纸，同时还自费了一部分，一群官员、文人与歌伎狂欢。

这场聚会被旧党弹劾，称他们"监守自盗，公款招妓"。

苏舜钦是范仲淹举荐的官员，因为这层关系把老范牵扯进去了。仁宗皇帝大怒，将苏舜钦革职，其他官员也被贬谪。这就是历史上著名的"进奏院狱"。

种种原因，"庆历新政"不到一年就夭折了，范仲淹等一批改革者被逐出京城。

离开京城的老范，在地方上也干得风生水起。他在当地办学校、搞改革，源源不断地给北宋朝廷推荐干部。

改革失败后的两年，五十八岁的老范写了闻名天下的《岳阳楼记》。

那一年，小弟滕子京重新修建了一下岳阳楼，想请老范写篇记。

看完滕子京的信，老范提笔就来：庆历四年春，滕子京谪守巴陵郡……

如果没有这篇《岳阳楼记》，滕子京在历史上肯定毫无名气。

此文一出，"先天下之忧而忧，后天下之乐而乐"成了文人士大夫的精神标杆。"不以物喜，不以己悲"成了多少人的座右铭。

那些被贬的官员，很少能够豁达，就是因为做不到"不以物喜，不以己悲"。

话说，爱管闲事的老范，管的真的是闲事吗？

不是！老范是"居庙堂之高则忧其民，处江湖之远则忧其君"。

在中央做官，要为百姓担忧；在地方做官，要为皇帝担忧。

公元 1052 年，范仲淹病逝，终年六十三岁。

这个消息传来，百姓痛哭，那些偏远山村的老百姓为他戴孝，仁宗皇帝亲自为他书写墓碑，老范的"迷弟"欧阳修和王安石等人纷纷为他写下祭文。

历史给了他一个公正的评价，范仲淹的谥号为：文正。

文坛大家，一生公正。

欧阳修

文坛一代宗师，到底是怎样炼成的

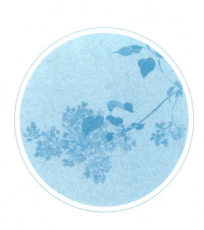

手捧鲜花的老头，北宋文坛的多面手

从南唐到宋初，似乎都笼罩着一种哀伤的情感基调。南唐到北宋，经历四朝，内忧外患，文人们看到时局转折，自然萌生出一种浓烈的盛衰之感。

受到这种感情基调的浸染，一个插着鲜花的老头——欧阳修，在向我们招手。

欧阳修出生在一个贫困的家庭，但他秉性刚直，曾经积极支持范仲淹改革，后面与王安石政见不和，贬谪起伏，最终成长为北宋一代名臣。

欧阳修还是北宋文坛上的一面旗帜，"诗、词、文"三个方面都可以称得上是大家。他是个全能选手，也是宋代古文运动的精神领袖，苏轼、曾巩等人都是他的学生。

令词在他这里得到了继承和开拓，欧阳修面对生命无常、生活苦难，能在赏爱、悲慨之间，把自己热爱生活的人生态度注入其中，变伤感悲哀为振奋精神，这成了"欧词"独有的形态。

🌀 什么？欧阳修竟然长得不帅

欧阳修出生于四川，祖籍江西。

这位与晏几道一样，都是"老来得子"的代表。他的父亲是一名小官吏，五十多岁才生下欧阳修。

父亲给他取名为"修"，对他没有过多的希望，只愿儿子能够健健康康、福寿绵长就可以了。

可是，欧阳修不像是个福寿绵长的体格，这娃儿小的时候身材瘦弱，长得还不好看，体弱多病，再加上遗传了父亲的高度近视，关键还是个火爆脾气。

估计是生了欧阳修之后，父亲的身体不行了，在欧阳修三岁的时候，父亲生病去世了，只剩下孤儿寡母，他们只能去投奔叔叔。

欧阳修的母亲郑氏，出身书香门第，她亲自辅导欧阳修的学习。由于家里太穷，买不起文房四宝，母亲就用芦苇秆当笔，在地上一笔一画地教欧阳修识文断字。这个典故还挺有名，叫作"画荻教子"。

还好叔叔比较看好自己的侄子，对欧阳修寄予厚望，以后家族振兴，就靠你了。

少年时期的欧阳修，也知道家里条件不好，于是经常借书抄写背诵。他好不容易拿到了韩愈的《昌黎先生文集》，将其视为精神食粮，爱不释手。

少年时期的欧阳修，就把韩愈当成伟大的精神导师。

当地人都说："这娃儿是奇童，他日必有重名。"

跌跌撞撞晃到了十六岁，欧阳修对自己充满信心，准备参加大宋统一的科举考试。

没想到，十六岁的欧阳修，参加统一考试，没有考上。

复读三年之后，他再次落榜。前面说过，欧阳修有些恃才傲物、锋芒毕露，这让那些监考评委一度不爽，因此两次科举落榜。

欧阳修自己没有想通，我是当地的学霸，为什么会两次落榜？

他的叔叔对他说："小修啊，你在我们本地是学霸，但是你在大城市就不一样了，你应该出去走一走、看一看。"

欧阳修不信这个邪，他带着满腔热血，告别了家乡，在汴梁补习了一年。突然开了窍，连中三元。

第一元，是参加广文馆的考试，高中第一名"监元"。

第二元，参加国学解试，依旧是第一名"解元"。

第三元，参加礼部省试，还是第一名"省元"。

欧阳修意气风发，傲视群众，状元舍我其谁？

公元 1030 年，欧阳修参加北宋 Boss 宋仁宗主持的殿试，发挥得相当出色。

当时的主考官是晏殊，晏殊看到欧阳修交卷之后，担心这孩子得意自负，夺魁之后不知道门朝哪边开。于是，本着警示爱护年轻人的立场，晏殊有意给欧阳修打了一个比较低的分数。

虽然晏老师压分了，但是欧阳修依旧以第十四名的成绩，位列二甲进士及第。

考上北宋公务员的欧阳修，成了多少女子想嫁的如意郎君。

很快，欧阳修便与朝中官员的女儿结为夫妻。

金榜题名、洞房花烛，此时的欧阳修简直是人生赢家。

遇到一个好上司是多么重要

考上北宋公务员的欧阳修，在公元 1031 年，调任西京推官。

西京洛阳，是北宋时期全国第二大的城市，非常繁华。欧阳修上班之后，经常跑出去玩。

他的顶头上司叫钱惟演，早年间也是名文艺青年，还是北宋"西昆明体"的骨干诗人，他与欧阳修相差三十多岁，两人志趣相投。

欧阳修喜欢玩，下班没事的时候，他经常带着三五好友游山玩水。钱惟演不但不生气，反而让食堂的厨师给他们准备好饭菜，还安排歌伎给他们唱歌助兴。

有一次，钱惟演约了下属来他家吃饭喝酒，本来约好的时间是七点，所有人都到了，只剩下欧阳修没来，钱惟演猜测这个年轻人应该在热恋阶段，就没生气。

半小时之后，欧阳修带着一名青楼女子气喘吁吁地来到上司家里，鬼都知道这半小时发生了什么。

大家都在埋怨欧阳修迟到了半个小时，没想到欧阳修却说："本来我们七点钟能准时到的，出发之前才发现，姑娘的金钗找不到了，找了半个小时也没找到，所以来晚了，我自罚三杯。"

席间，大家喝得正痛快，钱惟演借着酒劲儿对那个姑娘说："你们没找到金钗，你让欧阳修现场作一首词，就以金钗为题，如果他写得好，我就赔你一支金钗。"

那姑娘喜出望外，央求欧阳修作词。

"你就写一首嘛，求你了。"

欧阳修放下手中的酒杯，思忖片刻，脱口而出一首《临江仙》：

柳外轻雷池上雨，雨声滴碎荷声。小楼西角断虹明。阑干倚处，待得月华生。

燕子飞来窥画栋，玉钩垂下帘旌。凉波不动簟纹平。水精双枕，傍有堕钗横。

钱惟演说到做到，真赔了那个姑娘一支金钗。

遇到这么好的顶头上司，难怪欧阳修的诗文里面有很多关于洛阳的赞美和回忆。

后来钱惟演被降职调离，离开了洛阳，欧阳修不禁感慨，写下了一首《浪淘沙》：

把酒祝东风，且共从容。垂杨紫陌洛城东。总是当时携手处，游遍芳丛。

聚散苦匆匆，此恨无穷。今年花胜去年红。可惜明年花更好，知与谁同？

钱惟演刚走，欧阳修就收到了家书，他的夫人留下了一个早产儿，便撒手离去。

悲痛欲绝的他，回忆起了与妻子新婚燕尔的场景。

凤髻金泥带，龙纹玉掌梳。走来窗下笑相扶，爱道画眉深浅入时无？

弄笔偎人久，描花试手初。等闲妨了绣功夫，笑问鸳鸯两字怎生书？

妻子的离去，让他难以接受，于是写了一首《玉楼春·尊前拟把归期说》：

尊前拟把归期说，欲语春容先惨咽。人生自是有情痴，此恨不关风与月。
离歌且莫翻新阕，一曲能教肠寸结。直须看尽洛城花，始共春风容易别。

我在饯行的筵席上，本来打算告诉你归来的日期，没料到的是，我还没开口，你那美丽的容颜早已变成凄惨的表情了。

欧阳修在这种悲伤的离愁中，领悟到了人生愁苦的根源，那就是有情。因为有情，所有才会产生长相厮守的痴念，才会产生挥剑难断的牵挂。

清风明月只是客观的自然景象，本来是不会去惹人的，而人偏要去惹风月，惹了风月，又怨风月。

面对人生离愁，究竟如何才能解脱呢？

看来只有把洛阳的花朵都看遍了，把所有春色全部纳入心中，然后才能从容地与春风话别，不再对无限春光处处留恋。换而言之，只要经历了人世间的喜乐悲苦，自然也就不会对外界的事物轻易动感情。

可是，洛阳的花开花又落，芳菲不停歇，要等到什么时候，才算是真正的看尽洛城花呢？

人世间的形形色色、悲欢离合，短暂的一生又怎么能看遍呢？

欧阳修实在是一个真性情的男儿。

后来，他的顶头上司换成了王曙，这个老先生年近七旬，是前宰相寇准的女婿，对下属管理非常严格。

特别是欧阳修这种自由散漫、声色犬马、上班迟到早退，偶尔还旷工的人，在王曙看来，这哪里还是北宋的政府公务员？

有一天，欧阳修等人在外面吃饭喝酒，下午王曙主持召开了一个干部会议，闻见满屋酒气。王曙非常生气，说道："你们这样喝酒，不知道我的岳父寇准就是因为晚年纵酒享乐才被贬官的吗？这个活生生的例子摆在眼前，你们还不吸取教训吗？"

欧阳修直接怼回去："可是我听说的是，寇宰相是因为到了退休年龄，还赖着位置不退休才倒霉的。"

后来，欧阳修被调回京城任职，逐渐走近政治中心。

北宋时期，官僚机构特别"臃肿"。

范仲淹提出要坚持走改革之路，废除宰相的用人制度。历史上叫作"庆历新政"。

欧阳修作为范仲淹的"小迷弟"，坚决站在范仲淹这一边，积极参与改革，整顿吏治。

守旧派当然不同意，特别是范仲淹触及了宰相的根本利益，他们将"越职言事、勾结朋党、离间君臣"三顶帽子扣在了范仲淹的头上，宋仁宗只得将范仲淹贬官。

"迷弟"欧阳修为此专门写了一篇《与高司谏书》上呈，随后这位"迷弟"也被贬官夷陵。

来到夷陵，欧阳修准备修炼自己的灵魂，让自己成为一个有趣的人。

他一边整顿吏治，一遍调整心态。

随身带着的书，他翻了一遍又一遍，文学修养越来越高。

那首著名的《蝶恋花·庭院深深深几许》，被婉约派的女神李清照不知道模仿过多少次。

庭院深深深几许，杨柳堆烟，帘幕无重数。玉勒雕鞍游冶处，楼高不见章台路。

雨横风狂三月暮，门掩黄昏，无计留春住。泪眼问花花不语，乱红飞过秋千去。

几年的贬谪生活转瞬即逝，欧阳修又回到了汴京，没想到，等待他的却是一场"丑闻"。

🌀 一首艳词惹出的一场丑闻

公元 1045 年，北宋发生了一件大案：已为人妻的张氏与府中的仆人通奸，被丈夫发现后，将二人告上了法庭。

一个通奸案而已，关欧阳修什么事呢？

别急，这个张氏是欧阳修的侄媳妇。本来案子很普通，却因为双方不平凡的身份，让这件案子登上了《大宋日报》。

张氏，还是欧阳修妹妹前夫的前妻的女儿。欧阳修有个妹妹，嫁给了一个男的续弦，这个男的与前妻育有一女，就是张氏。

不幸的是，妹妹在嫁给这个男人后不久，他就去世了，妹妹孤苦无依，只好带着几岁的张氏回到娘家，说白了张氏是欧阳修的外甥女，但是他们没有血缘关系；被戴绿帽的侄子，叫作欧阳晟。

他们二人可以算是近亲结婚，反正肥水不流外人田。妹妹的女儿养大了就嫁给自己的侄子，还好那个时候人们对这种关系认识得比较模糊。

欧阳晟是欧阳修族兄的儿子，官位是虔州司户，相当于现在分管民政的市长助理，任职期满之后，欧阳晟带着妻子、仆人回京述职，没想到回京之后，妻子张氏与仆人私通，被欧阳晟抓了个现行。

戴了绿帽子的欧阳晟，当然不服气，他把张氏与仆人告上了开封法院，随着开封法庭进一步深挖案件，发现张氏不但承认与仆人有染，还承认与自己的舅舅欧阳修有一腿。

法官审讯的时候，张氏突然爆料，说自己以前与舅舅欧阳修也是不正当关系，并且"引公未嫁时事，词多丑鄙"。

张氏还给法庭提供了有力的证据，那就是欧阳修早年写给自己的一首词

《望江南·江南柳》：

江南柳，叶小未成阴。人为丝轻那忍折，莺嫌枝嫩不胜吟。留著待春深。

十四五，闲抱琵琶寻。阶上簸钱阶下走，恁时相见早留心。何况到如今。

这简直是一首艳词惹出的一场丑闻。从这首词的字面意思看，舅舅欧阳修以"江南嫩柳"比喻十四五岁的少女，也就是张氏年轻的时候，语气轻佻、态度暧昧，透露出了一个油腻中年大叔的萝莉控情结。

按照野史上的说法，欧阳修看着张氏从小长大，有时候与她闲抱琵琶，有时候两人一起玩游戏，这个张氏长得楚楚动人，欧阳修有时候会对她产生一种别样的感情。

消息一出，《大宋日报》的评论立马炸了锅，各种内幕消息、独家猛料纷纷上刊……"大宋文坛领袖竟然与外甥女有染！""没想到德高望重的欧阳大人也如此下流"……

什么？欧阳大人乱伦？这不可能，他地位尊崇，绝对不会做出这样的事情的！

社会舆论两极分化，对欧阳修特别不利。

那么，张氏为什么要爆出这段隐情呢？

第一，可能是张氏为了给自己脱罪，毕竟欧阳修的官职地位摆在那里，把他牵扯进来，比较容易脱罪。

第二，可能是张氏受了别人的教唆。据说当时的开封府代理市长杨日严与欧阳修有些过节，杨日严怀恨在心，想要抓住这次机会，好把欧阳修拖下水报仇。

北宋的社会风气，容不下通奸、乱伦。那些谏官闻讯开始上书弹劾欧阳修。

法院主审官认为张氏的供词过于骇人听闻，证人、证词不足为信，只是追究了张氏与仆人的通奸罪。

后来，宰相贾昌朝认为，法院应该继续深挖欧阳修到底与张氏有没有不正当关系。宋仁宗还派了身边的秘书王昭明监勘。

经过几方人员的会审，证明欧阳修与张氏的私情查无实据，但是却发现了欧阳修涉嫌挪用张氏的财产。

张氏的父亲去世了之后，给张氏留了一笔财产，作为以后的嫁妆。由于张氏当时还年幼，这笔钱就暂由欧阳修的妹妹代为保管。妹妹带着张氏回到娘家之后，欧阳修挪用了名义上要归张氏所有的财产，他将这笔钱用来购置田产。

没想到欧阳修早就懂得了买房买地的重要性。

可是，田契上面的名字，却是欧阳修的妹妹，这笔陈年烂账，被法官挖了出来。

最后，法庭判了欧阳修涉嫌侵占孤儿财产罪，他被贬到滁州任太守。

幸亏欧阳修被贬滁州，否则我们就看不到那篇著名的《醉翁亭记》了。

🌀 老顽童欧阳修上线

刚到滁州的欧阳修，接连受到打击，八岁的女儿不幸夭亡。

生活的打击没有让他彻底失去信心，他依旧保持着雷厉风行的做事风格。

把滁州政府机关三分之二的"慵、懒、散"干部清退出去。

他还在滁州的丰山上面修建了一座丰乐亭，作为市长，他要把这里打造成供百姓免费游玩的景区。

后来，琅琊山的和尚修了一座亭子，想请欧阳市长题名。

欧阳修提笔写了三个大字：醉翁亭。这里成了他经常办公的地方。

欧阳修毫无架子，下班之后他带着一群人在这里爬山、野炊、喝酒，喝醉了之后，无意中写了那篇著名的《醉翁亭记》。

醉翁之意不在酒，在乎山水之间也。

战胜了世俗的痛苦之后，欧阳修立志整顿文坛，小时候他读过韩愈的文章，已经变成了韩愈的超级粉丝。

这段时间，欧阳修的才华逐渐凸显。他提出了"诗穷而后工"的创新理论。他的词深情婉转，开启了秦观的词风，豪迈则由苏东坡发扬光大。

候馆梅残，溪桥柳细。草薰风暖摇征辔。离愁渐远渐无穷，迢迢不断如春水。

寸寸柔肠，盈盈粉泪。楼高莫近危阑倚。平芜尽处是春山，行人更在春山外。

他还写散文，著名的《醉翁亭记》《丰乐亭记》都是出自他之手。

他还开创了文赋的先河，比如名作《秋声赋》。

不仅如此，他把那些逸闻趣事记录下来，整理成集，对后世的笔记小说产生了深远的影响。

这么一看欧阳修简直就是文坛多面手。

在他的带领、整顿之下，北宋文坛欣欣向荣，他也顺理成章地成了文坛领袖。

等等，这期间又发生了一件事，欧阳修再次惹来了绯闻。

调回京城的欧阳修，官越做越大。公元1065年，此时欧阳修已经五十八岁，生命轨迹接近尾声。

这一年，他被人举报与儿媳妇有一腿，比之前爆料势头更猛。

欧阳修可是北宋文坛响当当的人物，这件事情闹得满城风雨，后来因为证据不足，朝廷专门发文辟谣，宋神宗还安慰过欧阳修。

欧阳修在晚年，曾经自我反省，"三十年前，尚好文化，嗜酒歌呼，知以乐而不知其非也"。

在他看来，年轻的时候爱玩，不知道什么是非，放荡不羁，无所顾忌。

放眼整个宋代文坛，欧阳修的文学成就是相当高的。

欧阳修喜欢提携后辈、奖掖后进。唐宋八大家很有名吧，里面的苏轼、苏辙、曾巩都是他的学生。就连王安石，早年的诗文也得到过欧阳修的指点和帮助。

这里简单说下王安石变法。

话说宋仁宗去世之后，继位的宋英宗当了几年的皇帝，也去世了，新继位的皇帝宋神宗赵顼一上台，看到北宋一副要死不活的样子，年纪轻轻的他是个热血青年，想要做一些改变。

在宋神宗的支持下，王安石觉得这是一个改变北宋现状的好机会，于是两人拉开了改革的序幕。

针对士兵多、官员多、花费多的"三冗"问题，王安石提出了一系列改革措施。

首先士兵多，那就裁掉多余的兵，加强练兵，提高他们的战斗力。

其次官员多，那就改革考试，培养真正对国家有用的人才。

最后花费多，那就想办法充实国库。

王安石变法的初衷是好的，但是在推行的过程中，由于一些措施不合时宜、操作不当，造成一定的问题，触动了一些人的利益，所以最后变法以宋神宗的去世而告终。

话说回来，偶像韩愈的理念，在欧阳修这里得到了发扬光大。

读到苏轼的诗词，欧阳修惊呼得像个老顽童："读苏轼书，不觉汗出，快哉！老夫当避路，放他出一头地也。"

对于自己的文章他却调侃道："余生平所作文章，多在三上：乃马上、枕上、厕上也。"

这个老头儿特别好玩，他自嘲是个酒鬼，鼓励年轻人要多玩。

对了，欧阳修还有个特别有趣的别号，叫作"六一居士"。

是哪六一？

这个老顽童解释道："吾家藏书一万卷，集录三代以来金石遗文一千卷，有琴一张，有棋一局，而常置酒一壶。"

不是只有五个一？

他又解释道："以吾一翁，老于此五物之间，是岂不为六一乎？"

老顽童虽然对于生活随心所欲，但是他对于治学却相当严谨。

苏轼是他的学生，晚年的欧阳修，拉着苏轼的手，语重心长地说："我所为文，必与道俱。见利而迁，则非我徒！"

苏轼没有让恩师欧阳修失望，而且他还把北宋文学推上了另一个高峰。

苏轼的成就，足以告慰欧阳修在天之灵。

苏轼

用一生将生活的苟且过成
诗与远方的文坛「大神」

在最低的境遇中，活出最高的境界

在无数粉丝的千呼万唤中，北宋文坛第一流量"大V"，终于闪亮登场！

他的仕途：不是被贬官，就是奔波在被贬官的路上。

他的爱情：一生有三位深爱他的妻子，但都死在了他的前面，把无穷无尽的痛苦留给了他。千百年来无数的女粉丝，在读到他写给亡妻的悼亡词后，都会被那句"十年生死两茫茫，不思量，自难忘"感动，流着泪在下面写上一条真诚的评论：来世要嫁苏东坡，哪怕历尽千年劫。

他的命运：一生坎坷，颠沛流离，却是北宋文学界神一般的人物，粉丝上至皇上、太后，下到市井百姓、贩夫走卒，他随便发个心情动态，都有上百万的转发量，上千万的阅读量，甚至连高丽、辽国、西夏这些国家的粉丝都来为他点赞。

他的个性签名：竹杖芒鞋轻胜马，谁怕？一蓑烟雨任平生。

他的生活态度：一生风雨，却依旧泰然处之，把别人眼中的苟且，活成了潇洒诗意的人生，所到之处，鲜花为他盛开，清风为他自来。

没错，他就是——苏轼。

每个人心中，都有一个苏轼。

他的一生可以用四个短句简单概括：吃最可口的饭、做最真挚的人、爱值得爱的人、写最豪迈的诗。

当我们登高望远看到江河的时候，脑袋里会不自觉地跳出"大江东去，浪淘尽，千古风流人物"的句子；当我们攀岩登顶一览众山的时候，会情不自禁说"不识庐山真面目，只缘身在此山中"；当我们佳节团圆之日，孤身在外，思念家乡的时候，也会想起"但愿人长久，千里共婵娟"。

这，就是苏轼的文化魅力。

高考也要凭运气

公元 1037 年，北宋中期四川眉山的一户小康人家苏家，喜获一子，一家人喜笑颜开。

民间传说这一年，眉山的一座大山，原本是郁郁葱葱的，不知为何，突然间花草凋零、树木枯萎。

这天只是很普通的一天，并没有祥云缭绕，没有霞光满天，没有天降祥瑞，更没有其他别的征兆。妻子正常生产，母子平安，并无意外。

这个孩子，就是苏轼。

苏家在眉山属于乡绅人家。任侠尚义、乐善好施，是苏家的家风。

祖父苏序，为人厚道朴实，与世无争，是一位乐善好施之人，曾存三四千石粟米，一石米相当于现在的 120 斤左右。在饥荒之年，祖父开仓取粟，先济族人，次助外戚，再赈济佃户及乡邻。

有人曾问苏序为何要用粟米来救荒？

苏序的回答着实有趣，因为粟米存储的时间比较长。

苏序有三个孩子，长子早逝，次子是苏涣，小儿子是苏洵。

苏洵，就是苏轼的父亲。

苏涣二十四岁时中进士，当时的苏洵十六岁。

苏洵的性格与苏涣不同，少年时候的苏洵，性格内向、不苟言笑，结交三五好友。苏序对于小儿子苏洵的教育，属于放养。

别人感到很诧异，苏序却说自己知道小儿子贪玩，但是苏洵本性聪明，不属于死读书的那类人，此时虽然贪玩，终有一天会醒悟的。

孩子们长大之后，自然要娶妻生子。

苏洵之妻程氏，出自名门，算是富贵人家。

程氏嫁到苏家之后，发现夫君不求上进。她在家中默默承担家务，勤劳不止，盼望着夫君终有一日可以改过自新。

苏洵认为自己聪明，不用心学习也能高中，对读书之事不甚在意。

这位朋友，你是不是想多了？

第一次参加乡试，没有考上。尔后开始闭门读书。

苏洵翻出之前自己写的满意的文章仔细品读，觉得狗屁不通，像是没有读过书的人写的一样，于是苏洵将自己以前的文章全部焚烧，关门闭户苦读诗书。

端坐书斋，苦读不休，达六七年之久。终于精通六经及百家之说，达到了"读书破万卷，下笔如有神"的境地。

闭门通读经史子集之后，苏洵终于有了豁然开朗之感，写诗作文信手拈来，比以前要容易得多。

成年后的苏洵，沉默寡言，性格耿直执拗，这样的性格仿佛不适合官场，因此苏洵一生没有做过什么像样的大官，更没有身居高位。

有的人在政治方面平淡无奇，但在文学事业方面却有所建树。

苏洵确有才华，虽不及儿子苏轼那么有名，也是一代著名的散文大家。

后来，苏洵和他的两个儿子苏轼、苏辙一同来到京师，当时的翰林学士欧阳修，将他们父子三人所作的二十二篇文章上呈给朝廷，朝廷将这些文章刊印出来之后，士大夫们争相传阅，一时间，学者们写文都仿效苏氏文风。

宰相韩琦对苏洵的文章十分赞赏，将他的文章奏报到朝廷，苏洵因此被召试舍人院，但他以有病为由没有到任。后又被任命为秘书省校书郎。当时正赶上太常修撰礼书，派苏洵去担任霸州文安县主簿，与他人一起修礼书。

书成之后，上奏朝廷，还未等到回音，苏洵就去世了。

皇帝特意赐绸、银二百给他家里，但苏轼辞退了所赐之钱，只求赠官父亲，因此皇帝特赠苏洵为光禄寺丞，用船将苏洵的遗体运回四川。

苏洵也是唐宋八大家之一，但名气没有儿子苏轼的大，一辈子也没做过什么特别像样的官。但他作为父亲，却是一个很好的榜样。闭门期间，苏洵读书勤奋刻苦，经常读书到很晚。虽然屡次未高中，但是苏洵并未放弃。

只要善于学习，就为时未晚。

苏轼这个名字，是父亲苏洵起的。"轼"是车子前面的一根横梁，仅供坐车的人在颠簸时扶上一把，类似于汽车的内置把手，对于汽车而言，这个东西可有可无。

在父亲看来，车轮、车辐、车盖和车轸，也即车后的横木，都是车子的重要组成部分。而轼，只是车前用作搭手的横木，没有它，虽然卖相会难看一点，但也不要紧。

苏轼从小生性旷达，其父告诫他要像"轼"那样放低身段，注意"外饰"。也就是说，苏洵希望儿子在今后的人生中不要太锋芒毕露、显山露水，要学会内藏于心、低调含蓄。

不管这个故事是否真实，苏轼始终是辜负了父亲起名的希望，他在当时的宋代乃至全世界的文坛上，都可以算得上是一颗熠熠生辉的文坛明星。

此后，苏洵又生了一个儿子叫苏辙，辙与轼相比，更加"无用"，天下的车莫不循辙而行，虽然论功劳，车辙是没份的，但如果车翻马毙，也怪不到辙的头上。

辙是指车轮印，比起把手来，还要更无用一些。为其取名"辙"，苏洵觉得这样很好，可以免祸。兄弟二人性格不尽相同，天蝎座的苏轼，爱憎分明、情感丰富、个性突出；而苏辙人如其名，稳健谨慎、低调含蓄，却少了几分快意恩仇、乐天潇洒。

与父亲相比，苏轼就幸运得多，年少及第，春风得意。

但有谁会知道，时运变幻是上苍的玩笑，跌宕起伏才是人生的本相。

后来苏轼母亲、父亲、妻子相继去世。几年之内，接连遭受打击。尔后，苏轼的一生更是起起伏伏，贬谪升迁，从京都到海南，从炎热到酷寒，他都经历过。

苏轼曾在皇宫夜宿，常伴天子左右，也曾在闹市喝酒，与农夫糙汉为伍。从帝王宫宇到平民寒舍，从高位者到贫乞儿，从黄州到海南，无数人都成了苏轼的铁杆粉丝。

成就苏轼的，除了他自己，还有他的家庭，同时也离不开他从小接受的严格而良好的家庭教育。

家庭教育与学校教育同样重要，甚至更为重要，可是很多父母总是忽略家庭教育，以为把子女送到老师那里就万事大吉、高枕无忧了，不管不问，好坏都是老师的事。

苏轼到了十岁，自己便能写文章了。

有一次，父亲读到欧阳修的《谢赐对衣金带马表》后，让儿子也仿作一篇。父亲看完苏轼所写的文章后，对其中一句甚喜，并对他说："希望你的这句话，将来你能够自用。"多年以后，苏轼在撰谢表时，想起这个故事，就把当时那句用了进去。

十二三岁的时候，苏轼和弟弟在外边玩，发现了一个怪石。经过父亲辨认后，发现这是一块上等的砚，父亲在上面刻了字后，送给了苏轼。

苏轼到了二十岁时，就已经精通经传历史，每天写几千字的文章，喜欢贾谊、陆贽的书。不久读《庄子》后感叹说："我从前有的见解，嘴里不能说出来，现在看到这本书，说到我心坎里面了。"

多少古代人寒窗苦读，就是为了能够一朝高中，光耀门楣，进而可以扬名天下。学有所成的苏轼，自然也不例外。

公元1057年，二十出头的苏轼和不到二十的弟弟苏辙，在父亲苏洵的带领下，父子三人赶到当时的京城开封参加北宋统一的科举考试。

这考试分为三步，其实就是三关。

第一关，先要参加当时京城开封组织的举人考试，获得举人的资格后，才能接着往下考。

读过《范进中举》的人都知道，这举人并不好考。

对于苏轼他们来说，这简直是牛刀小试，轻而易举，几个人都轻松过关。

第二关，是礼部组织的考试，叫作贡试，相当于今天的教育部组织的高考，只要能顺利考上，就可以进入大学。

贡试之后，才是殿试。殿试是皇帝亲自主持的考试，规模最大。

与第一关相比，第二关难多了。第二关的主考官是欧阳修，当时的欧阳修可谓是名扬天下，属于大神级别的人物、文坛领袖。

天下举人跋山涉水，只为赶赴京城开封，梦想着一朝成名天下尽知。

主考官欧阳修出了一个题目，叫作《刑赏忠厚之至论》。意思是让大家论述一下古代君王在奖赏惩罚方面，要存忠厚之心，宽严相济。这个题目，算是中规中矩。

批阅试卷的时候，手下拿着一份答卷递给欧阳修。对他说道："这份答卷写得很好，请您看一下。"

五十多岁的老头儿拿着试卷，贴着鼻尖仔细揣摩。

欧阳修读完这篇文章，觉得立意高远，文笔老辣，逻辑清晰，语句流畅。反复读了几遍，还是觉得不错，很符合他的胃口，无论是写作手法还是中心思想，都值得天下考生学习效仿。

这份答卷出自苏轼之手，苏轼为了证明自己所阐述的观点，举例说尧舜禹领导的时代，尧的一个部下抓了一个人，连续抓了人家三次，还要把人家杀掉。尧是说了三次不准杀，正是体现了他的宽厚之心。

欧阳修认定了这份答卷，觉得此人了不起。不出意外，他就是此次"文科"的状元了。

老练的欧阳修后来仔细一想，这莫不是我的学生曾巩写的吧？

曾巩，是唐宋八大家之一，是欧阳修的老乡，也是他的门生。

如果给曾巩点了第一名，传出去岂不是说我徇私舞弊，相互串通，给我的学生点了第一名，恐怕说不过去，我这是辜负了皇帝让我为国家选贤举能的殷殷重托了。

对于读书人和文化人来说，名声比身家性命还要重要。

欧阳修为了保住自己的名声，为了避免闲言碎语，他思来想去，大手一挥，就把这个所谓的第一名调到了第二名，这样皇上问起来也有回旋的余地。事后还觉得自己办了一件好事儿。

当时的考卷是密封的，考官看不到考生的名字。阅卷结束后，欧阳修按照程序与考生的姓名对应来看，才发现这份考卷根本不是自己的学生曾巩所写，而是出自一位二十出头的小青年。

这个青年，便是苏轼。本该是文科高考状元的他，因为欧阳修复杂的思想斗争，屈居第二名。

苏轼写了第一名的文章，却得了第二名。不管怎么说，这第二关算是过了。

这关过了就被授予进士及第的荣誉称号，多少人寒窗苦读，就是为了能够进士及第、光耀门楣。

三十老明经，五十少进士，能够在四五十岁中进士都算是比较年轻的，当时的苏轼才二十出头，苏辙也还不到二十岁。

苏轼以《春秋》经义策问取得第一，殿试中乙科。后来凭推荐信谒见欧阳修，成为欧阳修的门生。在当时，谁是主考官，他录取了谁，自然就和他攀上关系。

欧阳修心里面一直有个疙瘩，自己点错了第一名，一直耿耿于怀，而且自己如此博学多才，竟然不知道苏轼文中所举的那个例子出自哪里。

要知道，做文学的人，都有这种钻研学术、打破砂锅问到底的精神。

　　欧阳修有些纳闷，觉得自己竟然不如一个二十出头的小青年，这实在说不过去。

　　我猜测，按照当时欧阳修的地位，他应该不敢当众询问苏轼，这样会显得他阅读古籍文章不够深入，扫了他本人的面子。

　　欧阳修把苏轼叫到书房，问他文章中的那个典故来自何处。

　　苏轼说道："这个典故来自《三国志·孔融传》。"

　　这个富有学术精神的老头儿，还真相信了苏轼的话，回家把《三国志·孔融传》翻了个遍，还是没有找到苏轼所说的典故。

　　欧阳修又继续询问苏轼。

　　苏轼觉得很是诧异，这老头儿竟然真的去翻了，这种精神让人佩服。

　　苏轼见他势必要问出个所以然，于是随口说了一句："这个典故是我瞎编的。您看啊，这《孔融传》里不是有这么个故事嘛，曹操灭了袁绍之后，就把袁绍的儿媳妇送给自己的儿子曹丕，孔融听到这个事情很不开心，对曹操说：'周武王伐纣的时候，就把纣王的宠妃妲己送给了自己的弟弟。'曹操一听说道：'我知道孔融你看过的书多，这个典故是哪里来的。'孔融回答是他自己瞎编的。"

　　苏轼就想，我觉得尧帝那种怀有宽厚之心的人也能做出这样的事情来，所以我就现编了一个。

　　欧阳修听了这些话，惊愕万分。事后仔细思量，觉得这个年轻人前途无量，这样的人不死读书，脑袋灵活，已经把书上的知识熔铸在血脉之中，将来一定会有所建树，我还是早日隐退，给年轻人让出一条路出来吧。

　　苏轼用他天才的文思与妙笔，一举成名天下知。细想起来，他纵然才华横溢，如果没有遇到欧阳修这样的老师，恐怕苏轼一身才华也得不到施展。

　　要知道，欧阳修是文坛领袖，地位显赫、位置关键，能够承认后辈，奖掖后进，也是胸怀坦荡。

百年来第一人

进士考试之后，苏轼的母亲程氏不幸去世，苏轼只好返回家乡为母亲服丧。嘉祐五年（1060年），调任福昌主簿。欧阳修因他才能识见都好，还举荐他进秘阁。

三年期满，一次宋朝最高级别的考试即将举行。苏轼、苏辙与苏洵父子三人前往京城参加制科考试。

制科考试跟进士考试不一样。

进士考试三年一期，招生比较多，制科考试不定期，而且程序特别麻烦。

参加制科考试，首先必须要得到朝中大臣的推荐，考试之前还要参加预试，通过之后才能由皇帝亲自出题。

宋朝三百多年的时间里，共录取了四万多名进士，举行了二十多次制科考试。三年的时间，录取了四十一个参加制科考试的人。

宋朝的制科考试分为三等，一等最高，二等次之，三等最次。但是一等和二等的标准特别高，一般人达不到。

制科考试作策论六篇，过去人们应试不起草，所以文章多数写得不好。苏轼开始起草，文理就很清晰。皇帝比较赏识苏轼的才华，亲自点苏轼的文章为第三等，当时没有点谁为第一等和第二等。

第三等后面是第三次等，接着是第四等、第四次等，最后就是第五等，被点到第五等的人，基本就是不及格了。

从宋朝建国到苏轼这里，一百多年的时间里，只出了一个第三次等，这个人叫吴育。

百年以来，苏轼可谓是第一人。

苏轼的弟弟苏辙，考了第四等。

这一年，苏轼才二十五岁，苏辙才二十二岁。一个是研究生毕业的年龄，一个是本科生毕业的年龄。

顺利毕业的苏轼，何去何从，应当官居何位？

宋英宗在做藩王时就听到过苏轼的名字，想用唐朝旧例召他进翰林院，管理制诰之事。知制诰专门负责议定国家大政方针，是晋升宰相的必历职位。

宰相韩琦说："苏轼的才能，远大杰出，将来自然应当担当天下大任。关键在于朝廷要培养他，让天下的士人无不敬畏羡慕而佩服他，都想要朝廷重用他，然后再召来加以重用，那所有的人都没有异议了。现在突然重用他，天下的士人未必会同意，恰恰会使他受到牵累。"

宋英宗说："那姑且给他修注一职如何？"

韩琦说："修注和知制诰地位相近，不可马上授予。不如在馆阁中较靠上的贴职授予他，而且请召来考试。"

宋英宗说："直史这个官职，不知他能否胜任，像苏轼这样还有不能担任的官职吗？"

后来苏轼进入直史馆。

二十出头的年纪，于众多大文豪中一枝独秀。

苏轼一出场，便惊艳了整个北宋，连当时的文坛"大神"欧阳修也发出感叹："三十年后没有人会谈起我了。"

也许有人会反驳说："我要是有苏轼的天赋，也可青史留名，也能一鸣惊人。"

世上的种种成功，没有任何一种是不劳而获、唾手可得的。

苏轼的成就，更多是源于他后天的努力。

他说："古之成大事者，不唯有超世之才，亦必有坚韧不拔之志。"

他不仅是这样说的，也是这样做的，而且他做到了，苏轼每读一部经典，都是从头抄到尾。

比普通人有天赋、优秀的人，竟然比普通人还要勤奋努力。

不必怀疑努力是否有用，也不必艳羡别人本就生在罗马，人生没有白走的路，哪怕走的是弯路，也比在原地踏步强。

少年进士及第的苏轼，也有奋励当世之志。遇上王安石变法，两人政见不合，苏轼自请外任，其后辗转奔波于杭州、密州、徐州、湖州、黄州等地。

在此期间，苏轼留下了很多传世作品。

苏轼的创作历程，与他的宦海仕途密切相关。他这一生，踏遍了大半个中国，他的作品也随着生命历程逐渐成熟。

苏轼的词作，大概分为四期。

第一期，杭州词，大多是些写景酬赠之作，词风开始呈现雏形，技巧还未臻至成熟，这个时期的词作主要是酬赠之作，遣情入词，大多数表达他宦途失志、离别感伤之情。

第二期，由杭入密、徐、湖时期，苏轼以诗为词，自成一家，豪放兼婉约，深情又清旷。

第三期，经历乌台诗案，责授黄州，仕途失意，词作达到巅峰。

第四期，黄州以后，官宦多转折，词虽衰微之势，数量少，风格却开拓创新之境界。

这个男人能豪迈也能婉约

苏轼其人其词，都是北宋文坛上独特的文化风景。

都说文无第一、武无第二，要说谁是中国文化史上文学成就最高的大家，恐怕有点难，可是要说谁是成就最全面的文化伟人，那么苏轼必须榜上有名。

能够称得上文化伟人的人，肯定在各个文学领域均有很高的造诣。

人们对于苏轼的印象，大抵离不开豪放、旷达之类的溢美之词，其实苏轼不仅擅长写豪放词，对于婉约词也能信手拈来，多有佳作。离杭北上这段时间，苏轼的豪放词不少，那首著名的《江城子·密州出猎》就是其中的代表作，这段时间，苏轼还写了著名的《江城子·乙卯正月二十日夜记梦》。

直到今天，读过这首词的人无不热泪盈眶、心绪凄迷，即便是相隔千年，这首词依旧能发出声响，让我们感受到苏轼的丧妻之痛。

不管是豪放旷达的超然之情，还是缠绵悱恻的亡妻之思，整个北宋词坛，如果少了苏轼，将会逊色不少。

苏轼的个人魅力，在于他既有"发愤识遍天下字，立志读尽人间书"的豪迈；也有"竹杖芒鞋轻胜马""一蓑烟雨任平生"的潇洒；更少不了"相顾无言，惟有泪千行"的柔情。

苏轼在人间里出入进退后，对于人生的变动，坚守他的信念，进而形成他情思起伏的跌宕人生。如何从这些感伤中跳出来，觅到心灵的最终归宿，探寻到生命真正的安顿和意义，这是他上下求索的人生课题。

所以，苏轼此时的词作大多是表达了隐藏心底多年的时空流转之悲，除此之外，还有宦途失意、离别感伤的成分。

后来由杭入密，多老、病之感，有时还会透露几分凄凉，其悼亡妻的

《江城子》和《水调歌头》，大抵不离人生有别、岁月无常的主调。

诗人写诗，作家写文，向来是由为他人而作衍变成为我而作，逐渐会意识到抒情言志的功能，而诗词的表现力度更高一些。写我之时，对我剖析完全之后，转向另写别人的"我"，这些现象与作家内在的生命力有着紧密的关系。

正如东坡赴密州以后，形成了自己豪放婉约的词风，建立个人独特的风格，这恰如猛虎心里藏着一枝蔷薇。

既婉约又豪放，东坡因词而识情通理，词因东坡而体尊境阔。

婉约和豪放，看似对立，实则互通，对于东坡的整体风格，夏敬观是这么说的："东坡词如春花散空，不著迹象；使柳枝歌之，正如天风海浪之曲。众多幽咽怨断之音，此其上乘也！"

两种词风，大抵在密州时形成，他所写的两首《江城子》，恰是两种风格的代表。清旷词风的形成，无疑是那首耳熟能详的《水调歌头》为最，这首词作也备受歌唱家们的青睐，把它唱成了歌曲。

人啊，经历了人生有别、岁月无常之后，有时不但苦苦追寻的心灵平静无果，而且还会徒增无聊之感。古今如梦，何曾梦觉，但有旧欢新怨。

在密州期间，苏轼写了两首《江城子》，一首豪放，一首婉约，读来令人肝肠寸断。

在我们的心中，苏轼是豪放的词家，是超脱的文人，是潇洒的过客，他还有多情婉约的一面。

多情，但不滥情。

苏轼的结发之妻叫王弗。王弗年轻貌美、知书达礼、性情温和，十六岁嫁给苏轼为妻，两人共同生活了十几年，王弗去世的时候，还不到三十岁。

可以说，王弗是苏轼生活上的伴侣、文学上的知音，更是事业上的贤内助。

王弗去世以后，苏轼按照父亲的安排，将她葬在了母亲的坟旁。

后来苏轼娶了第二任妻子王润之，王润之陪伴了苏轼人生中最重要的二十多年。

熙宁八年（1075年）正月二十日夜晚，苏轼梦见爱妻王弗，写下了那首著名的悼亡诗《江城子·乙卯正月二十日夜记梦》：

十年生死两茫茫，不思量，自难忘。千里孤坟，无处话凄凉。纵使相逢应不识，尘满面，鬓如霜。

夜来幽梦忽还乡，小轩窗，正梳妆。相顾无言，惟有泪千行。料得年年肠断处，明月夜，短松冈。

你我夫妻诀别已经整整十年，对你的相思之切是多么刻骨，相思而不得的相间之痛笼罩全篇。

不去想她，却又难以忘怀，哀思万缕，缠绕心间，解不开，也拂不去。

如今与亡妻永远不能重逢，实在无处诉说心中的悲凉。

这十年来，我四处奔波早已是灰尘满面、两鬓如霜。昨夜梦见你在小轩中临窗梳妆，种种幸福生活的回忆涌上了心头，可见死别后是多么凄凉。

纵然此时有千种哀愁、万种凄凉要向亡妻倾诉，可是，你看看我，我看看你，一句话也说不出口。

四目相视，两心相映，万千思绪尽在其中，此时无声胜有声。

遥隔千里，松冈之下，亡妻长眠地下，冷月清光洒满了大地。

这首词道出了苏轼与王弗的夫妻之情和故乡之思，也哀悼了一份失落的青春理想与岁月，苏轼回想自己十年来的生命历程，生活折磨、岁月摧残，不仅仅是容颜渐老，而且自己的心志也不如当年，又有什么可以告慰妻子的呢？

妻已亡，夫还在，万般凄凉蚀衷肠；人归去，情依旧，明月如水爱无期。

苏轼带着愧疚之情入梦，换来的却是相顾无言，落泪千行。这种无尽的思念，只能借着年年的相思曲弥补，明月将是永远的见证。

苏轼的另一首《江城子·密州出猎》，则是另外一种风格。

老夫聊发少年狂，左牵黄，右擎苍，锦帽貂裘，千骑卷平冈。为报倾城随太守，亲射虎，看孙郎。

酒酣胸胆尚开张。鬓微霜，又何妨！持节云中，何日遣冯唐？会挽雕弓如满月，西北望，射天狼。

北宋当时的词风偎红倚翠、浅斟低唱，比较盛行。

苏轼这首词，别具一格，自成一体。

就连苏轼本人对此阕也颇感自豪，在《与鲜于子骏书》中，他曾说："近却颇作小词，虽无柳七郎风味，亦自是一家。呵呵！数日前猎于郊外，所获颇多。作得一阕，令东州壮士抵掌顿足而歌之，吹笛击鼓以为节，颇壮观也。"

柳七郎，就是柳永，是婉约派的代表人物。

这首词通篇纵情放笔，气概豪迈，一个"狂"字贯穿全篇。苏轼左手牵着黄犬，右臂擎着苍鹰，戴着锦帽，身着貂裘，带着上千骑的随从像疾风般席卷平坦的山冈。为了报答满城的人跟随我出猎的盛情厚意，我要像孙权一样，亲自射杀猛虎。

痛饮美酒，心胸开阔，胆气更为豪壮。如今虽然两鬓微微发白，可是这又有何妨？什么时候皇帝会派人下来，就像汉文帝派遣冯唐去云中赦免魏尚的罪一样信任我呢？我将使尽力气拉满雕弓就像满月一样，朝着西北瞄望，射向西夏军队。

苏轼由射虎打猎写到抗敌保边，抒发老而能用的壮怀，可是如今岁月催人老，年华渐逝，不甘于堕落意欲芬奇斗志，这一上一下之间，身与心的冲突和对抗，读来令人豪气满怀。

苏轼写这首词时四十来岁，他以冯唐自比，冯唐在武帝的时候，行年九十不能够为官，在文帝朝时候，持节赦免魏尚，当时魏尚有罪，免职削爵，苏轼当时是从杭州通判调任密州太守，是升官而不是贬职，更谈不上是因罪下狱，所以苏轼不是以魏尚自比。

至于苏轼当时才四十多岁，这个年龄对于一个男人来说正值壮年，为何会自比于冯唐？

第一，冯唐不但是持节的使者，而且还是车骑都尉，带了许多兵，这与词中所写的"会挽雕弓如满月，西北望，射天狼"的意思相互呼应。

第二，古来的文人雅士皆有年华易老之叹，年未半百就开始称老，这恐怕与古代人平均年龄不高也有一点关系。

这首词中，苏轼贯穿了少年、中年和老年三种人生状态。

苏轼清旷词风的形成，大概也是在密州时期，那首《水调歌头·明月几时有》，如今还在耳边回响：

丙辰中秋，欢饮达旦，大醉，作此篇，兼怀子由。

明月几时有，把酒问青天。不知天上宫阙，今夕是何年。我欲乘风归去，又恐琼楼玉宇，高处不胜寒。起舞弄清影，何似在人间。

转朱阁，低绮户，照无眠。不应有恨，何事长向别时圆？人有悲欢离合，月有阴晴圆缺，此事古难全。但愿人长久，千里共婵娟。

月亮，历来受到文人雅士们的青睐，面对皓月当空，可以对月怀人；面对离愁别绪，可以以理遣情；面对宦海沉浮，可以托物说理。

丙辰年的中秋，苏轼饮酒大醉，想起自己宦海浮沉，心情抑郁，由此联想自己与在济南任职的弟弟多年未见，在醉意蒙眬之中写下了这首词。

面对皓月当空，苏轼想乘御清风归去，又恐怕在美玉砌成的楼宇里，受不住高耸九天的寒冷。翩翩起舞玩赏着月下清影，哪像是在人间。李白却是"俱怀逸兴壮思飞，欲上青天览明月"。

苏轼与李白，一个是人而仙的性格，一个是仙而人的性格。

人间与天上，是相对存在的情景。人间代表的是有限，时刻变换，里面有生老病死、悲欢离合；天上代表的是不变的永恒，在那里没有烦恼，是一个理想世界。

面对人生苦恼，苏轼想的是能够脱离这躯体，乘风归去，或许就能够得到永生，可是如此换来的却是永远的孤单和寂寞，一个人忍受得了这些吗？

人间是我们唯一生存的处所，是我们怎么逃避也逃避不了的，不如收拾心情，积极主动去接纳它。

真正的自由，不在于心外，而在于心内，如果能够保持精神的自由和欢愉，那么人间也可以是天堂。

这样一来，苏轼与弟弟那种时空相隔的悲痛就可以得到缓和与化解了。

世间之事哪能事事尽如人意，只不过月圆佳节，苏轼触景生情，乃是人之常情，但是他没有陷入感情的怨恨泥沼中去，而是知道世间万事万物都有相对性，不完满的才是人生，又何必执着于此呢？

自己与弟弟虽然相隔，但是两人此时可以共赏明月，美丽的月光就是兄弟二人此时感情的共体，可以凭借月光互道彼此的心意。

月亮这个载体，跨越了时空，情感仿佛永恒。

这样一来，天上的明月赋予了人间的意义，苏轼自己不再是孤独的，环境也不再是冰冷的。

恐怕是我思君处君思我。

乌台诗案的始末

在湖州任职三个月的苏轼，于元丰二年（1079 年）七月被捕，罪名是诽谤朝廷，这个案子就是著名的"乌台诗案"。

所谓乌台诗案，乌台就是御史台。西汉的时候，御史府庭院里面种植有柏树，乌鸦经常栖息在柏树上面，因此叫作柏台，或者是乌台。

既然叫作乌台诗案，那么肯定与御史有关，与诗有关。

《宋史》中说，苏轼调任湖州知州，上表向皇帝谢恩，因为有些事情对老百姓不利，苏轼不敢说，就用诗来讽刺，以求有益于国家。当时的御史李定、舒亶、何正臣摘取苏轼章表中的话，并且引申附会、添油加醋说苏轼所作的诗是在诽谤皇帝，就把他逮捕关进御史台监狱，想处死苏轼，罗织罪名很久都不能判决。宋神宗怜惜苏轼，把他安置为黄州团练副使。

这样一段话就描述了苏轼与乌台诗案的关系，那么有几个问题需要解决。

第一，苏轼的罪证是什么？

苏轼的逮捕令，是宋神宗亲自签署的，御史中丞李定负责这件案子，他们以迅雷不及掩耳之势把苏轼捆起来带走了，湖州的老百姓纷纷赶到码头为苏轼送行，泪如雨下。

他们拿出了苏轼的罪证，说来也怪，这些罪证便是苏轼的一些诗文。

谁会知道，自己以前无心所作的诗文，在多年以后会成为自己犯罪的佐证。

首先，苏轼担任湖州知州时，上表谢恩，写了一篇文章叫《湖州谢上表》，旨在感谢皇上和朝廷的栽培，然后再讲一讲自己的计划，最后再表态，这样一来基本没什么事。

　　官员每到一个地方任职，都要写谢上表谢恩的。苏轼之前在密州、徐州任职时，也写过类似的谢上表，当时没发生什么事，于是他继续坚持自己的风格，在《湖州谢上表》中发了几句牢骚，被别有用心之人抓住了把柄，惹来了乌台诗案。

　　《湖州谢上表》中有这么几句话，"知其愚不适时，难以追陪新进；察其老不生事，或能牧养小民"。翻译过来的意思就是我知道自己迂腐不识时务，难以与新进之人共同进步，皇上体察我年老不会多生事端，或许我能够保全一方百姓，所以让我到湖州任职。

　　苏轼的话其实也就是文人那种自谦收敛之词，可是如果被存心找茬的御史过度解读的话，那就可以用来作为诽谤朝廷的证据。

　　文人所写的诗文，其实有一定的社会背景和书写心境，如果过分解读，就成了曲解，意思恐怕与原意相去甚远，这往往使得文人苦不堪言。

　　在李定等人看来，苏轼你难以与新进之人共同进步，难道朝廷新提拔的干部就是惹是生非的？简直是对改革变法的干部进行人身攻击，这算是一条罪状。

　　其次，苏轼说自己"性资顽鄙，名迹埋微。议论阔疏，文学浅陋。凡人必有一得，而臣独无寸长"。也就是说，苏轼这个人脾气古怪，名声微弱，才疏学浅，别人都有一技之长，他自己一无所成。要知道，当时苏轼名声很大，地位很高。苏轼这样说反话，简直是故意标榜自己，抬高自己，借此打击别人，又算是一条罪证。

　　最后，他们还抓住苏轼在做官期间所作的诗文，大做文章。比如苏轼写过《山村五绝》，其中有两句是"岂是闻韶解忘味，迩来三月食无盐"。这简直是讽刺新法中的盐法峻急，贫穷的老百姓被迫放弃耕稼，要佩戴刀剑去贩卖私盐。苏轼还写过《八月十五日看潮五绝》，其中有两句是"东海若知明主意，应教斥卤变桑田"。东海龙王如果知道了君主的旨意，应该会让海边的盐卤之地变成肥沃的桑田。这意思很明显，苏轼在指名道姓地侮辱宋神宗。

但凡能够搜罗到的诗文，都被调到了御史台，只要发现蛛丝马迹就立即上报。这样一来，昔日所写的诗文就坐实了苏轼所犯之罪。

结案的意见是：所怀如此，顾可置而不诛乎！

第一，苏轼不学无术。虽然科举考试高中，但其实是滥竽充数，三番五次诽谤朝廷，朝廷一直本着宽免之心宽容苏轼，可是他死不悔改，该杀。

第二，苏轼藐视朝廷。面对皇上，口出狂言、傲慢无礼，该杀。

第三，苏轼蛊惑人心。仗着自己的名声才学，煽动"吃瓜"群众，写诗作文蛊惑人心，影响了朝廷对老百姓的教化，该杀。

第四，苏轼诋毁圣上。因为苏轼屡次调任，私心私欲没有得到满足，就写诗作文诋毁皇上，该杀。

这样一来，苏轼被捕入狱，接着便是审理此案。

我们可以根据各类野史轶闻，想象当时审理案件的情景。

冰冷潮湿的墙壁，上面似乎还有很多不知名的爬行动物，狱中坐着一人，身形狼狈，却气宇轩昂。

这时，外面一个声音大喊道："快把苏轼带出来，李大人正等着呢！"

狱卒掏出了身上的钥匙，只听见哗啦啦的声响，牢门打开了。

角落里一个身着囚服、气度不凡的犯人说道："不必了，我自己来。"他简单打理了一下自己凌乱的头发，只为维护仅有的文人尊严，迈开腿走了出去，后面的狱卒紧紧跟随。

审讯室就在牢房外头。几根木桩子上挂着大铁链，火盆里插着烙铁，几个圆胖的汉子手持皮鞭站着，一派阴森恐怖的景象。审讯室中间放了一张桌子，后头坐着一位官员，装模作样地把弄着自己的胡须，佯装说道："苏轼，见到本官，你还不跪下？"

苏轼说道："李定，我可是朝廷命官，上跪圣上，下跪父母，岂能跪你这个小人？"

李定听后恼羞成怒，从他旁边的汉子手里接过皮鞭，正要朝苏轼抽打下去。

苏轼正气凛然地说道："你敢！"

李定一时被镇住，定了定魂，说道："对付你用不着我来动手，我来问你，你家里可有誓书铁券？"

苏轼知道这伙人的惯用伎俩，想虚张声势，于是说道："我的忠心，苍天可鉴，不需要什么誓书铁券！"

李定说道："谅你也没有。可是你写诗讥讽朝廷、污蔑圣上，你可知罪！"

苏轼答道："我一向忠君体国，关心国事，怎么会讥讽朝廷！"

李定拿着苏轼的诗一首一首来审问。这些诗文有的与新法毫无关系，纯是穿凿附会、罗织诬陷，有的确有反对新法的内容，但饱含生活的真实，反映出新法的流弊，李定这伙人只不过是摘取其中一两句来污蔑苏轼而已。

李定厉声说道："你的《山村五绝》，分明是在攻击朝政！'迩来三月食无盐'这句，是不是在嘲讽新施行的官盐法？"

苏轼笑道："新法中的盐法峻急，贫穷的老百姓只能被迫放弃耕稼，佩戴刀剑去贩卖私盐。这其中的弊端，大家有目共睹，我如此写有何不可？"

李定拿着苏轼的诗文一首一首与之应对，没想到苏轼竟然全都记得。询问过程中，李定还问苏轼有哪些人与之有书文往来。

审判结束后中，李定忽然对手下说道："苏轼确实是个奇才！"

属下觉得一惊："大人为何如此说？"

李定说："刚才的审问过程中，即使是二十年前所作的诗文，苏轼都能引经援史，随问随答，无一字差错，这还不是奇才吗？"

将近两个月的审讯，苏轼在精神上和肉体上都经受了难以言喻的凌辱和折磨。

在狱中的苏轼，觉得自己此次在劫难逃，连绝命诗都写好了。

这个案件的处理结果是，苏轼被押往黄州监视居住，官阶是黄州团练副使。与他有关的王诜等人被罢贬，牵扯进来的司马光等人被罚款。

按理说，苏轼罪证确凿，为什么处罚得这么轻？

第一，王安石说了一句话。在苏轼外任期间，王安石六年内被罢免宰相两次，王安石不问朝政之后，听说了苏轼的乌台诗案，上书皇帝说："岂有圣世而杀才士者乎？"正是这句话救了苏轼。

第二，太皇太后曹氏也给苏轼求情。重病缠身的老太太，跟宋神宗说："当年的苏家两兄弟进士及第，仁宗皇帝喜出望外，说是为子孙后代发现了两个宰相之才，如今因为苏轼写了几首诗就定罪，处罚太过分了。"

第三，宋神宗本人也不想杀苏轼。苏轼反对新法，宋神宗当然不满意，可是宋神宗本人对苏轼相当欣赏，在徐州抗洪救险的苏轼曾得到过宋神宗的嘉奖，老百姓也称赞苏轼，杀了这样的人才实在可惜。

那么，苏轼是冤枉的吗？

其实苏轼的一些诗文，确实有抨击新法的倾向。诗文这个东西，有时候意象模棱两可，谁都说不清楚到底表达的是什么意思，加上此时新法一党看不惯苏轼，苏轼的名气又大，声望也高，自然少不了一些胡编乱造、歪曲诬陷之人。

乌台诗案以前的苏轼，纯真任性、率性旷达、才气逼人。秉承入世的热情、文人雅士的精神，怀着奋励当世之志踏入官场，光芒四射，因为缺乏官场经历，身上的棱角难免会戳伤别人。

处于乌台诗案中的苏轼，领略到了政治的险恶无情，但是他感受到了来自太皇太后、长辈、弟弟苏辙和老百姓的关爱之情，这使得他并未对人间丧失信心。

乌台诗案之后的苏轼，免不了会有一些挫折之后的寂寞，然而经过黄州几年的自我沉淀和认识，使得他走向了更高更远的人生境界。此后的苏轼，除了才华横溢之外，还有一份自信和旷达。

东坡的封神之地

　　曾经少年得志、才华横溢的苏轼没想过自己以后要去黄州，但黄州却以海纳百川的广博胸怀接纳了被贬谪于此的苏轼。

　　在黄州，天高皇帝远的闲适生活，为苏轼思考人生、创作诗文、写书作画提供了外部条件，江上清风、山间明月、乡下老酒、归耕田园的闲情逸致，抚慰着他那颗受伤的心。

　　苏轼从寂寞清苦的生活中走了出来，蜕变成了苏东坡。

　　这段时间，他发明了东坡肉，与友人寄情山水，游览赤壁，写下了千古绝唱前后《赤壁赋》和《念奴娇·赤壁怀古》，还创作了被后人称为天下第三行书的《黄州寒食帖》。

　　没有黄州的生活经历，苏轼恐怕也难有大放异彩的艺术成就。

　　黄州之后，苏轼变成了苏东坡。

　　这是一个人的两种性格。

　　初到黄州，苏轼住的地方，是一个江边废弃的驿站，这个地方叫作临皋亭，一家人挤在这个潮湿的屋子里。后来，苏轼在另一个地方盖起了瓦房，在房子的四壁画上雪景，并给它取了个浪漫的名字——雪堂。这个雪堂成了他会客、读书、写作的地方。

　　在这段时间里，苏轼白天都是睡觉，晚上一个人出去溜达，不敢多喝酒，生怕酒后失言。

　　在黄州时期，苏轼的抒情文体主要为小品、词、散文赋，他有意避开诗文写作，但又不是不复作诗文，而是有所选择回避。

　　他回避那些政治意味浓、批判谴责的诗文，其实就是为了避祸，为了避免落人口实，像"乌台诗案"那种文章，尽量不写。

来到黄州，不如收敛一下文人关心时事、批评朝政的议论笔调，回归大自然和日常生活中的闲情杂事，去探索生命意境和奥秘。他的词风自然从余悸犹存到随缘自适过渡，这期间的文学作品自然地表达了自己的喜怒哀乐，不再纠结于其他事情，反而让自己的艺术境界更加纯净高邈。

在黄州这段时间，是东坡词的巅峰期。

可想而知，苏轼在那段时间里，度过了多少难言的孤独与寂寞的夜晚，喜欢写诗作文的他，也不再会去追求社会轰动了。他开始在寂寞和孤独中反思，觉得自己以前最大的缺点就是锋芒毕露，缺少自知之明。

或许很多诗文大家都是成熟于一场灾难，成熟于死亡之后的重生，成熟于灭寂之后的喧嚣，成熟于山山水水之间。

幸好，在黄州这段时间，他才四十多岁，对于一个男人来说，未来还大有可为。

虽然这段时期苏轼不再写诗文、写文字，但这不是说他完全停止了诗文的创作，更不是不再借助文字这种载体，来叙说人间的种种事情。

孤独寂寞的东坡，并没有长期陷入困境的旋涡之中。他知道光阴犹如昼夜不停的流水，匆匆向前驶去不复返，处于困境之中的他，说出了"谁道人生无再少，门前流水尚能西"的振奋言论。

在贬谪的生活中，苏轼能从感伤迟暮的低沉基调中，发出催人自强的吟啸，这是他的旷达乐观，也是他的个人魅力。

元丰五年（1082 年），苏轼写了那首著名的《定风波·莫听穿林打叶声》，很多人遇到困难时，喜欢用这首词来勉励自己，这是得益于苏轼在词中表现出来的生活态度。

三月七日，沙湖道中遇雨。雨具先去，同行皆狼狈，余独不觉，已而遂晴，故作此词。

莫听穿林打叶声，何妨吟啸且徐行。竹杖芒鞋轻胜马，谁怕？一蓑烟雨任平生。

料峭春风吹酒醒，微冷，山头斜照却相迎。回首向来萧瑟处，归去，也无风雨也无晴。

这样的苏轼，怎能不潇洒；这样的人生态度，怎能不让大家喜欢。

黄州的山水，也是苏轼超旷词境的功臣。黄州的山水风月本是相对静态的，苏轼的精神力量，给它们注入了一种时代内涵和文化意蕴。

诗人词人看到山水，总是会生出一些情感来，与山水融为一体，达到物我两忘、超然物外的境界。

自然风光，让苏轼的情感有了一份寄托。他有时布衣芒鞋，出入于阡陌之上，有时明月泛舟，放浪于山水之间。

任凭再多的风雨，也不能影响我内心的豁达。

纵然我现在成了一个山野村夫，尽管竹杖芒鞋，我也依然能够走得潇洒从容。

一个人的内心只要足够强大，外部环境任它再糟糕，也不能影响苏轼的心情。

伟大的千古绝唱

　　元丰五年（1082年），一首《念奴娇·赤壁怀古》横空出世，成为震撼古今的伟大绝唱。这首词，不仅是中国古代文学史上的伟大杰作，也是东坡词作中的伟大杰作。提到这首词，多少评论家对其毫不吝惜溢美之词。

　　赞美者说此词语意高妙，真古今之绝唱。贬低者说苏东坡这首词悖离传统词风，更有人认为此词平仄句调不合格，简直是吹毛求疵。

　　将近一千年前，苏轼在黄州江边的赤壁发出的歌咏，到了今天依旧能够敲打着这么多人的胸膛，震撼了这么多人的心灵。

　　这首词，是东坡豪放词派的巅峰之作，他拓展了题材的宽度，从儿女情长中解放出来，拓展到社会生活的各个领域，词的格调从感伤艳丽的风格升华到抒发宏伟的志向。

　　大江东去，浪淘尽，千古风流人物。故垒西边，人道是，三国周郎赤壁。乱石穿空，惊涛拍岸，卷起千堆雪。江山如画，一时多少豪杰。

　　遥想公瑾当年，小乔初嫁了，雄姿英发。羽扇纶巾，谈笑间，樯橹灰飞烟灭。故国神游，多情应笑我，早生华发。人生如梦，一尊还酹江月。

　　黄州赤壁成就了苏轼，苏轼也成就了黄州赤壁。

　　谪居黄州的苏轼，或是屹立崖上，缅怀先贤；或是静坐亭榭，抚今追昔；或是泛舟江上，对邀风月。多情困惑后的苏轼，写出了《念奴娇·赤壁怀古》，这首词作于何时，殊难考定，他谪居黄州五年，五年之中，未必仅仅是壬戌七月一游赤壁。

　　站在赤壁边上，看着大江东去，想到千古风流人物被大浪淘尽，个人一己之微实在可悲，既然如此，一人之荣辱得失又有何悲叹的呢？

　　苏轼想起了三国的周瑜，"人道是"三个字写得极有分寸，三国赤壁之战故地还有争议，苏轼似乎也不敢肯定，才用"人道是"三个字引出下面的议论。

　　江水涌腾，"穿""拍""卷"等动词用得形象生动，呈现出了一片江山如画的壮观景象，精妙独到地勾画了古战场的险要地形，前面的铺垫，为下面所写的英雄人物渲染了足够的环境气氛，给人以豪壮之感，苏轼巧妙地用"一时多少豪杰"由景物过渡到人物。

　　苏轼写周瑜并不写他的大智大勇，而是写其儒雅风流。"千载周公瑾，如其在目前，英风挥羽扇，烈火破楼船"。小乔初嫁烘托周瑜才华横溢、意气风发，周瑜破曹时，也不过三十四岁，指挥若定、胆略非凡，此时的苏轼，已经四十七岁，周瑜年轻有为，自己却坎坷不平。他用周瑜的赫赫战功反衬自己的年老无为，在雄伟的江山面前缅怀英雄事迹，慨叹自己功名未就、壮志未酬。

　　那句"多情应笑我，早生华发"，从字面上看似多情人会笑我，白发如此早生，语言轻淡，意却沉郁。有人甚至认为多情的人可能是诗人的妻子，或者是英雄周瑜，但都非常牵强。

　　苏轼察觉到自己的悲哀之后，并未沉溺于苦海之中，他把自己与周瑜放在整个江山历史中进行观照，在他看来，当年潇洒自如的周瑜如今也被大浪淘尽，这样一对比，自己就从悲哀中超脱了。

　　大江东去是时间流逝的象征，而且大江永远向东流去，这是自然永恒不变的规律。朝代更替，人笑人哭，江河依旧，长流不止，生生不息，个人之于历史，历史之于自然，最终都要从情怀中醒来，回到大自然的怀抱。

　　苏轼虽然无法与周瑜的政治功业相比，但是从人类发展的普遍规律来看，两人也没有什么大的差别。从赤壁的这片天地中，苏轼看到了历史的脆薄，他想从中寻找生命的解脱，探索自身存在的意义。

在夜色风月里，在惊涛拍岸中，仕途上的起伏、反对派的攻讦、职位的升迁贬谪都被江水冲淡，人世间的痛苦、寂寞、爱恨都会被时间掩埋，既然世间之事恍如一梦，何妨将美酒洒在江心明月的倒影之中，褪去苦味，从有限升级到无限，让精神获得自由，有了这样的思索，于是得出人生如梦，一尊还酹江月。

黄州赤壁，成为苏轼人生舟楫中的一块压舱石。

这一年，苏轼先后以赤壁为题，写了两篇赋，《前赤壁赋》和《后赤壁赋》横空出世。

壬戌之秋，七月既望，苏子与客泛舟，游于赤壁之下。清风徐来，水波不兴。举酒属客，诵明月之诗，歌窈窕之章。少焉，月出于东山之上，徘徊于斗牛之间。白露横江，水光接天。纵一苇之所如，凌万顷之茫然。浩浩乎如凭虚御风，而不知其所止；飘飘乎如遗世独立，羽化而登仙。

于是饮酒乐甚，扣舷而歌之。歌曰："桂棹兮兰桨，击空明兮溯流光。渺渺兮予怀，望美人兮天一方。"客有吹洞箫者，倚歌而和之。其声呜呜然，如怨如慕，如泣如诉；余音袅袅，不绝如缕。舞幽壑之潜蛟，泣孤舟之嫠妇。

苏子愀然，正襟危坐而问客曰："何为其然也？"客曰："月明星稀，乌鹊南飞，此非曹孟德之诗乎？西望夏口，东望武昌，山川相缪，郁乎苍苍，此非孟德之困于周郎者乎？方其破荆州，下江陵，顺流而东也，舳舻千里，旌旗蔽空，酾酒临江，横槊赋诗，固一世之雄也；而今安在哉！况吾与子渔樵于江渚之上，侣鱼虾而友麋鹿，驾一叶之扁舟，举匏樽以相属。寄蜉蝣于天地，渺沧海之一粟。哀吾生之须臾，羡长江之无穷。挟飞仙以遨游，抱明月而长终。知不可乎骤得，托遗响于悲风。"

　　苏子曰："客亦知夫水与月乎？逝者如斯，而未尝往也；盈虚者如彼，而卒莫消长也。盖将自其变者而观之，则天地曾不能以一瞬；自其不变者而观之，则物与我皆无尽也，而又何羡乎？且夫天地之间，物各有主，苟非吾之所有，虽一毫而莫取。惟江上之清风，与山间之明月，耳得之而为声，目遇之而成色，取之无禁，用之不竭。是造物者之无尽藏也，而吾与子之所共适。"

　　客喜而笑，洗盏更酌。肴核既尽，杯盘狼藉。相与枕藉乎舟中，不知东方之既白。

　　元丰五年（1082 年），苏轼两次游赤壁，一次是七月，一次是十月。这篇赋写于七月，七月既望，接近中秋，苏子与客泛舟，游于赤壁之下。此时的东坡经历过乌台诗案带来的大灾难，与客人泛舟，看到皓月当空、大江东去，人生还有什么东西值得计较呢？

　　江上清风，山间明月，自然光景取之不尽、用之不竭。苏轼举酒属客，诵明月之诗，歌窈窕之章。没过多久，月亮慢慢升起，苏轼用"徘徊"二字来形容月亮与星宿之间的运作，就像是人遇到喜爱的人或者事物踟蹰不前的样子。

　　月亮在星辰之间徘徊不定，浩浩荡荡的江水向东奔去，一望无际。东坡和客人任凭小舟随意漂荡，越过那茫茫万顷的江面，此刻的东坡觉得自己就是那轮明月，位于苍穹之上。

　　苏轼的这种心境，是这篇赋中留给我们宝贵的礼物。此时的苏轼，已经是中年丧妻，又被流放黄州，一般人摊上这样的事情势必难以释怀，苏轼却是扣舷而歌之，喝了一些酒，有点微醉、有些放任，有节奏感地敲打着船边，突然觉得放松起来。

　　客人中有吹洞箫的，东坡用"怨、慕、泣、诉"四个字来体现箫声的幽咽哀怨，箫声起、悲意生，从开头到现在，情绪从欢乐转为悲伤。词中的美人，是苏轼的一种理想追求，遭受贬谪之后的他，依然坚持对生活的执着态度，坚持对朝廷之事关切而不甘沉沦。

苏轼问客人箫声为何如此悲凉？

客人回答说："月明星稀，乌鹊南飞。"这正是曹操的诗句，向西可以望见夏口，向东可以望见武昌，山川环绕，草木苍盛，这不正是曹操被周瑜打败的地方吗？当年曹操夺取荆州，攻占江陵，顺长江东下，战船相接千里，旌旗遮蔽天空，他面对长江酌酒，横握长矛赋诗，如今又在哪里？

何况我们在江洲上捕鱼砍柴，与鱼虾结伴，以麋鹿为友，驾着一叶扁舟，相互劝饮，将短暂的生命寄托在天地之间，渺小得如沧海一粟。

人之渺小不能自比江河，又岂能渴望与江水同存、与明月长终。

苏轼对客人说道："那流水与天上的明月一样，不分昼夜从不停止地流过去了，反过来看流水是未尝往也，那流水又何曾流过去了呢？滚滚长江东逝水，我们今天看到长江依旧在那里，那不断消逝流去的江水，仍在我们的脚下。"

明月也是一样，天上的明月有时候是月满月圆，有时候却是残缺不全的，圆缺不停地变化着，它本身始终没有增加，也没有消减。

原来宇宙万物的普遍规律就是如此的，天地之间是不能够有一眨眼、一闭眼不变的时刻，也就是说，时间没有一刻是停止不改变的，所以何必羡慕长江的无穷无尽呢？

物各有主，人没必要羡慕那些不可得的东西，假如不是我所能够得到的，虽然只是细微丝毫之物，我也不会过分去得到和占有。

能够让每个人都有可享之物，只有那江上徐徐吹来的清风、山间的明月，两者耳得之而为声，目遇之而成色，取之不禁，用之不竭，当我们用眼睛遇到山间明月，就可以成色，用耳朵听闻美妙的风声，可以无限地享用。

这样美妙的东西，是造物者给我们的，江上清风、山间明月都是无尽的宝藏。

客人听到苏轼说的这些话之后，刚才的那种悲哀慨叹随之消解，随即露出了欣喜的笑容，他们把刚才的酒杯洗干净，又开始高兴地喝起酒来。大家把所有的食物统统吃光了，直到杯盘狼藉，都不晓得天亮了。

在黄州待了四年多，这个地方无疑给予了苏轼精神上的宽慰和词作上的艺术升华，他在临终之前说过，"问汝平生功业，黄州惠州儋州"。

黄州，是苏轼一直念念不忘的地方。

在黄州四年多的时间里，苏轼从开始的惊慌失措走向旷达自如，这片土地滋养了他的精神。

黄州之后，苏轼几度沉浮，急流勇退，一直到他逝去。晚年的东坡词开始呈现衰微之势，一则词的数量开始减少，二则东坡词的题材和风格开拓创新较少。这一时期，苏轼是即事遣兴、率而成章，佳作以淡远为主，语意清疏；如果是感慨不深之作，则是出言直率，有如游戏之作。

步入老年后的苏轼，创作力不如以前，却对世间生离死别、宦海沉浮看得很淡。

公元1101年6月1日，苏轼病重，染上痢疾，折腾了一个晚上，第二天非常疲惫，卧病在床，一直不见好转。加之一路颠簸，河水臭气熏天，让他的病情加重，此时的苏轼预感到自己身体快不行了，他给弟弟写信，说是死后将自己葬在嵩山下面，而且请弟弟给他写墓志铭。

到了七月份，苏轼病得更重了，他把儿子叫到床前，对他们说这辈子没做过什么亏心事和坏事，死后不会下地狱的，你们不必哭泣，因为那不是我所希望的。

到后来，苏轼的视力和听力逐渐丧失。

他的好朋友对他说："这个时候你要想想西方的极乐世界。"

苏轼说："西方的极乐世界我不清楚，但是我觉得为此用力非我所愿。"

朋友凑近他的耳朵说："您平生笃信佛法，用心修炼不就是为了今天吗？你应该用力。"

苏轼说了最后一句话："着力即差。"意思是如果故意用力，就全错了。

苏轼少年得志，金榜题名，中年以后，从北到南，接连被贬，直到被贬到遥远的海南岛。

这跌宕起伏、四海飘零的一生，却被他过得有模有样，有滋有味。

苏轼用他的实际行动告诉我们——

人生没有永远的绝境，只有面对绝境感到绝望的人。

如何在艰难的岁月里安度此生，如何在苟且中发现生活之美呢？

苏轼给了我们满分的回答。

他少年成名，青年得意，在之后不到十年的时间，接连经历丧母、失妻、逝父，之后入狱，一贬再贬。

从皇城到荒地，从炎热到酷寒，半世飘零，一生坎坷。

可是无论人生多么艰难，环境多么糟糕，仕途多么不顺，他都能随遇而安，坦然处之。

生命的变幻莫测，并不是让我们沉浸在痛苦中不能自拔，而是告诉我们要学会珍惜当下、珍惜所爱。

因为我们永远不知道明天和意外，哪个先来。

身入江湖，心向星光；滚烫星河，诗在远方。

苏轼在最低的境遇中，活出了最高的境界。

这是他留给我们另外一种宝贵的精神财富。

公元 1101 年 8 月 24 日，这个中国文化史、诗词史上如皓月明星一般，精通诗词书画的文化全才——苏轼，字子瞻，号东坡居士，与世辞别。

黄庭坚

他是北宋文坛男团成员，也是「别人家」的孩子

给母亲洗马桶的才子，七岁就把世间看透了

　　与恩师苏轼一样，黄庭坚也是北宋文坛的超级网红。

　　苏轼的诗词写得好，虽然"北宋东坡诗词"公众号每篇点击量都是"10万+"，但苏轼那种浑然天成的风格是别人学不来的。而黄庭坚的"山谷道人诗词"经常出现爆文，其他的诗词公众号都会模仿他"脱胎换骨"和"点石成金"的风格。

　　黄庭坚敢于大胆创新，他创建了"江西诗派"，影响了无数词人。那篇《瑞鹤仙·环滁皆山也》，保留了欧阳修《醉翁亭记》的基本骨架，篇幅缩短为原来的三分之一，不惧权威，别开生面。

　　不仅如此，老黄的书法更是一绝。并且他还加入了北宋文坛颜值最高的文学天团，江湖人称"苏门四学士"。

　　这个文学天团里面还有三位成员，分别是：晁补之、秦观、张耒。

　　当年老师苏轼的一句"如黄庭坚鲁直、晁补之无咎、秦观太虚、张耒文潜之流，皆世未之知，而轼独先知"，让这四个人火遍了北宋的大江南北。

　　身为文学天团的一员，黄庭坚基本上都是在委屈中度过，不过他善于自我调节，不让生命脆折。

少年老成的"文曲星"

老黄的家世并不显赫，他的父亲虽然中过进士，但只做过偏远地区的小官，死在任上之后，并未给黄庭坚留下多少财产。

幼年时期的黄庭坚，非常喜欢读书，只要书在手中，读过之后就能背诵。

他有一个舅舅，藏书非常丰富。

舅舅对黄庭坚这个开挂的技能深表怀疑，随便从书架上面抽了几本书问小黄，没想到他都能对答如流。

小黄经常去河边放牛。有一次，他看到一个牧童骑在牛背上面，手里拿着笛子从村前走过，一副悠然自得的样子。

黄庭坚生平最喜欢笛声，大概和这些经历有关。

看到牧童的样子，他想到那些追名逐利的人，远不如牧童惬意，这里没有勾心斗角、尔虞我诈，有的只是清澈的溪流和心旷神怡的景色。

没想到，小黄突然灵感爆发，吟了一首诗：

> 骑牛远远过前村，短笛横吹隔陇闻。
>
> 多少长安名利客，机关用尽不如君。

这首诗听起来没什么特别的嘛！遣词造句很一般啊！

可是，写这首《牧童诗》的黄庭坚，才七岁。

七岁的娃儿，应该是上一年级的年纪，还在二十六个字母和十个数字之间徘徊。

同样是七岁的娃儿，黄庭坚却端着茶杯、摇着蒲扇，与长辈们谈论世间的权力斗争，这孩子竟然看透了这凡尘俗世的种种羁绊，同时抒发了淡泊名利的远大志向。

这个小朋友怕不是文曲星？

小黄的父亲在他少年时期就去世了，家庭情况一度很糟糕，即便如此，他还是表现出了难得的豁达。

"往在江南最少年，万事过眼如鸟翼。"

度过了愉快又短暂的童年时光之后，黄庭坚跟着舅舅外出游学。

当他通过大诗人孙觉了解到杜甫之后，便对杜甫产生了狂热的兴趣，成了他的铁杆粉丝。

与别人谈诗，一定要谈杜甫。

与别人论文，一定要称杜甫。

他简直可以算是杜甫粉丝群北宋分群的群主。不仅如此，杜甫还在无形中为老黄促成一段姻缘。

诗人孙觉也是杜甫的铁杆粉丝，在他的影响之下，黄庭坚才对杜甫产生了浓厚兴趣。为此，孙觉把自己的爱女孙兰溪许配给了黄庭坚。

很多年后，老黄创立了"江西诗派"，尊杜甫为鼻祖。

到了参加北宋统一科举考试的年纪，黄庭坚与友人赴考，他写了一首诗赠送给友人：

> 万里云程看祖鞭，送君归去玉阶前。
> 若问旧时黄庭坚，谪在人间今八年。

老黄对友人说，请你帮我转告皇帝老儿，我本来是天上的神仙，只是被贬谪人间八年。

第一次参加省试，朋友们都以为他必定高中解元，纷纷向他表示庆贺，大家在老黄的客店摆了几桌，在他们看来如果连黄庭坚都高中不了，那么别人就不要妄想了。

老黄的酒量惊人，别人早就烂醉如泥了，他还在谈笑风生，对于考试结果完全不在乎，好像势在必得。

正当他们豪饮的时候，有人过来报消息，他们这群人中了几个，等了半天也没等到黄庭坚高中的消息。

放榜前人气指数最高的黄庭坚，意外落榜了。

还好老黄的才华撑得起他的这份自信，他经过努力，在公元 1067 年，二十三岁的黄庭坚终于进士及第，从此踏入北宋政坛。

他历任多地，主政一方，在书法和诗词上均颇有建树。

遇到恩师苏东坡

考上北宋公务员之后，黄庭坚在北宋的一个县担任县尉。

满腹才华的黄庭坚，担任一个小小的县尉，难免会郁闷一阵子。

我的一辈子不会就这样吧？以后我怎么实现辅佐皇帝，致君尧舜的政治理想呢？

做了几年的基层公务员，因为得到留守文彦博的赏识，黄庭坚被调回河北大名担任国子监教授，在北方边境待了七八年。

在边境的七八年，黄庭坚接触了淳朴的老百姓，亲眼看到了战争的残酷，使得他对生活有了更加深刻的认识。

一个人无论处于怎样糟糕的境遇之中，都要学会珍惜，因为生命是上天绝无仅有的一次馈赠。

后来黄庭坚改任泰和知县。恰好赶上朝廷颁布的盐税法，别的官员为了邀功领赏，纷纷催征税款，唯独黄庭坚主政的泰和县毫无动静。

那些官员都很纳闷，可是老百姓却高兴坏了。

在地方工作的时候，黄庭坚的诗文经过岳父孙觉的引荐，得到了当时文坛大佬苏轼的五星好评："超逸绝尘，独立万物之表，世久无此作。"

得到文坛大佬的肯定，黄庭坚瞬间从十八线文艺青年摇身一变成了北宋文坛的耀眼新星。

苏轼特别赏识黄庭坚，大概是因为两人同样具有英雄情怀，他们都主张从容淡然地面对世间的一切挫折和困难。

苏轼非常欣赏黄庭坚的人品和文品，在给朝廷推荐官员的时候，苏轼曾为黄庭坚写了这样的推荐语：瑰伟之文，妙绝当世；孝友之行，追配古人。

有人会说，苏轼会不会碍于是黄庭坚的老师身份，有意夸大黄庭坚？

答案是没有！

黄庭坚不仅诗书超绝，而且还是个大孝子。

《二十四孝》里面收录了他服侍母亲的故事，这个故事叫作"涤亲溺器"。

黄庭坚是远近闻名的大孝子，对于侍奉父母，无论大事小事，他从来没有推辞和拒绝过，而且会认真努力做好。

他做太史的时候，公务非常繁忙，当时家里有仆人，但是黄庭坚依旧亲自照顾母亲的生活，从不懈怠，事事都争取让母亲欢喜满意。

母亲特别爱干净，但北宋时期的房子，还没设计卫生间，人们为了夜里上厕所方便，通常都会在家里准备一个应急的马桶。

为了保证年迈的母亲上厕所方便，黄庭坚坚持每天为母亲刷洗马桶，数十年如一日，从不间断。

有人觉得不可思议，就问黄庭坚："黄大人，您可是朝廷命官，身份高贵，而且你家有那么多仆人，干吗要去做这么杂而细的具体事务，甚至亲手给母亲刷马桶，这样是不是太卑贱了？"

黄庭坚却回答："你懂什么！孝顺父母是我的分内事，与自己的身份地位毫无关系，再说孝敬父母的事情，完全出自一个人的天性，又怎么会有高低贵贱之别？"

公元 1085 年，黄庭坚在德州任职，他给好友黄介（几复）写过一首诗《寄黄几复》：

> 我居北海君南海，寄雁传书谢不能。
>
> 桃李春风一杯酒，江湖夜雨十年灯。
>
> 持家但有四立壁，治病不蕲三折肱。
>
> 想见读书头已白，隔溪猿哭瘴溪藤。

黄几复是四会知县，两人都居住在滨海地区，可惜海天茫茫相去甚远，通信颇为不易。

古人喜欢雁足传书，可是鸿雁南飞止于衡阳，而四会又在衡阳之南，即便他们想通过鸿雁互通书信，也不可能了。

想当年，春风满面，我们在盛开的桃花下开怀畅饮，一别已是十年，在江湖漂泊，每当夜雨潇潇时，更加思念远方的好友。

恐怕好友如今已是白发苍苍，伴随着他读书声的，应该是雾气弥漫的溪水边的野藤上传来的猿叫声。

何时才能离开这艰险之地？

黄庭坚从二十三岁开始外放做县尉，四十一岁才奉调入京，他在地方县一级工作岗位上，差不多迁延了二十年。

宋哲宗即位之后，黄庭坚被召回京城，担任校书郎，负责编辑校对《神宗实录》。

与此同时，张耒、秦观和晁补之三人也一同进入了秘书省，四人成了北宋京城写字楼的同事。

在京城的三年，是黄庭坚人生中最快乐的三年。

黄庭坚与恩师苏轼的其他三位弟子，都是四十岁左右的年纪，在老师的正确引导和谆谆教诲下，"北宋文学天团"出道了。

都说男人四十一枝花，四个人只要来到北宋的"大十字"，就是这条街最靓的仔。

北宋"F4"的诗文只要一出，立马洛阳纸贵，简直是北宋文学圈的顶级流量小生。

黄庭坚经常去老师苏轼家做客，他们一起品茶饮酒、吟诗作对，切磋能力，作画题跋。

一天，苏轼与黄庭坚等四人在煮茶。

他们坐在茶几旁边的蒲团上面，煮茶汤的声音像是独轮车绕着羊肠小道，车子越爬越高，咕噜咕噜的声音就越来越小。

黄庭坚灵感迸发，来了一句："曲几团蒲听煮汤，煎成车声绕羊肠。"

晁补之立刻点赞说："车声出鼎细九盘，如此佳句谁能识。"

老师苏轼说道："黄九怎得不穷。"小黄啊，你竟然钻进了又细又长的羊肠，不穷才怪。

三年的京城时光实在短暂。此时王安石变法已经接近尾声，话说在宋神宗的支持下，王安石顶住朝廷内外的各种压力，掀起了一场轰轰烈烈的改革。

一方面，王安石为了北宋的国富民强呕心沥血。另一方面，那些投机分子和"搅屎棍"想利用这次改革，从中谋取利益，残害百姓。

对于这场改革，黄庭坚是持反对态度的。在他看来，王安石确实是不可多得、值得尊敬的政治家，但是他用人不当，使得这次改革变味儿了。

由于反对王安石的变法，黄庭坚开始过上了"老子平生，江南江北"的漂泊生活。

老黄虽然反对王安石的改革，但是他敬重王安石的为人。王安石变法失败之后，黄庭坚还专门赶到江宁，拜谒这位新党的精神领袖。

后来，王安石去世后，黄庭坚还专门写了两首《有怀半山老人再次韵》，以表达对王安石的敬重和怀念。

其一

短世风惊雨过，成功梦迷酒酣。

草玄不妨准易，论诗终近周南。

其二

啜羹不如放麑，乐羊终愧巴西。

欲问老翁归处，帝乡无路云迷。

贬谪的漂泊人生

黄庭坚十四岁，父亲过世；

二十五岁，第一任妻子过世；

二十六岁，妹妹过世；

三十六岁，第二任妻子过世……

面对亲人的逝去、仕途的不顺，黄庭坚并没有太多的介意，反而表现出了超乎常人的豁达。

黄庭坚的后半生，几乎都是在贬谪之后四处颠沛流离。

公元 1094 年，黄庭坚出任鄂州太守。

还没到达鄂州，突然接到上级通知，让他留在开封，接受北宋纪委的质询。

其实黄庭坚多少有些心理准备，因为反对变法，就连恩师苏轼都被罢黜，更何况自己。

果不其然，那些反对派在黄庭坚编撰的《神宗实录》里面，找出了千余条"铁证"，指证黄庭坚歪曲史实、有意篡改。

那些史官逐条论证，发现黄庭坚写的，大部分有据可查。

反对派拿着所谓的铁证，与当事人黄庭坚一一对质。

"小黄，你看你写的这句'用铁龙爪治河，有同儿戏'，你这不是污蔑皇帝、诽谤朝政吗？"

黄庭坚镇定自若地说："我是用事实说话，当年我在大名府当公务员的时候，是我亲眼所见，那些人治水，确实如同儿戏。"

朝廷想给官员治罪，哪怕是"莫须有"的罪名，也能把你治得死死的。

果然，黄庭坚被降职，安置在黔州和戎州。

在戎州时，老黄写了一首《念奴娇·断虹霁雨》：

八月十七日，同诸生步自永安城楼，过张宽夫园待月。偶有名酒，因以金荷酌众客。客有孙彦立，善吹笛。援笔作乐府长短句，文不加点。

断虹霁雨，净秋空，山染修眉新绿。桂影扶疏，谁便道，今夕清辉不足？万里青天，姮娥何处，驾此一轮玉。寒光零乱，为谁偏照醽醁？

年少从我追游，晚凉幽径，绕张园森木。共倒金荷，家万里，难得尊前相属。老子平生，江南江北，最爱临风曲。孙郎微笑，坐来声喷霜竹。

黄庭坚这一生走南闯北，偏偏最爱那临风吹奏的曲子。

这个敢称"老子"的词人，一定从世间上的风霜走过，漂泊不定、命如浮萍，竟然不让人讨厌。

他与恩师苏轼一样，虽然饱受政治风雨的摧折，但是他们依然保持那份豪迈旷达的人生个性。

难怪，黄庭坚会自诩这首词"或可继东坡赤壁之歌"。

后来，黄庭坚路过荆州时，当地正在重建承天寺。

住持是个文化人，久闻黄庭坚的大名，想等到承天寺建成之后，让黄庭坚写一篇记。老黄欣然答应了。

宋哲宗赵煦病逝之后，宋徽宗赵佶继位，朝廷政治力量又在交替。

被调回来的黄庭坚，特意在荆州留下，要为承天寺写记。老黄在当地知府的盛情邀请之下赴宴。酒过三巡，知府带大家一起欣赏一块石碑，碑文上所刻的文章，就是黄庭坚为承天禅院落成所写的《荆南府承天院记》。

宴会上有个叫陈举的"杠头"，官位是湖北转运使。这个人官职虽然不大，但是有点虚荣。他觉得黄庭坚的文章写得好，央求在文章后面也署上他的大名。

面对如此无理的要求，老黄当然不答应，在我的文章后面署上你的名字，算是怎么回事？

这下子，把陈举得罪了。

陈举就把老黄的这篇文章送到朝廷，摘取一些段落和句子用黑体加粗，说是黄庭坚文章的"幸灾谤国"。

意思是国家发生自然灾害，黄庭坚不但不歌颂那些救灾的官兵，反而质疑国家的救灾措施。

老黄不过是针对这些自然灾害自我感慨，毫无讽刺之意，可是在北宋，这样的弹劾基本上百发百中。

黄庭坚仓皇狼狈地来到宜州。

在去宜州的途中，黄庭坚遇到了秦观的儿子和女婿扶着灵柩悲伤，原来秦观已经病逝于滕州。

黄庭坚在宜州，是贬官的身份，心中多少有些落寞和愤慨，充满了对岁月流逝的无奈。

虽然他是个贬谪的老头，但这里的读书人对于他十分礼遇。

黄庭坚不知道，宜州是他生命的最后一站。见到宜州的梅花开了，他写了一首《虞美人·宜州见梅作》：

天涯也有江南信。梅破知春近。夜阑风细得香迟。不道晓来开遍、向南枝。

玉台弄粉花应妒。飘到眉心住。平生个里愿杯深。去国十年老尽、少年心。

看到梅花开放，预示着春天即将来临。夜尽时候，迟迟都闻不到梅花的香味，我以为梅花还未开放；早晨起来，才发现那些面向南面的枝条上面已经开满了梅花。

女子在镜台前面化妆，引来了梅花的嫉妒，梅花落在女子的眉心上，拂之不去。要是能在平日里见到这样的景象，希望可以开怀畅饮；但是现在不一样了，自从被贬谪十来年，那种年轻人的情怀和兴致早就不在了。

没过两年，黄庭坚病死在宜州，终年六十一岁。

秦观

北宋文坛的「万人迷」，网罗无数的女粉丝

风流不见秦淮海，寂寞人间五百年

公元 1125 年，北宋发生了两件事。

第一件事，就是金兵把辽国干掉了，北宋岌岌可危。

第二件事，就是伟大的爱国诗人陆游降临于世。

陆游的出生，关秦观什么事？

据说，陆游的妈妈临产前一天做了一个梦，梦见了一位身着白衣的翩翩公子。

于是，生下孩子之后，妈妈就给他取名为“游”，字务观。

原来，妈妈梦见的这位白衣公子就是秦观，又叫秦少游。看来陆游的妈妈是秦观的铁杆粉丝。

秦观并没有显赫的家世，他的父亲只是北宋的县级以下领导干部，在秦观十五岁的时候，父亲就去世了，一度让秦家陷入困境。

父亲没给秦观留下什么，只留下了优秀的文学基因。

少年时期的秦观，曾经在江淮吴楚之地游历，广交朋友，游览山水名胜，写了不少诗词。

长大之后，为了改变自己的命运，秦观参加过几次科举考试。

第一次考试，秦观信心满满，以为自己一定能够高中，可是放榜之时，他从头看到尾，也没有找到自己的名字，小秦备受打击，回到家中，苦读诗书，拒绝来往。

第二次考试，他依旧名落孙山。后来他自己反思说，少年的时候读书，能够一目十行，偷点懒都比别人学得快，常常以此自诩，静不下心来读书，喜欢与别人喝酒游玩。

秦观发现自己这个缺点后，干脆狠下心来苦读。可是自己年到三十，记忆力大不如前，于是他采取抄笔记的方法，把文章里面那些精妙的句子、段落摘录下来，帮助理解和记忆。

当时的文坛泰斗苏东坡，名满天下，粉丝无数，随手写下的诗文篇篇阅读量"10万+"，人们都知道，东坡出品，必是精品。

公元1074年的七夕之夜，文坛大佬苏轼与几个官场好友在船上喝酒、畅聊、吹箫，直到天亮才分别。为了表达对好友陈令举的依依不舍之情，文思泉涌的苏轼写了一篇《鹊桥仙·七夕》：

缑山仙子，高清云渺，不学痴牛騃女。凤箫声断月明中，举手谢时人欲去。

客槎曾犯，银河微浪，尚带天风海雨。相逢一醉是前缘，风雨散、飘然何处？

苏轼的这首诗立马成为北宋文坛的爆文，秦观是苏轼的铁杆粉丝，为了引起偶像苏轼的注意，他写了一篇《陈令举妙奴诗》，把苏轼的好友吹捧了一番，他以为苏轼会来了解他这个三四线的文艺青年，可惜，苏轼并没有注意到他。

毕竟，一个是文坛顶级流量，一个是三四线的文艺青年，Level差得太多。

"我独不愿万户侯，惟愿一识苏徐州。"当年，苏轼调任徐州做官，秦观希望能与偶像苏轼见一面。

幸好，秦家有两个好朋友。第一个是孙觉，他是黄庭坚的岳父大人；第二是李常，他是黄庭坚的舅父，任齐州知州。

这两人都是苏轼的至交。

秦观也比较聪明，懂得让人推荐，他一方面请李常大人给苏轼写引荐信，另一方面请孙觉将自己的诗文呈给苏轼。

这天，苏轼与孙觉在扬州游玩。得知这个消息后，秦观灵机一动，他想到老苏一定会去当地有名的寺庙拜谒。

他先前去寺庙，模仿苏轼豪迈的笔法，在寺庙的墙壁上题词，然后静静地等待他们的到来。

苏轼与孙觉他们果然来了这座有名的寺庙，老苏看到墙壁上题的字，吓了一跳，他想了半天，实在想不出自己什么时候来过这里。

孙觉看到墙上的题字，知道秦观玩的是什么把戏。

后来，孙觉把秦观的诗文拿给苏轼，苏轼看过之后，才恍然大悟，在寺庙墙壁上写诗的人，果然是这小子。

秦观见状，觉得自己的机会来了，他带着李常的引荐信，拿着自己最得意的作品，前去拜谒仰慕已久的偶像苏轼。

苏轼看了秦观的作品，惊呼说道："我大宋竟然还有这样的人才，这年轻人简直有屈原和宋玉的才华。"

于是，他收秦观为弟子。

秦观的拜师仪式整得相当隆重，在整个徐州城都引起了轰动。

拜师仪式上，秦观以弟子的礼仪，仪态雍容、论说雄辩，令人为之侧目。恩师苏轼称赞他为杰出之士。

成为文坛大佬苏轼的弟子，秦观立刻声名鹊起、身价倍增，从三四线的文艺青年一跃成为北宋文坛的一线明星、当红作家。

后来，秦观科举高中，成为新科进士。

小秦同学词写得好，恩师苏轼称赞他有屈原、宋玉之才；同门黄庭坚称他为国士无双；政治家王安石赞赏他的词清新婉丽，与鲍照和谢朓有的一拼。

不仅如此，秦观的词颇受北宋文坛女文青的追捧，各大青楼酒肆的歌伎都争相传唱。

在秦观流传下来的词作里面，大约有四分之一是写爱情的，女主人公多半是青楼歌伎。

这位小秦同学的诗词简直是"公然走私的爱情"。

秦观虽然风流，但不下流，他与那些浪荡公子不同，对于每段感情，他都认认真真，堪称是金庸版的"大理段王爷"。

有一次，秦观路过绍兴，当地官员在府中设宴款待秦观，并且让一名歌伎前来作陪。

秦观喝着酒、听着歌，被那位歌伎深深吸引。秦观在江湖上小有名气，这个歌伎知道他的才名。

两人眉目传情，你侬我侬。

事后，秦观写了一首《满庭芳·山抹微云》记录了这件事情。

山抹微云，天连衰草，画角声断谯门。暂停征棹，聊共引离尊。多少蓬莱旧事，空回首、烟霭纷纷。斜阳外，寒鸦万点，流水绕孤村。

销魂当此际，香囊暗解，罗带轻分。谩赢得、青楼薄幸名存。此去何时见也？襟袖上、空惹啼痕。伤情处，高城望断，灯火已黄昏。

这首词写得很美，一下子就成为北宋文坛的爆文。恩师苏轼读到弟子的这首词之后，戏称秦观为"山抹微云秦学士"。

从此，秦观的绰号"山抹微云君"便开始在江湖上流传开来。

北宋文坛的才子，有不少是绯闻缠身，毕竟这些文坛明星的才华实在耀眼，同时槽点也多。

比如，秦观无意间写的一首《浣溪沙·漠漠轻寒上小楼》，本是伤春悲秋之作，却被误解。

漠漠轻寒上小楼，晓阴无赖似穷秋。淡烟流水画屏幽。
自在飞花轻似梦，无边丝雨细如愁。宝帘闲挂小银钩。

某个夜晚，秦观在青楼喝酒之时，听到隔壁的吵闹声和哭泣声，想去探个究竟。

原来，是几个纨绔子弟写了一首破词，想让歌伎把它唱出来，歌伎唱不出来，他们就对其辱骂。

秦观见状，大声呵斥道："几个爷们儿欺负一个弱女子，算什么英雄！明明是你们的词写得不好，还要怪别人唱不出来。"

那几个纨绔子弟回复道："竟然说我们写的是破词，有本事你写一首看看。"

就这样，这首《浣溪沙》写出来了。

歌伎看到此词，破涕为笑，抚琴唱了出来。

民间流传最广的故事，恐怕就是"苏小妹三难秦少游"了。

当然，传说只是传说。

文章自古说三苏，小妹聪明胜丈夫。
三难新郎真异事，一门秀气世间无。

苏小妹是苏轼的妹妹，也是一位大才女。秦观与苏小妹一见钟情，开始热恋。

新婚之夜，苏小妹想出对子考一考丈夫的才华，对得上来才能进洞房。前两关秦观都顺利通过，最后一关苏小妹出了一个上句"双手推开窗前月"。

　　秦观来回踱步，冥思苦想，实在没想出来。

　　苏轼在旁边急得直跺脚，他捡起一块石头扔进池塘，水珠恰好溅落在秦观的身上。

　　这时，秦观的灵感来了，对道"一石击破水中天"。

　　其实，苏小妹与秦少游的爱情故事，虽然让人艳羡，但也只是个传说而已。

　　真实的情况是，十九岁的秦观，娶的妻子是富商的女儿，叫徐文美，娶她为妻，大概因为当时秦观的家境不好。

　　在秦观的心里，徐文美绝不是他的最爱，否则他也不会这么风流。

　　秦观与晏几道，都被称为古之伤心人。词人伤心，要么是怀才不遇、壮志未酬；要么是爱而不得、无可奈何。但是秦观不一样，他的伤心，一是因为贬谪，二是因为撩妹。

　　晏几道和秦观，两人的命运相似、词风相似，却又有所不同。

　　首先，两人都是伤心之人，仿佛这个世界上没有比他们更伤心的人了，两人的风格是淡语皆有味道、浅语言皆有致，对比两宋词人，实在罕其匹配。别人的词，是词才，而秦观的词，是词心。得之于内，不可以传。

　　其次，晏几道的词于伤感之中见豪迈，凄清之中有温暖。与秦观的凄厉幽远不同，晏几道多是写堂华烛尽、酒阑人散的空虚，而秦少游多是写登山临水、栖迟零落的苦闷，因为两人的性情、家世和成长环境都不同，所以他们之词的境界也不一样。

　　最后，两人的词作有相似之处。第一，两人都同样具备多情锐感的特质；第二，两人同样具有柔婉妍美的风格；第三，两人皆有伤离怨别的情调。

　　至于他们的不同之处，晏几道的词伤心之处在于对外表情事的追忆，抑或是对往昔歌舞爱情的欢乐生活的一种追忆；而秦少游的词伤心之处在于内心神志的凄伤，譬如"飞红万点愁如海""为谁流下潇湘去"，表现出来的是对整个人生绝望的悲伤慨叹，如此的伤心，才是真正心魂压抑的哀伤。

踏入官场的秦观，做过国家图书馆馆长。自从苏轼反对改革之后，他与几个弟子一路贬谪，在基层体验生活。

恩师苏轼去了偏远贫困的海南儋州。同门黄庭坚去了山旮旯涪州。秦观自己也踏上了七年的贬谪之旅，去了荒蛮的雷州半岛。

苏轼能够在不完满的人生旅途之中表现出豪迈旷达，但秦观却不一样，他是将自己坎坷的命运与爱情充分结合。

哥虽然动情，但是不落俗套。

在蔡州当公务员的时候，秦观爱上了一个歌伎，并且把歌伎的芳名写入他的词中。姑娘的芳名叫作娄婉，秦观写的词是《水龙吟·小楼连苑横空》：

小楼连苑横空，下窥绣毂雕鞍骤。朱帘半卷，单衣初试，清明时候。破暖轻风，弄晴微雨，欲无还有。卖花声过尽，斜阳院落；红成阵，飞鸳鸯。

玉佩丁东别后。怅佳期、参差难又。名缰利锁，天还知道，和天也瘦。花下重门，柳边深巷，不堪回首。念多情、但有当时皓月，向人依旧。

同样，还是在蔡州，他与另一名歌伎陶心儿眉目传情，擦出火花，还把姑娘的名字写成字谜，藏入词中，这首词叫作《南歌子·香墨弯弯画》：

香墨弯弯画，燕脂淡淡匀。揉蓝衫子杏黄裙，独倚玉阑无语点檀唇。
人去空流水，花飞半掩门。乱山何处觅行云？又是一钩新月照黄昏。

人们一定会问，秦观是不是长得很帅，不然怎么会有那么多女粉丝喜欢他呢？

答案是秦观长得不帅，他征服女人靠的不是长相，而是才华。

他的同门，晁补之有两句诗是写秦观的："高才更难及，淮海一髯秦。"

很多女粉丝恐怕只知道秦观的网名是"山抹微云君",其实他还有另外一个网名叫"淮海居士"。

按照晁补之的描述,秦观是个大胡子、长须公。

有一次,秦观与师兄弟们在老师苏轼那里闲聊。

有人笑他胡子多。秦观回答说:"只有君子才这样。"

秦观小的时候喜欢读兵书,经常与那些豪侠之士一起游玩。从他的长相和行为来看,秦观应该会走恩师苏轼豪放派的路子,可是他走的却是婉约派的风格。

这是为何?

第一,秦观一生经历坎坷、仕途艰险,外部环境使得他的性格逐渐发生变化。

第二,因为人生经历的不同,苏轼遇事喜欢往宽处想,而秦观喜欢往窄处想。

第三,接二连三遭受社会的打击之后,秦观喜欢在青楼酒肆排遣寂寞,那些风尘女子与他这个落魄才子的命运捆绑在一起,婉约词就这么出来了。

秦观的仕途,其实也有几次升迁的机会。有一次本来可以升迁,但是他被扣上了"不检之罪"的帽子。

原因很简单,他的词多是写那些男女之事,这影响北宋公务员的整体形象。

面对接二连三的打击,秦观对仕途失望透顶,他把自己的字改成"少游",表明自己淡泊名利、归隐山林的志向。

公元 1097 年,又是一个七夕节。

被一贬再贬的秦观,在长沙仰望星空。夜凉如水,四十多岁的秦观抬头望月,内心孤独,百感交集,写下了那首《鹊桥仙·纤云弄巧》:

纤云弄巧，飞星传恨，银汉迢迢暗度。金风玉露一相逢，便胜却人间无数。

柔情似水，佳期如梦，忍顾鹊桥归路。两情若是久长时，又岂在朝朝暮暮。

七夕佳节，良辰美景，本来是无数有情人欢聚的时刻。可是老天喜欢作弄人，偏偏让那些相爱的人不能相见。

无处安放的思念，只能羡慕牛郎织女凄美的爱情了。

只要两情相悦、至死不渝，又何必贪图卿卿我我的朝欢暮乐呢？

秦观本来写的是自己，却道出了世间很多跟他一样相爱却不能相见的有情人的心声。

因此此文一出，"两情若是久长时，又岂在朝朝暮暮"，成了无数情侣的个性签名。"金风玉露一相逢，便胜却人间无数"，成了多少人的向往。

这首词，是写给一个叫巧玉的歌伎的，两人相恋已久，巧玉想要名分，可是秦观有家室，如果将风尘女子纳为小妾，难免惹人笑话，为了安慰巧玉，秦观便写下这首词。

后来，秦观又遇到一个女粉丝，叫作素梅。素梅特别喜欢秦观的诗词，她最大的梦想就是能够见"爱豆"一面，要是能够在梦中相遇，死也无憾了。

秦观知晓素梅的事迹之后，还写了一首《踏莎行·郴州旅舍》，送给女粉丝。

雾失楼台，月迷津渡。桃源望断无寻处。可堪孤馆闭春寒，杜鹃声里斜阳暮。

驿寄梅花，鱼传尺素。砌成此恨无重数。郴江幸自绕郴山，为谁流下潇湘去。

公元 1096 年，秦观在被贬途中，路过衡阳。衡阳太守是他的好友，留秦观住了几天。

两人在湘江边上游玩，看到春来春去，不由得感叹韶华易逝。回去之后，秦观挥笔写下一首《千秋岁·水边沙外》：

水边沙外。城郭春寒退。花影乱，莺声碎。飘零疏酒盏，离别宽衣带。人不见，碧云暮合空相对。

忆昔西池会。鹓鹭同飞盖。携手处，今谁在。日边清梦断，镜里朱颜改。春去也，飞红万点愁如海。

当太守读到"镜里朱颜改"一句时，不由得惊诧道："你正值盛年，怎么会写出这样的句子？"

几天之后，太守设宴给秦观践行，两人挥泪告别。

回来之后，他对周围的人说："秦少游气色与之前不一样了，怕是时日无多了。"

果然，公元 1100 年，秦观被调回衡阳，路过藤州时，在华光亭游玩一番。晚上还梦见自己写了一首词，第二天醒来，他想把这首词说给别人听。

秦观讲着讲着口渴了，让人给他取水。别人把水取来，他看着那杯水，大笑几声，在这笑声中，他溘然长逝，终年五十二岁。

得知秦观去世的消息，恩师苏轼悲痛欲绝，吃不下饭，他流着泪说道："当今文人第一流，岂可复得？哀哉，哀哉。"

那位叫素梅的女粉丝，得知秦观去世后，也自缢为他殉情去了。

贺铸

丑帅的北宋型男，温柔的词人大侠

我虽然相貌丑陋，但是我灵魂有趣

在苏轼和秦观纷纷沉寂数年之后，北宋文坛上出现了这样一位奇人，他最让人称奇的地方是相貌。

这位"长七尺，面铁色，眉目耸拔"，身高七尺，面色青黑，如同铁一样，眉目直竖，跟钟馗的形象有点相似。

陆游的描述是"长身耸目，面色铁青，人称贺鬼头"。

这不是较为常见的大老爷们儿的长相吗？别急，还有。

他去世之后，友人给他写了墓志铭，加上了一条"哆口疏眉"。

什么意思？就是说贺铸嘴巴大、眉毛粗。

按照北宋的算法，七尺的身高大概是两米。

这样贺铸的整体形象就出来了：身高两米、面色青黑、嘴大眉粗。显然是粗犷的男人长相。

贺铸还有一个令人称奇的技能，他虽然长相粗犷，但是写起婉约词来，却雍容妙丽，极富幽闲思怨之情。

"试问闲愁都几许？一川烟草，满城飞絮，梅子黄时雨。"谁能想到，如此婉约细腻的句子，竟然是出自贺鬼头的笔下。因此，他还博得了"贺梅子"的荣誉称号。

两个称号，恰好概括了一个男人的两种性格，粗犷的一面对别人，温柔的一面给妻子。

贺铸虽然相貌丑陋，但外貌掩盖不了他有趣的灵魂。

陆游曾经评论贺铸"长身耸目，面色铁青，人称贺鬼头"，随后又赞美他"其诗文皆高，不独长短句也"。

　　友人虽然评价贺铸"哆口疎眉"，但同时也写了"仪观甚伟，如羽人侠客"。

　　苏轼的弟子张耒评价贺铸的词说："盛丽如游金、张之堂，而妖冶如揽墙、施之祛，幽洁如屈、宋，悲壮如苏、李。"

　　贺铸很有音乐才华，善于作曲，他经常把那些别人丢弃的曲子收集起来，经过他的裁剪、组织、加工，就成了新的曲子。

　　这些文坛大咖对贺铸的评价很高。看人不能看表面和一面。

　　对于自己奇特的长相，贺铸并没有耿耿于怀，反而霸气地说道："当年笔漫投，说剑气横秋。自负虎头相，谁封龙额侯。"

　　谁敢说我丑陋，我这可是龙额虎相。

　　贺铸性格豪爽，就像是武侠小说里的侠客一样，"少时侠气盖一座，驰马走狗，饮酒如长鲸"。

　　他还特别喜欢读书，家里藏书丰富，不仅读书，而且还会对书进行校注。

　　贺铸算得上是皇亲国戚，宋太祖赵匡胤有个贺皇后，贺铸就是她的族孙，据说还是贺知章的后裔。

　　可是这些显赫的家世并没有给贺铸带来多大的福荫，在他少年时期父亲就病逝了。

　　十七八岁，因为他的身份，便官授右班殿直，是个武官，在重文抑武的宋朝，这样的起点实在太低了。

　　年轻的时候，贺铸喜欢议论国家大事，遇到不好的事情，他就开始批评，而且不留情面，即便是那些大官，有时候他也会辱骂几句。

　　贺铸有个同事，是个贵族子弟，为人傲慢、目中无人，他发现这个同事竟然贪污。

　　一次，他让仆人和公差都退下之后，把贵族子弟叫到跟前，对他说：

　　"朋友，听说你曾经贪污公物，还把这些东西拿到你的家中，有没有这回事？"

这人看到贺铸怒目直视自己的样子，吓得连忙承认："有……有这回事。"

贺铸厉声呵斥："既然有这回事，就要受到处罚，如果让我来处罚你的话，那我就不揭发你。"

贵族子弟只好乖乖跪下，让贺铸处罚，贺铸打了那人几下，大笑着把他放了。

从此以后，那些目中无人的纨绔子弟，看到贺铸，只敢用眼角的余光瞥一下他，不敢仰视。

江淮一带还有个怪人，叫作米芾，是历史上有名的书法家，他同样身材高大，与贺铸一样也是怪人，人称"米癫"。这两个怪人见面时候，就开始辩论。

周围的文人雅士都围上来看他们辩论实录，两人双目圆睁，辩论到高潮时，还会拍手叫好。由于两人势均力敌，没有分出胜负。

两个怪人，交情甚好。

少年时期的贺铸，有着戍边守卫、建功立业的雄心壮志，可是人到中年还是毫无建树。

在当时重文抑武的宋朝，贺铸偏偏是武官，他担任的都是一些像右班殿直、监军器库门之类的闲职。

北宋当时已经几近垂暮，汴京城里还是夜夜笙歌、纸醉金迷，西夏和金两国虎视眈眈、步步紧逼。

怀着一腔热血的贺铸无处请缨，热血只能闷在他的身体里面，燃烧成词的余韵。

面对生活的捶打、仕途的无奈，贺铸写信给友人说："老铁啊，这么多年我一直都是郁郁不得志。因为生活不得不四处漂泊，思来想去还是后悔当初没有考上公务员，我就匆匆忙忙跑去做官了。因为官位低微，给人家当侍卫，万事都要看上司的脸色，如果违背了上司的意愿，被责骂都是小事情，万一把我的官职免掉了，践踏我的生命，那我一家老小就要喝西北风了，所以我只能忍气吞声地活着。"

原来，理想和现实之间隔了那么远的距离。

公元 1088 年，贺铸在和州任职，虽然官位低微，但他始终关心国事，看到国家内忧外患，不由得写了一首《六州歌头》：

少年侠气，交结五都雄。肝胆洞，毛发耸。立谈中，死生同。一诺千金重。推翘勇，矜豪纵。轻盖拥，联飞鞚，斗城东。轰饮酒垆，春色浮寒瓮，吸海垂虹。闲呼鹰嗾犬，白羽摘雕弓，狡穴俄空。乐匆匆。

似黄粱梦，辞丹凤；明月共，漾孤篷。官冗从，怀倥偬；落尘笼，簿书丛。鹖弁如云众，供粗用，忽奇功。笳鼓动，渔阳弄，思悲翁。不请长缨，系取天骄种，剑吼西风。恨登山临水，手寄七弦桐，目送归鸿。

贺铸不由得想起自己的少年时期，那时候的自己一股侠气，喜欢结交各地方的豪雄之士，路见不平就会怒发冲冠。他们站立而谈，生死与共，推崇的是勇敢和狂放不羁。

回想那个时候的场景，出游京郊都是轻车簇拥，在酒店里面开怀畅饮，酒坛里面都是诱人的春色。偶尔还会带着鹰犬去打猎，刹那间就荡平了狡兔的巢穴。

那段时光实在欢快，可惜美好的回忆总是特别短暂。宛如卢生的黄粱一梦般，很快就离开了京城。驾一叶孤舟，在水中漂流，只有明月相伴。

这么多年，我一直都是闲职，官位低微、地位低下，事多而杂，愁苦良多。踏入了污浊的官场，像我这样的武官，却被派遣到地方上打杂，不能驰骋疆场、杀敌报国。

　　战争打响之后，我这样的老兵，却无处请缨，不能为国御敌，生擒西夏酋帅，就连自己随身佩戴的宝剑，都发出了怒吼声。

　　怅恨自己郁郁不得志，只能带着郁闷的心情游山玩水，抚瑟寄情，目送归鸿，实在悲哀。

　　贺铸的豪迈比不上苏轼，但是他的豪迈里面注入了一种侠气，使得这首词英雄悲壮，颇具李白风神。

　　贺铸在北宋政坛上郁郁不得志，处处碰壁，加上长相不帅，算是典型的草根阶级。

　　踏入北宋政坛二十多年，贺铸一直都是一些不起眼的武职。他的雄心壮志在一次次的沉沦之中逐渐被消磨殆尽，可是他的性格始终有棱有角，或许是文人天生的秉性，他狂放、耿直的性格，注定他的仕途不会平坦。

　　可以说贺铸没有出色的颜值、没有优越的家境，也没有超高的情商，与"富帅"完全不沾边。

　　这样的"三无"人员，哪个女孩会看上他？谁家父母愿意把自己的女儿嫁给他？

　　奇怪的是，这样的"三无"人员，却娶了一位贤妻。

　　贺铸的妻子赵氏，也算是皇室宗亲，两人的结合，简直是富家女和穷小子的翻版。

　　嫁给贺铸之后，赵氏虽然吃了不少苦，可是终生都在勤俭持家。

　　婚后，两人生活甜蜜，贺铸还写了一首《减字浣溪沙》记录了他们的甜蜜婚后生活。

楼角初销一缕霞，淡黄杨柳暗栖鸦。玉人和月摘梅花。
笑捻粉香归洞户，更垂帘幕护窗纱。东风寒似夜来些。

赵氏十分贤惠、勤劳，他们甜蜜的爱情，潜藏在柴米油盐、针织缝补中。

小院朱扉开一扇。内样新妆，镜里分明见。眉晕半深唇注浅。朵云冠子偏宜面。

被掩芙蓉熏麝煎。帘影沈沈，只有双飞燕。心事向人犹动腼。强来窗下寻针线。

有一次，赵氏给他缝补衣服，感动了贺铸。

他写的一首《问内》，体现了与妻子相濡以沫的唯美爱情。

庚伏压蒸暑，细君弄咸缕。

乌绨百结裘，茹茧加弥补。

劳问汝何为，经营特先期。

妇工乃我职，一日安敢堕。

尝闻古俚语，君子毋见嗤。

瘿女将有行，始求然艾医。

须衣待僵冻，何异斯人痴。

蕉葛此时好，冰霜非所宜。

外面还是炎炎夏日，妻子却在给贺铸缝补冬天的衣服。贺铸对妻子说道："这么热的天，夫人为何要赶制冬天的衣服？你的身体又不好，不要太劳累了。"

妻子莞尔一笑说："针线活本来就是我的分内之事，一天都不敢怠慢，怎么会嫌劳累呢。"

向来贤惠的妻子，让贺铸感到心疼，他又问道："冬天的衣服还不着急穿，天气这么热，还是歇着为上。”

妻子说道："夫君，我给你讲个故事吧。古代有户人家要嫁女儿，直到成亲前一天，他们才想到要把女儿脖子上的肿瘤处理掉，这样临时抱佛脚怎么能行呢？如果我冬天才给夫君缝制衣服，那不就和那个嫁女儿的人家一样愚蠢了。再说夏天是做针线活的好时候，等到冬天冰天雪地了，手就没有那么灵活了。”

从公元 1100 年开始，贺铸的好朋友相继离去。秦观卒于藤州，苏轼卒于常州，后来黄庭坚也离开俗世，米芾与世长辞。

昔日故友相继离去，贺铸心中满是悲凉，就在米芾过世后不久，夫人赵氏就卧病在床。

公元 1108 年前后，贺铸客居苏州，与他相依为命近三十年的妻子病逝。

贺铸由于工作调动，离开苏州。一年之后，贺铸重回苏州，旧地重游，想起了妻子赵氏，悲从中来，写下了那首闻名词坛的悼亡词《鹧鸪天·重过阊门万事非》：

重过阊门万事非。同来何事不同归。梧桐半死清霜后，头白鸳鸯失伴飞。
原上草，露初晞。旧栖新垄两依依。空床卧听南窗雨，谁复挑灯夜补衣。

苏轼写那首著名的悼亡词《江城子》时三十七岁，贺铸五十七岁，同样都是悼亡词，却各有各的悲凉。

外面淅淅沥沥下着小雨，贺铸想到如今物是人非，不由得反问自己无数次，当初一起来的，怎么就不能一起走呢？

你走了之后，谁还会在夜晚灯下为我缝补衣服呢？那个曾经静坐在灯下为我缝制衣服的身影，如今再也见不到了。

既然我们有缘相知相爱，怎么就不能相伴到老呢？

贺铸接连受到巨大打击，产生了"物是人非事事休"的悲剧情怀。

这种思念是一个老人内敛的情怀，更是一个老人丧偶之后平静的沉痛，读来肝肠寸断。

因此，有人把贺铸的这首《鹧鸪天》与苏轼的《江城子》并列，称为"北宋悼亡词中的双绝"。

经历了人世间的世态炎凉、官场沉浮，晚年的贺铸退隐到苏州，离开了那个纷纷扰扰的现实社会、尔虞我诈的北宋官场，他的心情渐渐平静下来。

贺铸的家中藏书丰富，到了晚年，他选择回归书生本色。经贺铸校对过的文章，没有出现一个错别字。

夫人赵氏过世之后，贺铸离开了苏州，去了常州，寄居在苏州的寺庙里面，把余生献给了青灯黄卷。

贺铸的一生，恃才傲物、放浪形骸、个性突出，他之所以郁郁不得志，主要在于他复杂多面的性格。

也许程惧对他的描述比较客观。

贺铸的一生，性格有两面，一面是豪纵任侠，一面是内向软弱，或者是他有能员才略，也有文人柔懦。这几种性格相互交织，所以每当机会来临的时候，贺铸没能抓住，惶惶不敢向前。

可以说是他心理素质不好，也可以说是秉性使然，总之，这可能是他数十年在仕途上不能高升的原因。

我们了解贺铸，是通过那首流传一时的《青玉案·凌波不过横塘路》：

凌波不过横塘路。但目送、芳尘去。锦瑟华年谁与度。月桥花院，琐窗朱户。只有春知处。

飞云冉冉蘅皋暮。彩笔新题断肠句。若问闲情都几许。一川烟草，满城风絮。梅子黄时雨。

这样美丽的女子，她的生活会是怎样的呢？又是谁那么幸运，可以陪她度过锦绣年华呢？

公元 1125 年，贺铸悄无声息地在一间僧舍逝去。

这位粗犷而温柔、平凡而独特的词人，这位笔端能够驱使李商隐和温庭筠的词人，在北宋文坛上留下了孤绝的身影。

周邦彦

盛世王朝的背影，文坛的情歌王子

北宋词的集大成者，宋徽宗的情敌

那个与宋王朝一把手宋徽宗互戴绿帽子的"情歌王子"，在一首词的推推搡搡中闪亮登场。

《宋史》中记载：周邦彦"疏隽少检"，生活放荡，不守礼节。而一把手宋徽宗如何？据记载，他经常微服出行，与民同乐，或者是与民女同乐。

这两个风流才子，竟然会成为情敌？

把他们俩串联在一起的女主角，是名妓李师师。这个传说，源于周邦彦的一首词《少年游》，这是周邦彦客居汴京，流连于青楼酒肆之间写的一首词，记录的是宋徽宗与李师师的千古风流情事。

两人之间的不清不楚被周邦彦知道得一清二楚，于是周邦彦写了这首词记录了他们之间的事情。

既然这首词是"证据"，那我们就从这首词入手。

并刀如水，吴盐胜雪，纤手破新橙。锦幄初温，兽烟不断，相对坐调笙。低声问：向谁行宿？城上已三更。马滑霜浓，不如休去，直是少人行！

风和日丽的一天，周邦彦与北宋青楼的花魁——歌伎李师师，在房间里面谈人生、谈理想。

突然，门外传来了嘈杂的声音，原来是不爱江山爱美人的宋徽宗微服私访，来到这里。

想到君臣有别，要是夜宿青楼的事被北宋一把手撞见，那还了得。

于是，周邦彦灵机一动，躲到了李师师的床底下。

富有四海但是勤俭持家的宋徽宗进门之后，见到黛眉柳腰的李师师，顿时心生欢喜，便送给了李师师一个江南新进贡的"鲜橙"。

这一夜，自然是一个难过的夜晚。

宋徽宗走后，本着实事求是、独家爆料的立场，"情歌王子"周邦彦立马写了这首词，发在了大宋文坛上，一时之间，大街小巷，都在议论宋徽宗与李师师的爱情故事。

其实，这段绯闻传了这么多年，实在是因为宋徽宗与周邦彦两人都是风流才子，人们才会利用这首词中的意向穿凿附会。

比如，宋朝一把手宋徽宗与官僚同狎一妓，他走开便是，何必要躲在妓女的床下，再说那个时候的床有间柱和栏杆，床下空间逼仄，显然藏不下一个人。

再比如，如果这件事是真的，周邦彦事后填词，可是他之后还让李师师给皇帝演奏，这不是有病吗？

最后，皇帝亲自带着一个新鲜的橙子，仅仅带来一个，何必如此？

那么，这首词到底是说些什么的呢？

刀和盐，出现在我们的眼帘，还有李师师一双纤纤玉手的细微动作，在剥新橙，看来李师师是情场老手了，这些讨好顾客的心理，已被周邦彦察觉。

房间里面有暖烘烘的帷幕，还有刻着兽头的香炉，轻轻升起一缕缕香烟。

周邦彦与李师师两人互相对坐，李师师一边挑弄手里的笙，一边与周邦彦谈人生。"情歌王子"周邦彦当然精通音乐，他把李师师手里的笙拿过来，试了试音色，然后再请李师师吹奏一曲。

随后，双方都在小心打探"向谁行宿"，李师师好像并不打算让周邦彦留宿，并且提醒对方，时间已经不早了，要走就早点走，如果不走就该决定留下来。

显然周邦彦是想留下来的。外面的天气比较冷，霜又很浓，骑马归家的话，路上可能会打滑，真的是让人非常纠结啊……

思来想去，还是觉得留下来好。你看，街上的人影已经没有几个，回去多么危险，要不就不走了。

这首词，就是这么个事。

那么，"情歌王子"周邦彦到底是一个怎样的人呢？

周邦彦出生于一个官宦家庭，父母对他非常宠爱，因此从小就养成了放荡不羁的性格。

《宋史》里面说：少年的周邦彦"疏隽少检，不为州里推重，而博涉百家之书"。

原来，少年时期的周邦彦口碑不好，但是周同学显然是个学霸。

他对儒家思想不太在意，反而比较倾向于老庄思想。

这样的官宦家庭，如果不能在仕途上闯出一片天地，就会辱没家声。公元 1079 年，周邦彦告别家乡，初到汴京。

对于家乡的记忆，周邦彦写了一首词《醉桃源》：

> 菖蒲叶老水平沙。临流苏小家。画阑曲径宛秋蛇。金英垂露华。
>
> 烧蜜炬，引莲娃。酒香薰脸霞。再来重约日西斜。倚门听暮鸦。

向来感情细腻的周邦彦，初到汴京，就被这里的繁华所吸引。

这一年，宋神宗向五湖四海下诏，要在北宋最高学府增加太学生的名额，留守汴京的周邦彦，抓住这次机会，成为一名太学生。

时光匆匆而过，转眼间周邦彦已经在太学待了五年，这样重复的生活实在无聊。

公元 1084 年，宋朝一把手宋神宗恰好驾临太学，所有学生都想一睹龙颜，争相献呈自己精心准备的诗文。说不定运气一来，就能得到提拔。

　　周邦彦瞄准时机，给宋神宗献呈了洋洋洒洒的七千言《汴都赋》，这篇文章句句典实，文采斐然，当时恰逢王安石变法时期，周邦彦在文章中大力赞扬新法。

　　而且，周邦彦懂得曲线博得皇帝的欢心，他在这篇文章里面，用了很多稀奇古怪的生僻字，阅读这篇文章的官员不认识那些生僻字，只好读偏旁部首，这惹来了神宗皇帝的好奇。

　　看了这篇文章之后，神宗皇帝大为赞赏，提拔周邦彦为太学正。

　　因为一篇赋而得官，确实是周邦彦少年得意的一件事情。

　　这短暂的好运，只是周邦彦仕途上的惊鸿一瞥。后来，王安石失败，宋神宗也驾鹤西去，继位的是宋哲宗赵煦。他仰赖祖母高太后，可惜两人对周邦彦十分陌生，那篇洋洋洒洒的《汴都赋》，早就被人抛到九霄云外去了。

　　作为歌颂新法起家的周邦彦，自然会被当作新党一派外放做官。

　　从公元 1088 年周邦彦三十二岁开始，往后近十年的时间，他处于贬官生涯，一直流连于宋王朝下面的各州县间。

　　实际上，周邦彦对于政治也没有太多的关心，而是醉心于诗词，沉迷于烟柳巷陌。

　　因此这个时期的周邦彦，词作大多都是哀怨感伤。

　　仕途不得意的周邦彦，开始流连于青楼酒肆。那一年，他遇到一位钱塘名妓沈娇梅，在外漂泊遇到知音，勾起了周邦彦的无限乡情，他感慨万千，写下一首《意难忘》：

　　衣染莺黄。爱停歌驻拍，劝酒持觞。低鬟蝉影动，私语口脂香。檐露滴，竹风凉。拼剧饮淋浪。夜渐深，笼灯就月，子细端相。

　　知音见说无双。解移宫换羽，未怕周郎。长颦知有恨，贪耍不成妆。些个事，恼人肠。试说与何妨。又恐伊、寻消问息，瘦减容光。

　　清苦的日子，什么时候是个头呢？自己的满腔抱负，除了青楼酒肆，就没有地方可以诉说了。

　　后来，周邦彦先在陆洲做教授，后来又去荆州。多年的漂泊生活，勾起了他思念家乡的羁旅情愫。

　　公元 1093 年，结束了学官生涯的周邦彦，转任溧水县担任一把手。此时的他，将近不惑之年。在溧水县任职期间，周邦彦为政敬简、拨烦治剧。他做事简朴干练，工作之余，还深入基层调研，考察民情。八十多年后，当地的百姓还在夸赞他的功劳。

　　溧水的万物经过周邦彦的治理，变得清新可爱，于是他写了一首《满庭芳·夏日溧水无想山作》：

　　风老莺雏，雨肥梅子，午阴嘉树清圆。地卑山近，衣润费炉烟。人静乌鸢自乐，小桥外、新绿溅溅。凭阑久，黄芦苦竹，拟泛九江船。

　　年年。如社燕，飘流瀚海，来寄修椽。且莫思身外，长近尊前。憔悴江南倦客，不堪听、急管繁弦。歌筵畔，先安簟枕，容我醉时眠。

　　仕途上并不得意的周邦彦，内心都是愁苦寂寞，这么多年，觉得自己犹如社燕一般，年年奔波，到处漂流，最终还是要寄人篱下。

　　本想借酒消愁，奈何愁更愁，身为江南倦客，如今形容憔悴，那些繁弦之音，只能让我脆弱的心灵更加不堪。

　　好想买醉，这样就可以在喝醉之后好好休息一番。

　　到了公元 1097 年，在地方上任职的周邦彦被调回京城，亲政的宋哲宗任命他为国子主簿。

　　后来，宋哲宗估计是想起了当年周邦彦的那篇洋洋洒洒的《汴都赋》，想让他重新写就。

周邦彦仔细思量，重新写了《重进汴都赋表》呈送给宋哲宗御览，哲宗看了他的这篇文章之后，加封他为秘书省正字。

此后，周邦彦开始在北宋政坛崭露头角，一路青云直上，再也不是当年那个芝麻绿豆官。

周邦彦也从一位业余词人，摇身一变成了以词和乐、自度新腔的乐官。

从踏入仕途成为太学正开始，周邦彦已经为北宋王朝工作三十多年，没有功劳也有苦劳。后来，朝廷为了酬谢周邦彦，给他安排了一份南京鸿庆宫的闲职养老。

在去任职的路上，回想起多年来的仕途沉浮，周邦彦写了一首《西平乐》：

元丰初，予以布衣西上，过天长道中。后四十余年，辛丑正月，避贼复游故地。感叹岁月，偶成此词。

稚柳苏晴，故溪歇雨，川迥未觉春赊。驼褐寒侵，正怜初日，轻阴抵死须遮。叹事逐孤鸿尽去，身与塘蒲共晚，争知向此，征途迢递，伫立尘沙。念朱颜翠发，曾到处，故地使人嗟。

道连三楚，天低四野，乔木依前，临路敧斜。重慕想、东陵晦迹，彭泽归来，左右琴书自乐，松菊相依，何况风流鬓未华。多谢故人，亲驰郑驿，时倒融尊，劝此淹留，共过芳时，翻令倦客思家。

公元 1121 年，周邦彦抵达南京，没过多久就病逝了，终年六十六岁。

值得一提的是，六年之后，金兵率兵南下，宋徽宗、宋钦宗被虏，北宋就此灭亡。

生在承平盛世的周邦彦，背负着赵宋王朝孤独的背影，渐渐逝去。或许，周邦彦的才华未尝得适时适世之志，从而荒芜一生，只留下了铺陈华丽的词句。

　　周邦彦懂得克制自己的情感，无论是闺情羁旅，还是咏物怀古，他都没有激烈地展现情绪，因此他的词作情感哀怨而不强烈，沉郁顿挫却饶有趣味，正如他的政治风格一样，既不攀附新党，也不投靠旧党，只是专注于写词作文。

　　遇上北宋末世，周邦彦只得与豪迈的风格绝缘，有的时候不得不选择逃避。他的音律、格调、语言、辞藻，也不得不为"宋词"而生。

　　周邦彦去世后，没想到后人对他的词作评价如此之高。

　　王国维说："词家之有清真，犹诗家之有杜少陵。"这个评价太高了，周邦彦自号清真居士，王国维认为周邦彦所写之词的地位，如同杜甫的诗歌地位一样。

　　因此，王国维把周邦彦推为北宋词的集大成者。

　　如果要欣赏宋词之美，就不能不读周邦彦的词。

李清照

文坛清流，谁说女子写词不如男

空前绝后、不可复制、难以模仿的天才女人

宋代文坛，向来是男人们的天下，直到李清照的出现，打破了这种格局。

公元 1101 年，注定是大宋文坛不平凡的一年。

这一年，文坛的泰山北斗、顶流"大神"苏轼与世长辞。

这一年，李格非的女儿李清照年芳十八，与高干子弟赵明诚结婚。

李格非是谁？

他是苏轼晚年所收的弟子，是"苏门后四学士"之一。

这么一算，李清照要叫苏轼一声师公。

这个姑娘能喝酒、讲段子、开玩笑，无一不精；怼人填词、收藏写诗，一样不落。

她身上的标签实在很多：千古第一才女、词国皇后……

因为她的出现，文坛开始给女人让步。

可是在她之后，元、明、清再也没有出现过她这样的女人。

🌊 喝酒、赌博照样是好女孩

李清照虽然是女人，但是她不是普通的女人，她体验过绝美的爱情，同时也饱尝过撕心裂肺的痛苦。

公元 1084 年，李清照出生在一个高干家庭。

他的父亲李格非，二十九岁的时候考中进士，后来做了大官。李格非文采过人，深得大文豪苏轼的赏识，后来与廖正一、李禧、董荣三人一起被苏轼收为弟子，也就是"苏门后四学士"。

李清照的母亲王氏也是名流之后，在这样的高干和高知家庭成长，使李清照天生携带的文学基因得到扩张。得到父母的遗传，李清照灵襟秀气，超越恒流。

父亲李格非亲自教授女儿诗文，不仅如此，他还给李清照请了一个家教。这个人就是苏门前四学士之一——晁补之。

长大后的李清照，不走寻常女子走过的路。别的女孩子温柔娴淑，李姑娘虽然学富五车，可是却喜欢喝酒。

尽管会喝酒、会赌博，但她照样是个好女孩。

且看，那些关于喝酒买醉的词句——

东篱把酒黄昏后、愁浓酒恼、酒美梅酸、酒盏深和浅……

光是在《漱玉词》中，酒字就出现了 19 次，醉字出现了 11 次。看来，这个小姑娘确实喜欢喝酒。因此，等到李清照长大之后，父亲就经常带着她，参加各种高 Level 的文学聚会、文学沙龙。

还好，父亲李格非并不是典型的重男轻女派，他勇敢放手让李清照去尝试，不束缚女儿的天性。

父亲给她引荐那些文学大咖，可以随时交流闲扯、切磋技艺，这进一步提升了李清照的才思素养，也开阔了她的眼界。

有一次，李格非拿着张耒（字文潜，苏门前四学士之一）的名作《读中兴颂碑》给女儿看，在父亲的鼓励之下，李清照试着写了两首诗。

在接下来的文学沙龙上面，李格非拿着女儿写的诗给张耒和晁补之看，两人读了之后，感到非常吃惊。后来，晁补之与李清照还成了忘年之交。

良好的家庭教育，使得李清照"自少年便有诗名，才力华赡，逼近前辈"。

这应该归功于她有个开明的老爹！

年少时候的李姑娘，没有整日静坐闺中，也没有去学那些宋代女子要学的"必修课"。她纵情饮酒、游山玩水，与三五好友喝醉之后，迟迟不归。

事后，李清照回忆这段时光，还写了一首《如梦令·常记溪亭日暮》，记录这段生活。

常记溪亭日暮，沉醉不知归路。
兴尽晚回舟，误入藕花深处。
争渡，争渡，惊起一滩鸥鹭。

还记得那次在溪边亭中游玩，日色已暮，沉醉在这优美的景色之中忘记了回家的路。一直玩到没了兴致才乘舟返回，却迷途进入了藕花池的深处。怎么出去呢？叽喳声、惊叫声、划船声惊起了一滩鸥鹭。

怀春季节，李清照在秋千架上荡秋千。

蹴罢秋千，起来慵整纤纤手。露浓花瘦，薄汗轻衣透。
见客入来，袜刬金钗溜。和羞走，倚门回首，却把青梅嗅。

荡罢秋千起身，懒得揉搓细嫩的手。在她身旁，细细的花枝上挂着晶莹的露珠，她身上涔涔香汗渗透着薄薄的罗衣。

忽然，她看到一个如玉的少年，很有可能是上门提亲的赵明诚。

她感到害羞，慌得顾不上穿鞋，只穿着袜子抽身就走，连头上的金钗也滑落了下来，她含羞跑开，以嗅青梅给自己掩护，把前来提亲的人看了一遍。

这样可爱有趣的女子，竟然还喜欢赌博。

李清照写过一篇《打马图序》，打马是一种博戏。

李姑娘上来就说："你们这些人啊，为什么就不能像我一样精通赌博呢？其实赌博没有什么技巧，术业有专攻而已，只要能够专心致志地赌，就能够立于不败之地。"

她的文章中，还提到了二十多种赌博的方式。

看来，李清照对赌博颇有研究。她认为，有的赌博太过于粗俗，有的只能看运气，显示不出人的智慧，有的又太难，玩的人不多。

因此，论赌博，没人是我李清照的对手。

娶妻当娶李清照

李清照与丈夫赵明诚的婚姻，简直是有趣的灵魂高度契合。

赵明诚也是高干子弟，父亲是朝廷高官。从小，赵明诚就进入了太学读书。

太学是国家管办学校，毕业出来就安排工作。后来，赵明诚做了鸿胪少卿。赵明诚虽然是官二代，但是他没有纨绔子弟的做派，并且还是一名文艺青年，喜欢研究金石书画。

因此，两人的新婚之夜，赵明诚并没有说那些海誓山盟的话，而是对妻子李清照说："宁愿饭蔬衣简，亦当穷遇方绝域，尽天下古文奇字。"

为了配合丈夫的爱好，李清照对那些古文奇字也逐渐产生了兴趣，他们常常拿出部分生活费去买一些书画碑文，每次遇到绝妙的书画碑文，两人都爱不释手，一起探讨、赏玩到深夜。

卖花担上，买得一枝春欲放。

泪染轻匀，犹带彤霞晓露痕。

怕郎猜道，奴面不如花面好。

云鬓斜簪，徒要教郎比并看。

这个女子是多么有趣，李清照见到挑担卖花的人，她看到那些鲜花凝露绽放，便买了一枝，斜插在自己的头上，还一个劲儿地问丈夫："明诚，快看，是我好看还是花儿好看？"

后来，为了事业，赵明诚不得不背上行囊，要么游学，要么做官，待在家里的李清照，常常以词代信，表达对丈夫的思念。

薄雾浓云愁永昼，瑞脑销金兽。佳节又重阳，玉枕纱厨，半夜凉初透。
东篱把酒黄昏后，有暗香盈袖。莫道不销魂，帘卷西风，人比黄花瘦。

明诚走后的第一天，想他。
明诚走后的第二天，想他。
明诚走后的第三天，想他。
……

读到这首词的赵明诚，被妻子的才华惊艳到了。他不想屈居于妻子的才
华，花了几天的时间写了很多首词。他拿着妻子写的这首词与自己写的词给
好友鉴赏。

好友是个耿直 Boy，反复读完所有的词后，对赵明诚说道："老铁，我
读来读去，还是觉得'莫道不销魂，帘卷西风，人比黄花瘦'这三句写得
最好。"

在与丈夫被迫分离的日子里，李清照经常被浓浓的思念之情包裹着。

红藕香残玉簟秋。轻解罗裳，独上兰舟。云中谁寄锦书来，雁字回时，
月满西楼。
花自飘零水自流。一种相思，两处闲愁。此情无计可消除，才下眉头，
却上心头。

公元 1107 年，赵明诚的父亲被奸臣蔡京诬陷致死，赵家受到牵连。于
是这年秋天，赵明诚带着李清照一起在青州定居。

虽然从上层人士变成了普通百姓，但是在青州的十年时光，是他们最幸

福、最安定、最快乐的十年。

在这里，他们仰取俯拾，衣食有余。一起赏碑文、研奇字、写诗词。他们还给屋子取了一个浪漫的名字——"归来堂"。两人在闲暇之余，经常读书品茶，互相考问。

十年的时间里，夫妇两人一起研究整理那些文物，并且开始《金石录》的编纂工作。

虽然，这十年的时间，两人也会暂时分离，导致李清照生出一些愁苦，但是这种愁，只是闲愁，可有可无，如纱似雾。

苦涩的回忆中，还会带着一丝甜蜜。

香冷金猊，被翻红浪，起来慵自梳头。任宝奁尘满，日上帘钩。生怕离怀别苦，多少事、欲说还休。新来瘦，非干病酒，不是悲秋。

休休！这回去也，千万遍《阳关》，也则难留。念武陵人远，烟锁秦楼。惟有楼前流水，应念我、终日凝眸。凝眸处，从今又添，一段新愁。

这个时候的愁苦，家国均在，即便两人异地相隔，苦苦相思，可是依旧对生活充满了希望。

公元 1127 年，金兵率兵大举南侵，宋徽宗、宋钦宗二帝被虏，北宋宣告灭亡。

同年农历五月，宋高宗赵构即位，南宋开始。

公元 1128 年，赵明诚因为奔母丧，南下金陵，任江宁知府。妻子李清照在青州，正在整理归来堂的那些文物古玩，准备南下与赵明诚会合。

1129 年 2 月夜晚，江宁城中正在谋划一场叛乱，下属把这个事情上报赵明诚，可是赵明诚没有当回事。下属只能自行布阵，以防不测，到了深夜，果然发生了叛乱。

天亮的时候，下属去找赵明诚，没想到他竟然从城墙上逃跑了。这次叛乱平定之后，因为赵明诚的不作为，他被朝廷革职。赵明诚的逃跑，或许是因为对妻子的深深眷恋。

但是一向刚烈的李清照觉得，身为一个男子，国难当头，应该挺身而出，而不是弃城不顾，简直是一个令人不齿的懦夫所为。

面对丈夫的不抵抗和逃跑行为，李清照悲愤异常。不久之后，两人因为战乱向江西方向逃亡。

行至乌江，站在当年西楚霸王项羽兵败自刎的地方，李清照百感交集，随口吟咏出了一首《夏日绝句》：

> 生当作人杰，死亦为鬼雄。
> 至今思项羽，不肯过江东。

李清照的这首《夏日绝句》，既是对昏聩无能的宋王朝的鞭挞，也是对贪生怕死的赵明诚的质问。

堂堂七尺男儿，竟然不如一个女子。

站在李清照身后的赵明诚，听到妻子吟咏如此大气磅礴的爱国之语，回想起自己弃城不顾的所作所为，羞愧难当。

从此，赵明诚一蹶不振，郁郁寡欢，没过多久，就病逝了。

千古才女词"皇帝"

细想起来，当年的赵明诚之所以要弃城逃走，是因为他不想轻易放弃自己的生命。

因为，与妻子浪漫唯美的生活，渐渐磨灭了他要做人杰的意志，或许他不在乎人言可畏、名利地位。但是，弃城逃跑的赵明诚，没有得到妻子的理解和包容，取而代之的是冷眼相待。加上社会舆论，让赵明诚不堪重负，染病而亡。

当时，存在伪齐和伪楚两个政权，面对南宋的昏聩无能，李清照含沙射影写了一首词：

> 两汉本继绍，新室如赘疣。
> 所以嵇中散，至死薄殷周。

李清照多么希望南宋朝廷能都站起来抵抗，把金兵赶走，还我河山。

对于赵明诚，李清照一方面恨透了他的儒弱，另一方面也没有把他忘却。

寻寻觅觅，冷冷清清，凄凄惨惨戚戚。乍暖还寒时候，最难将息。
三杯两盏淡酒，怎敌他、晚来风急！雁过也，正伤心，却是旧时相识。

一首首泣血之词，倾注了她对丈夫的思念。

赵明诚的病逝，给了李清照致命一击。余生一个人，该怎样度过呢？

这么多年以来，到处漂泊，居无定所，使得她的身心受到折磨。她只能守着那些不会说话的文物，了却残生。

孤独愁苦的李清照，面对生活的压迫，病倒了。

"近因疾病，欲至膏肓，牛蚁不分，灰钉已具。"

就在她生命垂危、万念俱灰的时候，她生命中的第二个男人出现了。可惜，这个男人看中的却是她死死守着的那些金石文玩，他才没有闲情逸致去照顾一个中年寡妇。

这个男人是李清照弟弟的故交，因为姐夫的病逝，姐姐形销骨立，长此以往，也不是个事儿。于是，弟弟给姐姐介绍了好友张汝舟。

张汝舟的小嘴跟抹了蜜一般，他向躺在病床上的李清照表白，承诺要照顾她的余生。

万念俱灰的李清照，以为抓住了救命稻草，她多么渴望一份稳定的爱情，希望有人能够在乱世中给她一份呵护。犹豫再三的李清照，决定下嫁张汝舟。

李清照的那些珍藏，一直被张汝舟觊觎，当他得知李清照珍藏的宝贝不多，并且他还没有支配的权力时，这个人竟然对李清照家暴。

李清照本想带着她的那些珍藏离开，没想到张汝舟起了杀机。走投无路的李清照，只能状告张汝舟，请求朝廷解除他们的婚姻关系。还好，这场官司李清照赢了，张汝舟被罢官发配。

在那个重视名节的年代，李清照顶着晚节不保的压力，选择再婚，而且痛苦的第二次婚姻，并没有给她带来一丝快乐。

李清照是才女，她追求自由、向往独立，面对不幸的婚姻生活，她也懂得及时止损。

张汝舟走了之后，李清照的身体逐渐恢复。生活的愁苦，让她如今形单影只。

风住尘香花巳尽，日晚倦梳头。物是人非事事休，欲语泪先流。

闻说双溪春尚好，也拟泛轻舟。只恐双溪舴艋舟，载不动许多愁。

李清照此时的愁苦，再也不是当初的闲愁，这份愁里，承载了太多太多，沉重得连舴艋舟都承载不了。

她不再期盼爱情，而是静下心来，把前夫赵明诚想要编写的《金石录》写完。

公元 1143 年，李清照将编写完成的《金石录》献给朝廷。

靖康之变之后，李清照还被人诬陷私通金国，后来这种谣言不攻自破。

那些颠沛流离，虽然曾经撼动过、蹂躏过李清照，但是从来没有打败过她，反而造就了李清照、成就了李清照，使得她撑起了宋词的半个天下。

才华横溢的李清照，曾经写过一篇《词论》"diss"过师公苏轼、大佬欧阳修等文坛大咖。

谈到柳永，李清照说他的词非常符合音律，但是语句太俗。张先和宋祁，这两个人的诗词偶尔会出现好句子，但是文章通篇读下来，不够精彩。至于晏殊、苏轼、欧阳修，他们的学问虽然是一等一的好，旁人难及，但是要论填词，他们就是把诗改成长短句，唱起来简直别扭。王安石和曾巩，两人的文章倒是颇有西汉之风，可是如果让他们作词，恐怕会让人笑掉大牙，因为根本读不下去。

晚年的李清照，身边没有任何亲人。

陪伴在她身边的，只有几幅金石文字和赵明诚留下来的《金石录》，这些都是她的精神寄托。李清照的生活相当清苦孤独，百无聊赖。

她看到一个朋友的小女儿，十多岁，非常聪明，李清照想把自己的毕生所学都传授给这个小女孩。

"小朋友，奶奶看你骨骼清奇，给你传授一套绝世武功怎么样？"

　　这个小女孩却说："才藻非女子事。"毫不留情地拒绝了李奶奶。

　　后来，爱国诗人陆游给这个小女孩写墓志铭的时候，甚至还夸赞这个女子的话说得好。

　　就连陆游这样的热血诗人都觉得"才藻非女子事"，可想而知，在当时"女子无才便是德"的认知笼罩下，李格非的眼光是多么长远，这个父亲是多么的伟大。

　　进而也间接证明了，李清照能在熠熠生辉的宋代文坛上留下名字，并且光耀千古，可见她的精神多么独立、思想多么自由。

　　能在宋代词坛上毫无愧色与一流的男性诗人比肩而立的，近千年以来，只有李清照一个。

岳飞

他是南宋顶层的牺牲品，
也是历史的照妖镜

要当忠臣，就得比奸臣还要奸

历史的天空常常波诡云谲、变幻莫测，收容了北宋一百多年的繁荣昌盛与衰败颓然，同时也在为下一次的战火烽烟沉淀蓄势。

后人曾经为那次威慑长安的"安史之乱"唏嘘不已，"九天阊阖开宫殿，万国衣冠拜冕琉"的唐王朝终于被拉拽下来，汇聚成开元盛世的江河被历史豁开了口子，久负盛名的唐王朝苟延残喘了百年之后，终归覆灭于宋。

同样，"八荒争凑，万国咸通"的北宋王朝，也在"靖康之变"的推推搡搡之中覆灭人手，宋王朝的天空留下了难以抹去的灰色。从宋徽宗、宋钦宗父子及赵氏皇族、朝臣等三千余人被金军押解北上的那天开始，北宋王朝的天空就突然出现了一个巨大的缺口。

随着战火四起，硝烟弥漫，这个缺口越来越大且无法填补。

无数人跌入时代的深渊，殒了性命、赔了遗憾。还有一些人站在岌岌可危的时代崖壁上，摇摇欲坠。

身处乱世的人们，又重新回忆起祖先们征战沙场的英勇姿态。没人喜欢战争，只不过烽火狼烟从来不是无故升起，它的背后要么是攻城略地的雄心，要么是收复河山的壮志。

忠臣 or 奸臣?

国破家亡，无数仁人志士立志收复河山。岳飞，可能不是排在第一的仁人志士，但却是呼声最高的爱国将领。

岳飞是根正苗红的农民家的儿子，世世代代务农。

他的父亲岳和是淳朴厚道的庄稼汉，别人侵占了他家的土地，他便把土地割让给人家，那些邻居向他借钱，他也不会逼迫人家赶紧还钱。

朴实的庄稼汉生了一个孩子，因为这个孩子出生的时候，天上有一只大鸟从屋顶上飞过，一边飞一边鸣叫，他便给这个孩子取名为岳飞。

不满一个月的岳飞，恰好赶上黄河决堤。洪水来了，岳飞的母亲抱着岳飞坐在一口大缸里面，顺着河流漂走，没想到大缸漂到了岸边，母子俩安然无恙地活下来了。

村里的人都感到惊奇，"这母子俩肯定有神明的保佑""看来岳家的祖坟上冒青烟了"。

小岳飞慢慢长大，岳家虽然穷，但是岳飞非常勤奋好学，他很喜欢阅读那些兵书，为人忠厚老实，沉默寡言。

到了二十来岁，岳飞已经能够拉开三百斤的大弓和八石硬弩，这个小哥简直是天生神力。

他向名师周同学习射箭，把人家所有的本领全部学会了。后来，周同过世之后，岳飞每月初一和十五，都会前往周同的墓前祭祀。

父亲对儿子苦口婆心地说："小飞啊，你长大之后要成为仁义的人，如果以后能够为国家效力，必要之下要为国家和正义献身啊。"

为了报效国家，他还在背上刺了四个大字——"尽忠报国"。

靖康之变发生之后，岳飞已经成长为二十五岁的壮汉。

康王赵构在一片推推搡搡中，在应天府即位，就是所谓的宋高宗。

面对敌强我弱的现实问题，即位后的宋高宗并不想收复河山，而是准备避战南迁。

你们打你们的仗，我过好我的小日子就行了。

岳飞得知这个消息之后，火冒三丈，没想到即位的一把手竟然是个懦夫，他也不管自己的官职低微，向宋高宗上书洋洋洒洒的数千言。

皇上，您老人家已经即位了，想必已经有了攻打敌人的计策，像黄淋善、汪伯彦之辈显然不能承担皇上的圣意恢复河山。我希望皇上趁敌人还没有站稳脚跟，御驾亲征，率军北伐，这样一来肯定能大大地鼓舞将士们的士气，我们就可以收回被敌人占领的土地了。

岳飞还是太年轻了，他的一片赤诚之心，换来的却是八个字的批语——"小臣越职，非所宜言"。小岳啊，你官职低微，就不要越级提意见了，这不是你该说的话。

被革职后的岳飞，怀着一腔热血和愤恨，先后投奔了张所和宗泽。还好，这两人比较欣赏岳飞的才干。

可是宗泽也比较悲催，他想渡过黄河，收复失地，接连给皇帝上了很多道奏章，但始终没有得到皇帝的支持。后来含恨而逝，临终前还在大喊："过河！过河！过河！"

宗泽过世之后，岳飞再次失意。

后来，岳飞打造了一支自己的军队——岳家军。

他善于以少胜多，要攻打一个地方的时候，岳飞会把所有兵力召集起来，一起出谋划策，要是突然遇到敌人，他就按兵不动。

因此，那些敌人的评价是——"撼山易，撼岳家军难"。

有人曾经向岳飞请教用兵之术："岳大人，您用兵如此之神，请问具体是怎么操作呢？"

岳飞回答道："没那么复杂，归结起来就是五样东西，仁义、智慧、信心、勇气、严格。这五样缺一不可。"

岳家军打了很多胜仗，岳飞的粉丝吴玠对此深感佩服，想和岳飞结交，便给岳飞送了一些美女。

岳飞知道后，义正词严地说道："吴兄，现在皇上每天晚上都会失眠，因为他忧心天下，我们这些大将怎么能贪图享乐呢？"

后来，吴玠更加佩服岳飞，变成了他的铁杆粉丝。

行军打仗的时候，岳飞还会考虑当地的老百姓，每次调配军粮，他都会因地制宜，视情况而定。后来，平定荆湖之后，岳飞招募农民来经营田地，每年为国家节省了一半的漕运。

皇帝对此大加赞赏，亲自书写曹操、诸葛亮、羊祜三人的事迹赏赐给岳飞。没想到，钢铁直男岳飞在皇帝的文章后面题跋，曹操是奸臣，我特别鄙视他。

这惹来了秦桧的不满。

因此，那年岳飞接连被十几道金牌召回来，从前线开始撤军。接着，等待他的将是灭顶之灾。从解除兵权，进入监狱，再到含冤而死，一套流程走下来，也不过是一年的时间。

最后，他的供状上面，只写了八个大字"天日昭昭，天日昭昭"。

这简直是历史冤案，当时的人们知道岳飞冤死的事情之后，无不痛哭流涕。

那么，这到底是怎么回事？

大多数人印象中的岳飞，是一个不懂政治、只顾工作埋头苦干的老黄牛，只不过是时势造就英雄，从一个穷屌丝奋斗到三公高位。

要杀死岳飞，很容易，同时也很困难。

容易之处在于，只要一把手宋高宗递个纸条，岳飞就挂了，毕竟君要臣死臣不得不死。

困难之处在于，岳飞为南宋王朝立下了汗马功劳，在老百姓中间口碑太好，处处都是忠臣的良好形象，如果贸然把岳飞杀了，理由不够充分，这不仅会在老百姓中留下骂名、失去民心，而且很有可能遭到史官唾骂。

反正谁杀岳飞，谁就要背锅。

可是，这件事始终还要有人去做。

当时韩世忠和秦桧两人专门聊过这件事，秦桧的说法是虽然不明了，但是这事件莫须有。

莫须有？ What？

意思就是岳飞的罪名不重要，但这是老板的意思。

岳飞这小子简直不懂政治，动不动就要把二帝接回来，可是他不考虑二帝回来之后，老板能不能继续当家做主。给他下了十一道金牌，仍然不班师回朝，非要等老板把第十二道催命符下了下去。

不仅如此，岳飞还触及了宋高宗最敏感的地方，那就是岳飞多次上书，让宋高宗考虑南宋未来接班人的问题。

简简单单的"莫须有"三个字，立马在老百姓之间炸了锅，这简直是侮辱老百姓的智商。

为了平复社会舆论，朝廷还专门将岳飞"逮系诏狱"的事公开，想把岳飞的名声搞臭。

岳飞蒙冤下狱之后，那些有识之士纷纷为岳飞上书。一把手宋高宗看到这些情况，好啊，既然这么多人为你仗义执言，干脆一次性办了。

岳飞这件冤案，涉及几个人。

第一个，便是"奸臣"秦桧。

岳飞是忠臣，那就得有奸臣与之对应，喜欢神魔对应、匹配出现的人们，需要奸臣来陪衬忠臣。

把秦桧树立为奸臣，是为了让宋高宗能够从历史差评中解脱出来，恰好秦桧的出现，可以作为祭祀忠臣的祭品。

有了奸臣，大宋臣民就更加容易在忠臣身上找到高尚的品质。而且奸臣背锅之后，其他的奸臣可以缓口气，"显然不是我的责任"。

对于南宋有限责任公司的董事长宋高宗来说，这样也便于团结一切可以团结的力量，可以放下沉重的包袱，带领南宋王朝迈向更高的台阶。

所以，不管秦桧是否卖国、陷害忠良，是从犯还是主犯，这些都不重要，关键在于，他能替宋高宗背锅。

第二个，是韩侂胄。

这个人是北宋名臣韩琦的曾孙，是根正苗红的高干子弟。与南宋朝廷是拐弯抹角的亲戚。

他在政治上崛起之后，为了北伐开始"崇岳贬秦"，想为岳飞翻案，进一步神话岳飞。他开始清算秦桧，可是秦桧在南宋朝廷经营多年，关系复杂、盘根错节，只要清算秦桧，势必会触动太多太多人的根本利益。

高调主张北伐的韩侂胄，没想到连战连败，南宋只得被迫求和，金国开出的条件之一就是要把韩侂胄作为和谈的筹码，皇帝为了南宋的战略全局考虑，就把韩侂胄诱杀了。

第三个，是宋高宗。

在宋高宗的眼中，他不是不知道岳飞是忠君爱国的，即便他的下场是风波亭惨死，岳飞的形象依旧是高大上，但是作为一把手，他不得不为了南宋的发展考虑。

一方面，岳飞总是拿二帝的事情做文章，该杀。另一方面，宋高宗也想进一步整顿军队，必须一切行动听指挥，岳飞该杀。

因此，尽管岳飞案，有很多人为他说话，他也不得不为南宋的顶层设计牺牲。

　　还好，宋孝宗即位之后，为岳飞平反：卿家冤枉，朕悉知之，天下共知其冤。并赠其谥号"武穆"。

他竟然是"房地产商"？

岳飞冤案的事情，很多人都耳熟能详，但是我们聊一聊他别的故事。

其实，岳飞除了打仗很厉害之外，颇有生意头脑，因此，岳飞不仅是将军，而且还是南宋"房地产商"。

什么，房地产商？

你没说错吧，那岳飞高大上的形象岂不是瞬间坍塌。

其实，不是。

宋朝是一个高薪养廉的朝代，公务员的工资丰厚。岳飞在南宋做官多年，自然积累了不少的钱财。不打仗的时候，无非就用闲钱在城市里面建房子、商铺，建成之后，他就把这些房子商铺租出去。

据官方修订的《宋会要》记载：岳飞在九江拥有大片的房产，"造到房廊三十八间，每日收到赁屋钱一贯四百三十文"。

意思就是，老岳拥有九江市中心的商铺三十八间，全部出租给商户，每天能够拿到一千四百三十文的租金收入。

岳飞冤死之后，朝廷要给他平反，于是派人去查证岳飞的家产，查出来的家产是"田七顷八十八亩一角一步，地十一顷九十六亩三角，水磨五所，房廊、草、瓦屋四百九十八间"。

换算下来，土地接近两千亩，房间接近五百间。

这是怎么回事，难道岳飞是个贪官？

宋朝经济发达，岳飞又是国家的高级武官，当时宋朝也是明令禁止，不允许官员经商。但是，南宋领导干部的工资是很高的，因此岳飞的这些家产都是光明正大的。

那么，岳飞的工资到底有多少？

宋朝的官员，除了基本工资之外，还有各种津贴、取暖费、餐补费、粮食补贴，除了这些钱之外政府还会给一点耕地。

各种补贴杂七杂八加起来，岳飞的工资在六千贯以上，按照购买力计算，岳飞的月薪是四五十万元。

这会不会影响岳飞高大上的形象？

答案是，不会！

岳飞充分利用自己的工资，在市中心建房，租给商户，给很多人提供了创业的机会，给店小二们提供了就业的机会，还给广大市民提供了消费场所，搞活了南宋的市场经济，无形之中增加了税收。

如此一来，岳飞的形象更加鲜活突出了。

岳飞不仅不是穷小子，而且还是个可爱的人。

他的政治智慧很高，善于处理人际关系，无论是上下级，都有很多朋友。

绍兴七年（1137 年），岳飞去觐见皇帝。

皇帝问岳飞："爱卿啊，最近有没有得到什么好马？"

岳飞回答说："陛下，我确实得到两匹好马，它们每天都能吃几斗的草料，喝十斗的泉水。可是，这两匹马的嘴很刁，如果草料不精致，泉水不干净，它们就不接受。"

随后，岳飞又说道："我给它们披上甲衣，让它们驰骋，一开始它们跑得不快，跑到了一百里的时候，它们才振奋精神，开始飞驰，从大中午跑到晚上，还可以跑两百里，跑完之后，把鞍子和甲衣卸下来，这两匹马既不喘气，也不冒汗，就跟没事儿一样。"

皇上听得津津有味，岳飞又继续说："这样的马，食量大，却不食不干净的草料和水，力量充足却不逞强，一定是能达到远方的好马。不幸的是，这两匹马相继去世，我现在骑的马，每天吃的草料不过几升，并且对于草料和水没有要求，我骑着它们的时候，缰绳还没有拉直，它就腾跃而起，迅速疾跑，可是跑到一百里，力气就用完了，一副要死不活的样子。这样的马，很容易满足，喜欢炫耀，可就是跑不了多远。"

宋高宗听完之后，哈哈大笑，授予了岳飞太尉的官职。

《满江红》是岳飞的作品吗？

一首《满江红》横空出世。

世人读到岳飞的这首词无不激动澎湃。可是，这首词一度被怀疑不是出自岳飞的笔下。

什么，竟然有人怀疑？

原因有以下几点。

第一，在史料中，很少有记载这首词是岳飞所写。

第二，这首词中的"贺兰山"当时位于西夏境内，岳飞是抗金名将，如果老岳要是带领岳家军"直捣黄龙府"，这个位置在吉林，与宁夏的贺兰山简直是南辕北辙。

第三，这首词的风格显然是豪放派。可是，公认的出自岳飞笔下的作品《小重山》，风格却是婉约派。

那么，让我们分别看看《小重山》和《满江红》这两首词，探个究竟。

以老岳的视角看这首《满江红》：

怒发冲冠，凭栏处，潇潇雨歇。抬望眼，仰天长啸，壮怀激烈。三十功名尘与土，八千里路云和月。莫等闲，白了少年头，空悲切。

靖康耻，犹未雪。臣子恨，何时灭？驾长车，踏破贺兰山缺。壮志饥餐胡虏肉，笑谈渴饮匈奴血。待从头，收拾旧山河，朝天阙。

岳飞是多么愤怒，头发都竖起来了，表明了那种不共戴天的深仇大恨。

此仇此恨，不报非君子。

因此，岳飞独上高楼，倚靠着栏杆，遍历乾坤、俯仰六合，不仅感到慷慨激昂、热血沸腾，此时外面风澄烟净。

心中的无限郁闷翻滚不止，于是仰天长啸。

回想自己三十多年以来，虽然建立了一些功名，但是如同尘土一般微不足道。南征北战八千里，经历了多少的风云人生。

这是何等的胸襟和见识！

好男儿志在四方，应该抓紧时间为国效力、建功立业，不要消磨宝贵的青春，等到年老的时候独自悲切。

想到靖康之耻，二帝被俘虏，至今还未归来，作为臣子，实在抱恨无穷。

金兵入据中原，只怕岳家军，对其闻风丧胆。因此，老岳豪言，匈奴实在不足以灭，踏破贺兰、直捣黄龙指日可待。

贺兰山虽然在西北，黄龙府在东北，相隔千里，有何交涉？

要知道，这是南宋初期词作的一种写法，说到金兵，可以用"西北""楼兰"之类的词来代替。因此，岳飞这样写，是可以的。

满怀壮志的我们，打仗饿了就吃敌人的肉，谈笑渴了就喝敌人的鲜血，等待我们收复旧山河之后，带着捷报向国家报告胜利的消息。

读罢，不由得被岳飞的一腔热血所感动，浑身沸腾。

再看一首风格比较婉约的《小重山》：

昨夜寒蛩不住鸣。惊回千里梦，已三更。起来独自绕阶行。人悄悄，帘外月胧明。

白首为功名。旧山松竹老，阻归程。欲将心事付瑶琴。知音少，弦断有谁听？

昨晚，夜里的蟋蟀一直叫个不停，使得岳飞从对抗金兵的梦中惊醒，此时，已经是三更天了。

天气寒冷，已到深秋，国破家亡、山河飘摇，老岳担忧不已，可是深秋的蟋蟀一直叫个不停，惹人心烦。彻夜难眠，日夜牵挂国家兴衰、战事情况。

从梦中惊醒之后，再无睡意，他一个人在台阶前面徘徊，人们都在熟睡，周围静悄悄的，只有淡淡的月光。心中之事无人可诉。

岁月匆匆而逝，家国长久沦陷，归来遥遥无期。回想自己二十来岁从军，为了国家出生入死，与敌人浴血奋战，决心迎二帝归来，可是十多年过去了，如今头发也白了，依旧还未实现收复河山的伟大抱负。

朝廷里面的投降派屈辱求和，阻扰抗金大业，实在是让人心急如焚啊！

想到俞伯牙和钟子期的故事，又想到自己处境艰难，知音难觅，收复河山的志向恐怕难以实现了。

历史是残酷的，也是辩证的。岳飞去世时，才三十九岁。

绍兴末年，宋孝宗下诏恢复了岳飞的官职，按照宋朝的礼制改葬岳飞，授予他"忠烈"的称号。

淳熙六年（1179年），追封岳飞"武穆"的谥号。

嘉定四年（1211年），追封岳飞为鄂王。

岳飞虽然逝去了，但是他树立起来"尽忠报国"的伟大形象，成了很多人的精神楷模。

陆游

说到爱国诗人，没人能排在我前面

爱国御侮是他的底色，以身许国是他的理想

公元 1172 年，南宋乾道八年。

抗金前线，雪下得正紧。这一天，一个四十七岁的中年男子带着一支队伍在山谷里面休息。

路上隐约能够看见野兽的脚印，还有一些星星点点的血迹和兽毛。

队伍里面有人开始嘀咕："这里怕不会有野兽出没吧？"

话音方落，身后的枯草里面传来一阵阵窸窸窣窣的响声，小队的人缓缓回过头看，一头老虎正要直扑过来。

大家惊慌失措，准备逃跑。

说时迟，那时快，带头的中年男子手持长矛，对准老虎。

老虎吼叫了一声，后腿猛蹬了一下，身子高高跃起，张牙舞爪地扑向了中年男子。

大家齐声喊道："大人小心！"

中年男子将长矛往上一刺，不偏不倚，正中老虎的喉咙，顿时鲜血如注。几个回合下来，老虎哀号了几声，便倒在了地上。

中年男子确认老虎已死，才把手中的短剑扔掉，晃晃悠悠地站了起来，映照着雪色，长须飘飘，目光如炬。

这个中年男子，不是别人，正是爱国诗人陆游。

什么？诗人的形象不都是文弱无力吗？怎么陆游还能打老虎？

文武双全的陆游确实能打虎，但他却斗不过命运。

这年深秋，陆游骑着一头驴，缓缓地往成都方向赶去。此时的他，不是武将，而是文官。

高大的身躯，骑着矮小的毛驴，宛如赶集的庄稼汉。

行到剑门关的时候，下起了小雨，陆游戴着斗笠，骑在毛驴背上，一颠一颠的，吟咏了一首《剑门道中遇微雨》：

衣上征尘杂酒痕，
远游无处不消魂。
此身合是诗人未，
细雨骑驴入剑门。

大概，我这辈子只能当个诗人了吧……

陆游长叹了一声，继续赶路。

哥能打老虎，却不能左右命运

陆游只能写诗，因为他出生在一个悲凉的时代。

时代的悲凉，使得很多词人难以左右自己悲凉的命运。

公元 1125 年，陆游在淮河上的一条小船上出生。

孩子的妈妈临产前一天，梦见了秦少游，加上孩子又是在旅途中出生的，所以给孩子取名为陆游。

此时，距离欧阳修逝世已经过了五十三年，距离苏东坡去世已经过了二十四年。

在战争中出生的孩子，注定不会平凡。

第二年，金兵就攻破北宋汴京，掳走了宋徽宗、宋钦宗二帝，将库藏搜刮一空，宫中嫔妃也被打包带回北方，接受劳动改造。从此，北宋宣告灭亡，这就是著名的"靖康之变"。

宋王朝为了自己的颜面，发明了两个词，一个叫"北狩"，一个叫"航海"。

所谓北狩，就是说宋徽宗和宋钦宗二帝是去北方打猎去了。

所谓航海，就是二帝逃亡去海上了。

在这样一个全面抗战的历史环境中成长，儿时的经历对陆游的影响相当深。

陆游的叔叔和老爹，都是坚定的抗战派。

多年以后，回忆起这段颠沛流离的经历，陆游一直耿耿于怀。

我生学步逢丧乱，家在中原厌奔窜。

淮边夜闻贼马嘶，跳去不待鸡号旦。

人怀一饼草间伏，往往经旬不炊爨（cuān）。

呜呼！乱定百口俱得全，孰为此者宁非天！

因此，青少年时期的陆游，个性签名都是"上马击狂胡，下马草军书"。

陆家在当地还算是望族，父亲陆宰被打压罢官后，赋闲在家，他亲自教授陆游读书写字和做人的道理。十二岁的陆游，就能够写诗作文，是十里八乡名副其实的"高富帅"。

除了写诗作文，陆游还喜欢结交朋友，那些文人雅士、游侠剑客经常是他的座上宾。

几年过后，当年的那个"高富帅"陆游，长成了玉树临风的少年郎，来陆家提亲的媒婆差点把门槛踏平了。

但是，陆游只钟情于一人。这个人叫作唐婉，是他的表妹。

多年以前，两家就定了这门亲上加亲的好事。

婚后的两人，举案齐眉，夫唱妇随，整天在朋友圈秀恩爱。这惹来了婆婆的担忧，小夫妻两人长此以往，儿子陆游肯定会失去上进心，进而影响他的事业，这就亏大发了。

婆媳关系不和，在南宋也是一个世界性难题。

婆婆有意在生活中刁难唐婉，并且给陆游出了一个同样的世界性难题，那就是妈妈和唐婉同时掉进水里，你先救谁？

要妈妈还是要媳妇，你看着办！

迫于母亲的逼迫，"妈宝男"陆游只得和唐婉分别。

唐婉被赶出陆家之后，陆游悄悄在外面给唐婉购置了一套别墅，两人经常在这里暗中相会、你侬我侬。

合法夫妻变成了"偷情小情侣"。后来，这个秘密还是被陆游的母亲知道了，在她的威逼之下，两人被拆散了。

这简直是南宋版的家庭偶像伦理剧。

离婚之后，唐婉被迫改嫁，丈夫赵士程是个钻石王老五，还是皇亲国戚，他毫不介意唐婉是二婚，一心一意对妻子好，后来还鼎力相助过陆游。

陆游娶了一个王小姐，接连生了七个"葫芦娃"。

世人都记得陆游的才子多情还有与唐婉凄美的爱情，却很少有人知道，唐婉过世之后，赵士程没有续弦。

很难说，陆游到底是爱唐婉多一点，还是爱王姑娘多一点。唐婉到底是只爱陆游，还是两人都爱。

既然情场失意，那我就去专心打拼事业吧。二十八岁的陆游，来到南宋首都临安参加考试。

来到临安，一片歌舞升平的景象让他愤恨不已。国家半边领土已经沦陷，这没有让人们警醒，反而让人们得过且过、沉溺享乐。

诗人林升还写了一首诗《题临安邸》，讽刺谴责这种纸醉金迷的现象。

> 山外青山楼外楼，西湖歌舞几时休？
> 暖风熏得游人醉，直把杭州作汴州。

陆游来到临安，参加"锁厅"考试，类似于南宋的公务员选调。

南宋政府根据祖祖辈辈的功劳，可以直接选拔子孙入朝为官。此次公务员选调考试，陆游本来名列前茅，但因为他排在秦桧孙子秦埙的前面，所以名次被秦桧免了。

《宋史》里面记载：锁厅荐送第一，秦桧孙埙适居其次，桧怒，至罪主司。明年，试礼部，主司复置游前列，桧显黜之，由是为所嫉。

没想到，才华横溢的陆游跨过了"五年高考三年模拟"，却没有干过"关系户"。

这届的考官叫陈之茂，他比较欣赏陆游，他不信邪、不怕鬼，把才华远远高于"关系户"秦埙的陆游录取为第一名。

秦桧知道之后，火冒三丈，心想：我看你的公务员是不想干了是吧。他直接把不知"天高地厚"的陈之茂就地免职。

殿试的时候，秦桧悄悄在南宋一把手宋高宗的耳边小声嘀咕道："皇上，陆游这小子是顽固的主战派分子。"

懂行的宋高宗立马领会，他下令让陆游卷铺盖回家种地。

后来陆游回忆，那个时候是"名动高皇，语触秦桧"。

直到秦桧去世之后，陆游才被重新起用，做了一个小小的主簿。

志在报国无战场

尽管落榜了，但是陆游仍然热爱自己的国家。

"平生万里心，执戈王前驱。战死士所有，耻复守妻孥。"

当时的南宋一把手是主和派，可是陆游偏偏是主战派。他每次回想起幼年时期的经历，回想起皇帝被掳走的耻辱，回想起岳飞在风波亭惨死，他就想据理力争、驰骋疆场，希望可以北伐中原，还我河山。

和大宋的一把手对着干，陆游再厉害，也没办法。

因此，他的仕途基本上都是在贬谪中度过的。

公元 1161 年 5 月，恰好是宋高宗的生日，可是金国偏偏送来了一件让宋高宗头疼不已的"礼物"。

什么礼物，这么奇葩？

原来，金国说要割地，你不割地，我们就挥师南下。

宋高宗吓得只想逃跑。

陆游知道这件事情后，可不干了，吵吵嚷嚷要见皇帝。可是，陆游当时只是南宋的一个县级干部，与皇帝隔了多少级，岂是想见就能见的。

还好，宋代有一个制度，叫作轮对制度，这个制度让每名官员都有说话的机会。陆游抓住这次机会，面见皇帝。

他还专门写了诗记录当时的情景，"后生谁记当年事？泪溅龙床请北征"。

后来，金兵大举南侵，虽然陆游没能去前线抗金，但是洛阳被收复回来，开心得像个孩子的陆游，痛快地写了一首《闻武均州报已复西京》，表达自己的喜悦之情。

白发将军亦壮哉，西京昨夜捷书来。

胡儿敢作千年计，天意宁知一日回。

列圣仁恩深雨露，中兴赦令疾风雷。

悬知寒食朝陵使，驿路梨花处处开。

仿佛北伐指日可待，到那时梨花开放，春风拂过，万物萌发。

公元 1162 年，宋孝宗赵眘（shèn）即位。新皇上位之后，想恢复河山，他开始起用主战派的人才张浚，陆游迎来了机会，被赐进士出身。

可惜，张浚北伐失利，作为主战派的陆游，被扣上"交结台谏，鼓唱是非，力说张浚用兵"等罪名，罢职还乡。

陆游的仕途经历，五起五落。至于被贬的理由，很简单，"不拘礼法，嗜酒颓放，结交谏客，空言误国"。

一是不遵守南宋的纪律条例，二是喜欢喝酒、放浪不羁，三是结交一些不三不四的朋友，四是喜欢吹牛、空谈误国。

不仅如此，有一次陆游喝多了，竟然脱下头巾滤酒，在姑娘堆里弹奏琵琶，简直有损南宋公务员的良好形象。

因此，绍兴三十二年（1162 年），被贬官。

隆兴二年（1164 年），被贬官。

乾道元年（1165 年），被免职。

淳熙二年（1175 年），被免职。

绍熙元年（1190 年），被免职。

每次被朝廷虐了千百遍，但陆游仍然待朝廷如初恋，他的人生经历，简直就是一部励志剧。

面对仕途沉浮，小起大落，陆游寄情于山水，写出了不少好诗，抒发他收复中原、报效祖国的远大志向。

三十二岁时，陆游写了《夜读兵书》，"平生万里心，执戈王前驱。战死士所有，耻复守妻孥"。

四十八岁时，写了《太息》，"中原久丧乱，志士泪横臆，切勿轻书生，上马能击贼"。

六十四岁时，写了《夜读兵书》，"老病虽疲甚，壮气颇有余。长缨果可请，上马不踌躇"。

八十二岁时，还在写《老马行》，"一闻战鼓意气生，犹能为国平燕赵"。

八十多岁，应当是儿孙绕膝、尽享天伦之乐的年纪，可是陆游还在为南宋的前途命运操碎了心。

贬谪的生活，陆游与荣华富贵彻底绝缘。

> 十月霜风吼屋边，布裘未办一铢棉。
> 岂惟饥索邻僧米，直是寒无坐地毡。

外面狂风怒吼，可是家中连御寒的棉絮都没有。我实在是太饿了，只能向隔壁的老和尚借了一些大米，天气寒冷，却没有可以铺的毡子。

冗长又无聊的如连续剧一般的贬谪生活，偶尔也会有"高光"时刻。

为了实现自己收复河山的志向，陆游在阴山的时候，多次给上面递求职信。四十六岁的陆游，得到了一次机会，在王炎的幕府里面工作，终于可以在抗金前线实现抱负了。

他在战争一线，真正接触到了抗战的老百姓、勇猛杀敌的士兵、英勇无畏的将领，虽然只有短短的几个月，但确实是真刀真枪地上前大干一场。

不久之后，朝廷把王炎调走，兴致勃勃欲收复中原的陆游，再次陷入了颓丧之中。

公元 1175 年，朝廷把陆游调走，改任蜀州通判，摄知嘉州，这无疑是给陆游沉重一击。

面对仕途的不顺，陆游只得借酒消愁，估计是写了很多关于酒的诗句，才会被弹劾成"恃酒颓放"。

陆游喜欢喝酒，就连临终前他都在喝酒。他一辈子写了不少优秀的诗词，其中关于饮酒的诗很多。

譬如——

"尊酒如江绿，春愁抵草长。"

"一壶花露拆黄縢，醉梦酣酣唤不应。"

甚至"脱巾漉酒""柱笏（hù）看山"。

在故乡，陆游度过了贫困而又悠闲的二十年。

值得一提的是，当初，陆游与唐婉两人一别两宽之后，本来打算余生互不相见的。没想到，十年之后，陆游与偕夫同游的唐婉在沈园不期而遇。

见到故人，陆游感触良多，于是信笔在园壁之上，题写了一首《钗头凤·红酥手》：

红酥手，黄縢酒。满城春色宫墙柳。东风恶，欢情薄。一怀愁绪，几年离索。错，错，错！

春如旧，人空瘦。泪痕红浥鲛绡透。桃花落，闲池阁。山盟虽在，锦书难托。莫，莫，莫！

陆游回忆起唐婉当初殷勤把盏时的美丽姿态，当年的一对小夫妻，是多么幸福美满，惹人艳羡。

可是两人被迫分离，想到过去的种种，激愤的情感一下子冲破了陆游的心灵闸门，宣泄出来。

本来东风可以让万物复苏，带来无限生机，可是当它狂吹乱扫的时候，也会破坏美景。

美满的姻缘被迫拆散，恩爱的夫妻被迫分离，遭受着情感上的折磨，几年来的离别生活，带给自己的却是满怀愁恨，正如烂漫的春花，被无情的东风摧残凋零一样。

如今再次相逢，还是同样的春日，可是却物是人非。以前的唐婉，肌肤红润、焕发活力。而此时的她，经过摧残之后，变得憔悴消瘦了，同样也被一怀愁绪所折磨。

再次重逢，念及往事，唐婉不禁泪流满面。

桃花凋谢、园林冷落，不也是同样的凄寂吗？

虽然自己情如磐石、痴心不改，但这样的一片真心，又该如何表达呢？

爱、恨、痛、怨，相互交织，看到容颜憔悴的唐婉，陆游心中更加百感交集。

后来，唐婉征得丈夫赵士程的同意之后，派人给陆游送去一些酒肴，并且写了一篇《钗头凤·世情薄》，以此作答陆游。

世情薄，人情恶，雨送黄昏花易落。晓风干，泪痕残。欲笺心事，独语斜阑。难，难，难！

人成各，今非昨，病魂常似秋千索。角声寒，夜阑珊。怕人寻问，咽泪装欢。瞒，瞒，瞒！

封建礼教的腐蚀，使得人情凉薄，婆婆根据"子甚宜其妻，父母不悦，出"等礼法，把一对好端端的恩爱夫妻拆散了，让自己备受摧残，处境悲惨。

流了一夜的泪水，到了天亮的时候，犹擦而未干，残痕仍在。

分别之后，自己何尝不想把这份相思之情写下来寄给对方，可是要不要这么做呢？

如今已为人妻，实在是难，做人难，做女人更难，做一个再嫁的女人是难上加难！

从美满婚姻到两地相思，从被迫离异到被迫改嫁，这是一种不幸，可是不幸的事情还在继续。

梦魂夜驰，积劳成疾，终于变成了"病魂"。昨日方有梦魂，到今天却只剩下"病魂"。

漫漫长夜，不仅无暇烦躁，反而还要独自咽下泪水，强颜欢笑。

既然吃人的封建礼教不允许高尚的爱情存在，那我就把这份爱意埋藏内心深处吧，毕竟如今再为人妻，即便是对陆游一往情深，也不能背叛对丈夫的忠诚。

🪭 亘古男儿一放翁

这么多年以来，陆游一直都是在贬谪中度过的。

其实，陆游被贬的理由很戏剧。

同样，他被重新起用的原因也很戏剧。

有一次，面对仕途的种种打击，陆游不想干了，他给上级递了一份辞职报告，但转念一想，我要是辞职了，这一大家子人可怎么办，只得又厚着脸皮再次陈述，我还是先干着吧。

一次，陆游写了一首诗叫作《临安春雨初霁》：

世味年来薄似纱，谁令骑马客京华。

小楼一夜听春雨，深巷明朝卖杏花。

矮纸斜行闲作草，晴窗细乳戏分茶。

素衣莫起风尘叹，犹及清明可到家。

这首诗的风格淡雅清丽。没想到，一把手宋孝宗不晓得从哪里看到陆游的这首诗，被"小楼一夜听春雨，深巷明朝卖杏花"两句深深吸引，决定起用陆游。

长期被闲置的陆游，不如登高望远，吟咏"山河兴废供搔首，身世安危入倚楼"。不如雨中漫步、欣赏落花，"志士凄凉闲处老，名花零落雨中看"。不如开怀畅饮、买个烂醉，"未死皆为闲日月，无求尽有醉工夫"。

公元 1186 年，此时的陆游已经六十一岁，在故乡山阴蛰居。

六十岁，已经是花甲之年，此时的陆游，挂着一个空衔。想到山河依旧破碎，国家持续动荡，小人始终误国，心中的郁愤之情，喷涌而出：

> 早岁那知世事艰，中原北望气如山。
>
> 楼船夜雪瓜洲渡，铁马秋风大散关。
>
> 塞上长城空自许，镜中衰鬓已先斑。
>
> 出师一表真名世，千载谁堪伯仲间！

陆游内心那股收复失地的豪情壮志，犹如山涌，多么气魄。可是谁能想到，杀敌报国竟然是如此艰难？

如今壮志未遂、岁月蹉跎、功业难成，不由得感伤颓废。

这一年，陆游奉召入京，此时的他，已经是白发苍苍的老者。

好不容易得到一个职务，最终又被安上"嘲咏风月"的罪名罢官。

此后，陆游解甲归田，再也没有离开自己的家乡。

故乡就是故乡，可以包容任何情感，对于感情最深的故乡，陆游感慨万千，写下了著名的"山重水复疑无路，柳暗花明又一村"。

从仕途上退下来之后，陆游的生活有些窘迫，有时候在家里含饴弄孙，有时候去山上采药，有时候与三五好友小酌几杯。

尽管接近生命的尾声，陆游上阵杀敌的报国之心始终没有冷却，就连做梦的时候，都幻想着要上阵杀敌。

> 僵卧孤村不自哀，尚思为国戍轮台。
>
> 夜阑卧听风吹雨，铁马冰河入梦来。

陆游需要的不是别人的同情，而是理解他对祖国深沉的爱。

六十八岁的陆游，过着荒村野老的凄惨生活。比他小十五岁的辛弃疾，看到他的房子简陋，想给他装修一下，却被陆游婉拒了。

陆游懂辛弃疾，辛弃疾也懂陆游。

岁月匆匆而逝，八十一岁的陆游，或许是思念曾经的唐婉，或许是感怀回不去的岁月，写了一首悲伤的诗《十二月二日夜梦游沈氏园亭》：

城南小陌又逢春，只见梅花不见人；
玉骨久沉泉下土，墨痕犹锁壁间尘。

人有生老三千疾，唯有相思不可医。更何况，这种相思还是自己亲手造成的，如果当初反对母亲，或许就不是今天这个局面。

可是，哪有这么多如果……

自从当年沈园分别之后，这个地方便成了陆游一生都无法愈合的伤口。

"每入城，必登寺眺望，不能胜情。"

看到当年自己在沈园写下的诗句时，陆游都会感怀。

"林亭感旧空回首，泉路凭谁说断肠。"

"伤心桥下春波绿，曾是惊鸿照影来。"

梦里的梅花又开了，再也找不到一起赏花的人了。找着找着，突然想到，心上人已经变成了泉下土了。

公元 1210 年，爱国诗人陆游走到生命的尽头，在病榻弥留之际，他最放心不下的还是心心念念的国家，写下绝笔交给自己的孩子——《示儿》：

死去元知万事空，但悲不见九州同。
王师北定中原日，家祭无忘告乃翁。

孩子我知道，在我死后，这世间的一切都与我无关了。可是，唯一令我痛心疾首的，就是没有看到我们祖国统一。孩子，如果我们大宋的军队能够有收复河山的那一天，你们举行家祭的时候，千万不要忘了把这个好消息告诉我！

说完之后，陆游带着遗憾闭上了眼睛。

陆游的一生是忧伤的，但是他忧伤的是国家、是民族，绝不是忧伤个人，他的骨子里面，流淌的都是爱国的血液。

他，是当之无愧的伟大的爱国诗人。

辛弃疾

南宋第一「古惑仔」，词坛飞将军

词人中的大家，「战狼」中的英雄

用我们今天的眼光来看，辛弃疾简直是宝藏男孩——

论诗词成就，他与苏轼并称"苏辛"，两人都是宋词豪放派的文化高峰。

论武力指数，他"壮岁旌旗拥万夫，锦襜突骑渡江初"，能在万军之中取上将首级，出场犹如武侠小说。

论身材样貌，他肌肉发达、背胛有负，足以荷载四国之重。

论身份地位，他是省部级领导，官至江西、福建安抚使。

论业务能力，除了文武双全，他还写出了《美芹十论》等切中时事、论述深刻的优秀军事论文。

论身世背景，他以将种自命，在上饶有庄园、有别墅。

可豪迈，他能够"男儿到死心如铁，看试手，补天裂"。

可温柔，他也可以"倩何人唤取，红巾翠袖，揾英雄泪"。

但是，如果我们当着辛弃疾的面这么夸他，他倒未必会开心。

按照他的个性，很有可能是狂笑几声，然后甩来一脸不屑——

"老子想要的不是这些！"

没错，辛弃疾的抱负，不在文坛，也不在仕途，而是在疆场。

只有疆场，才是让他无数次魂牵梦萦的地方。

🌀 南宋的宝藏男孩

南宋词坛的巨擘辛弃疾，在苏轼谢世将近四十年后，终于上线了。

公元 1140 年 5 月，山东济南的历城县，有一户姓辛的人家生了个男孩子，叫作辛弃疾。这个男孩出生在一个动荡不安的时代，不知是他的幸运，还是他的不幸。

这一年，注定是不平凡的一年。

金国背弃了宋金盟约，两国之间爆发了战争，岳飞带领的宋军打败了金国的骑兵主力，取得大捷。宋朝虽然在这场战争中略占上风，但仍然心存余悸，于是见好就收。

这是南宋历史上最有希望成功的一次北伐，却因宋高宗连下数道班师金牌而功亏一篑，抗金名将岳飞仰天长叹，十年之力，废于一旦。

宋朝在高宗和秦桧的主持下，与金国开始议和，称臣、割地、赔款，还额外搭上了岳飞父子的性命。

将军性命与朝廷大局相比，弱小得多。这场战争，宋朝有效遏制了金人南侵的步伐，金人灭宋的计划最终泡汤了，两国的疆域基本确定下来了，国家和百姓换来了暂时的安宁。

宋人林升写了一首诗叫作《题临安邸》："山外青山楼外楼，西湖歌舞几时休？暖风熏得游人醉，直把杭州作汴州。"如今的临安歌舞升平，山外青山一望无际，楼阁连绵，暖洋洋的风把达官显贵们吹得如痴如醉，他们沉沦于奢侈糜烂的腐败生活，直接把临时苟安的杭州当成了曾经的汴州。

汴州，也就是开封，是北宋的首都。

宋金之战过后，金人统治的北方有很多的汉族人民，面对异族的压迫，抗金起义时有发生。

辛弃疾就是在这样的时代背景下成长起来的。

他的父亲死得比较早，从小受到祖父辛赞的影响而成长。辛赞是金国的地方官，因受族人所累，未能随宋室南下，只好出仕于金，但是辛赞一直心系宋朝。

国破君亡，很多人失去了精神寄托，选择投河鸣志、为国殉葬。

英勇就义真英雄，卧薪尝胆亦勇士。只是前者往往能让人直接产生钦佩之情，后者却常常伴随着世人的冷眼嘲讽。辛赞的身上不仅牵系着一族人的生命安全，更影响着一方百姓的性命安危，他只得选择出仕金国。

这是无奈之举，也是一雪前耻的机会。

对于出身，辛弃疾是引以为傲的。辛家本来居住在狄道，也就是今天的甘肃临洮，据说这个地方是秦国的地盘，人们喜好武艺。

到了北宋真宗时期，辛家迁居至济南，辛氏祖先中多出将帅之才，比如汉代的辛武贤、唐代的辛云京，难怪辛弃疾会自称"家本秦人真将种"。

在重文抑武的宋朝，很多人对于"将种"一词唯恐避之不及，辛弃疾却公然以此自称，可能这也是他对汉代名将李广的同情，比其他人更为深刻强烈的原因吧。

宋代的文人墨客在进退揖让之间难免会疏远刀枪剑戟，词作难见丝毫的雄豪之气，辛弃疾的横空出世，打破了"词为艳科"的格调，他的词作携带着战场的烽烟与北国的风霜，性格里面没有裹挟文人的柔弱，胸怀壮志倾泻而出。

战场上的翻版"战狼"

从小就胆识过人的辛弃疾，注定与宋代其他的词人命运不同。

辛弃疾曾经两次深入金国的首都燕京赶考，利用参加科考的机会，考察金国核心区域的山川地形，收集各方面的情报。

应该说，辛弃疾作为一个武将，很重视情报工作，他对国家大事、朝廷统治、内部矛盾、军队调动等都有比较深入的研究。为此，他专门写了著名的军事论文《美芹十论》和《九议》。

不幸的是，辛弃疾的这些情报还没来得及帮上祖父的忙，辛家还未等到一个起义的机会。1160 年，辛赞就去世了。

这一年，辛弃疾二十一岁，他的身上已经锻炼出了勇敢的品格、坚韧的信念。

面对大有可为的广阔天地，他又该何去何从。

当初辛弃疾与党怀英占卜仕途，将蓍草折断占卜，党怀英得到的是坎卦，于是留在北方为金主做事，而辛弃疾得到离卦，就下决心南归大宋。

果不其然，党怀英最后在金国做了大官。辛弃疾也在南宋做官，尽管宦海沉浮，但他一生志在保卫祖国河山。

昔日的好友，如今道不同不相为谋，有朝一日会在战场上操戈相向。

1161 年 9 月，金主完颜亮撕毁宋金合约，御驾亲征，举兵南侵。

"烟柳画桥，风帘翠幕，参差十万人家"的富丽景象一直深深吸引着金人。"三秋桂子，十里荷花"，这该是怎样美丽的景色，有生之年若能一睹江南美景，死而无憾。

完颜亮召集大军，准备一举覆灭南宋，将杭州纳入金国的版图。金国提出了百日之内一定要灭掉宋国的口号。

宋金两国之间的烽烟战火一起，受苦的还是老百姓，尤其是被金人占领的中原地区的老百姓，他们不仅要承担繁重的赋税，还要被抓去服兵役，搞得民不聊生、怨气冲天。

战争，向来没有赢家。

金人南侵之后，各地纷纷起义，一来可以保护乡邻不受金兵强抢豪夺，二来还可以与金兵在后方打游击战、歼灭战、麻雀战，牵制金兵的军事力量。

御驾亲征的完颜亮在扬州长江岸边跃马扬鞭，写下了"提兵百万西湖上，立马吴山第一峰"的诗句。诗句的确是气吞山河，但是他的结局很悲惨。

不谙水性的金军，被名将虞允文带领的水军拦截在江边，屡战屡败，不得寸进。完颜亮没想到后院会起火，自己在营帐中被造反的下属哗变杀死，下属在一阵乱哄哄中回到京都去找完颜雍讨赏钱去了。

完颜雍发动政变称帝，中原又是一片混乱，各地起义军风起云涌。

在各路起义大军中，当属山东济南府耿京所领导的起义军力量最为雄厚。耿京在山东聚集人马，号称天平节度使，调配管辖山东、河北效忠大宋王朝的军马，短短时间，起义军迅速发展到二十多万人马。

面对风起云涌的国家局势，辛弃疾满怀壮志、热血沸腾，凭借自己的个人魅力和领导能力，迅速集齐了一支两千人的队伍，投奔了起义声势更为浩大的耿京。

耿京听说辛弃疾前来投奔，大喜过望，对他说道："别看我们这支起义军声势浩大，可是大部分人都是大老粗，没有什么文化，听说你能文能武，就负责我们队伍的秘书工作吧。"

于是，辛弃疾在耿京手下做掌书记。

辛弃疾从小就抱着做将军的理想，虽然此次未能如愿，掌书记离大将军还有很长的距离，但是他能够跟着军事一把手，学习他人身上统筹谋划的能力，跟着最高统帅出谋划策，做个幕后英雄，这也是一种岗位历练。

跟着耿京期间，辛弃疾上马击贼、下马草檄，做得像模像样。

不久之后，军事发烧友武僧义端见到抗金形势一片大好，也拉起了一支数千人的队伍。义端这个人与辛弃疾有一些交往，为了扩大抗金队伍，他亲自去游说义端一起"上梁山"。

这个义端是个投机分子，加入起义军队伍后，某天偷偷开溜了，不仅如此，他还潜入耿京的大营中，顺手偷走了帅印，消失在夜色中，不知去向。

义端走后，耿京怀疑是辛弃疾勾结反贼，毕竟义端是辛弃疾之前的好友，这次义端偷走帅印，辛弃疾作为好友肯定是知情的，耿京要以军法处置辛弃疾。

辛弃疾只能暗恨自己交友不慎，但也不愿意就此吃了哑巴亏，于是他立下军令状，对耿京说道："请给我三天期限，三天后如果我抓不到义端，再杀我也不迟。"

辛弃疾恳请耿京给他三天时间捉拿义端归案，否则就甘愿受罚。立了军令状之后，他仔细回想，这个义端偷了帅印之后，势必要去金国售卖军事情报，以此邀功，换取荣华富贵。

于是，辛弃疾独自持剑纵马连夜追赶，守在进金的必经要道。

果然等到义端出现了。

见到杀气腾腾的辛弃疾，义端吓得魂飞魄散。眼见已无路可逃，义端提刀欲作最后的挣扎。辛弃疾一个侧翻，剑光同时闪过。义端滚下马跪在辛弃疾的面前求饶。

"看在我们昔日是好友的份上，饶我一命吧。"义端苦苦哀求道。

"我没有你这种卖主求荣的好友，不杀你岂是男儿。"辛弃疾厉声呵斥道。

"我知道你真正的命相是青犀相，你的真身是一头青色的犀牛，力大无比，要取我的小命自然不在话下，看在昔日的情分上，你就放过我这条小命吧！"

辛弃疾挥动手中的剑，义端立即人头落地。他叹息了一声，擦干净剑上的血，搜出义端身上的帅印，上马飞快地转身离去复命了。

当义端的头颅被扔到耿京面前的时候，义军的阵营发出了震耳欲聋的欢呼声。

经过此事，辛弃疾在起义军中名声大震，耿京更是对辛弃疾刮目相看，知道此人是能文善武的书生。

发动政变上台的完颜雍，因为金兵打了败仗，士气低落，开始与南宋议和，一时之间，两国的使者往来不绝。

两国的老百姓得到了暂时的安宁，可以休养生息。这种战争中的安宁往往是最难能可贵的，只不过战争的创伤一时之间难以得到修复。

议和之后，金国对于北方抗金的义军，采取软硬兼施的方法，一手加强镇压，一手宣布大赦之令，在山上者为盗贼，在山下者为良民。起义军只要离开山寨就是良民，只要安分守己，可以既往不咎，否则就按照盗贼处理，格杀勿论。

这种软硬兼施的措施还是有一定的效果，那些无组织无纪律的起义军，由于缺乏核心领导和革命信仰，一夜之间就可以作鸟兽散。

但耿京的起义军不同，他们规模大、有组织。看到别的起义军溃散之后，耿京的起义军内部有人开始动摇，一时之间不知道何去何从。

辛弃疾很有政治远见，在一次聚会中，他向耿京提出了投奔南宋的建议，他说："如果我们配合南宋正规军作战，共同歼灭金国，就能为起义军谋求一条长远的出路。"

耿京觉得这个建议不错，欲派遣副手贾瑞去向宋高宗汇报，贾瑞深知自己是大老粗一个，肚里没有半点墨水，怕搞砸了这次任务，于是向耿京建议派一个读书人跟他一起去。

耿京思量之后，派遣辛弃疾与贾瑞一同前往。辛弃疾主动与南宋当局联系，希望利用这个机会光复中原。

事不宜迟，辛弃疾和战友贾瑞立即收拾行李，火速赶往南宋都城。

一切都很顺利。辛弃疾一行人到了南京之后，宋高宗恰好在这里视察工作，得知耿京大军前来投奔，高宗觉得这自然是好事，既不费大宋的一兵一卒，又能壮大军威。

宋高宗非常高兴，他召见了辛弃疾一行人，任命耿京为天平君节度使，贾瑞为正八品武官，辛弃疾是九品右丞务郎文官，宋高宗还另外封赏了起义军大小头目二百多人。

为了表示对耿京起义军前来投奔的重视，宋高宗专门下发正式的任命文书和官员的仪仗，并让枢密院派遣专员带着文书和仪仗送往耿京的大军中。

辛弃疾一行人不负使命，但在回程的时候，义军队伍里发生了一件大事，耿京在海州被叛将张安国杀害。

起义总是很复杂、很危险的，队伍中有正义之人，必有不义之人。

这个张安国原来也是起义军的一个头目，随着耿京军事势力越来越大，他奉耿京为带头大哥。后来金人的诱降政策使得起义军的日子越来越难过，张安国的革命意志开始动摇，他认为识时务者为俊杰，目前金国的退却只是暂时的，而征服南宋却是永久的。

不仅如此，金人对张安国许以高官厚禄，要他设计杀害耿京。

张安国平日与耿京分住两地，会面机会较少，一时不易下手。此次辛弃疾等人前往南宋，他瞅准耿京身边无可用大将，于是就勾结了他身边的邵进，趁耿京在大帐睡觉的时候，伺机偷袭暗杀了耿京。

起义大军失去首领，军队内部人心涣散，部分起义军纷纷溃散，还有一部分被张安国、邵进劫持着投降了金军。

张安国杀了起义军将领耿京，立了大功，被金国封为济州知州。

抗金的道路曲折而又漫长，好不容易等到机会，投奔耿京一起抗金，眼看自己的抱负将要实现，没想到主帅却被叛将张安国设计杀害，这对于辛弃疾来说无疑是晴天霹雳。

听到这样悲惨的消息，贾瑞忍不住扑簌簌落下泪来。辛弃疾回到海州，与众人谋划，拍案而起道："我因主帅归顺朝廷的事前来，没想到发生变故，拿什么回去复命呢？如果我们就这样含恨归附南宋，又如何对得起主帅的在天之灵，又拿什么去见皇帝呢？"

得知张安国前往济州当知州去了，辛弃疾当机立断，冲出屋子跨上战马就走，王世隆等人追了出去，拦住了辛弃疾的战马。

大家苦苦相劝，辛弃疾执意不肯下马，大声说道："我一定要活捉张安国，为耿大哥报仇。"

这时候，王世隆也拔出刀来喊道："我也早有擒杀张安国之心，愿同辛将军前往。只不过济州是敌人的军事重镇，我们只能只身前往，如果带人太多，反而会惊动张安国。不如我们约上一些精干壮士，同去济州擒拿张安国，定能马到功成！"

听了大家的建议之后，辛弃疾邀约统制王世隆及忠义人马全福等直奔金营。

公元1162年，这一年是宋高宗三十二年，距离"靖康之祸"已经三十五年了，虽已到初春，但春寒料峭，还有些许凉意。

济州的衙门里，新任知州张安国正在他的府邸里面，宴请几位金国将领，他们开怀畅饮，大家吆五喝六、热闹非凡。部下们一个个溜须拍马，把张安国糊弄得头重脚轻，飘飘然不知云天雾地。

济州的金兵大营也是一番热闹景象，士兵纷纷饮酒作乐，庆祝大金取得的胜利。

此时，一名相貌不凡的小将率领几十名勇士冲了进来，为首的将领指名道姓要张安国出来回话。

面对气势汹汹的辛弃疾，金兵不敢贸然行事，只好禀报知州张安国。

张安国的府邸正闹得热火朝天，门外的士兵突然跑进来，向张安国报告："外面来了一个人，自称是辛弃疾，请求面见大人。"

这里的部下大多都是耿京之前起义军中的士兵将领，当然知道辛弃疾。

张安国的酒意吓醒了几分，他赶紧问道："辛弃疾前来带了多少人马？"

报信的士兵小心翼翼答道："没带人马，只是带了四五十名随从。"

张安国听到此话之后，语气瞬间硬气起来，挺直了腰杆，趾高气扬地说道："才四五十名随从，我这里可是有几万精兵，难道还会怕他不成？"随后又说："他要见我，是有什么事吗？"

"小的问过，他只说要亲自见大人面禀。"士兵回答道。

张安国听后，变得犹豫不决起来，当着这么多部下，如果不去见辛弃疾，那么刚才吹嘘的那些英雄事迹就会让人难以信服，显得自己很胆怯；可要是去见吧，想到和尚义端的下场，不由得毛骨悚然起来。

张安国正在踌躇之际，一名部下讨好地说："大人，我看此次辛弃疾前来，肯定是来投降归顺的，张大人您杀了耿京，威名远播，辛弃疾打听到您在这里上任，势必是带着随从前来归附您的。"

张安国细想觉得部下的话言之有理，不然辛弃疾纵然有熊心豹子胆，也不敢带着几十个人前往济州城吧。

想到这些，他对众人说："大家随我前去。"几个人趁着酒胆，跟跟跄跄地走出去。

刚出大门，就瞥见一个威武雄壮的身影，辛弃疾"嗖"的一声拔出宝剑，一把抓住张安国的衣领，把剑架在他的脖子上，将其拎到马背上。

王世隆、马全福等人按原定计划，骑马在济州城各个街道上来回飞跑，高声叫喊："南宋的十万大军立即到来，我们要和张大人去城外商量一些事情。"

城里顿时大乱起来，满街人马互相撞碰。济州的守兵虽有几万人，但都是从各地抓来的老百姓，平时饱受金国凌辱，早就想逃走。还有一部分守城士兵原本就是耿京的旧部，被张安国劫持到这里。

这些人听见辛弃疾等人的呼喊，立即杀了他们的将官，跃马直奔城外，等候辛弃疾下达命令，随他一起投奔南宋。

辛弃疾和王世隆等人押解着叛徒张安国，浩浩荡荡，沿着泗水，直奔南方。渡过了淮河，金军想追赶也来不及了。

辛弃疾活捉张安国，将其献给朝廷，后来张安国在闹市中被斩首。

这一年，辛弃疾二十三岁。

南宋人洪迈在《稼轩记》记载：壮声英概，懦士为之兴起！圣天子一见三叹息。辛弃疾此次勇闯敌军大营，生擒叛徒张安国回归南宋，此举就连懦弱的人见了都为之振奋起立，皇帝见了勇士的风采之后，更是连声赞叹。

后来，辛弃疾回忆起在北方抗敌的这段岁月，景象是"壮岁旌旗拥万夫，锦襜突骑渡江初。燕兵夜娖银胡騄，汉箭朝飞金仆姑"。

当年正值英雄年少，统率着万千军马，军旗飘扬，穿着锦绣短衣的快速骑兵渡江南归，大家英勇杀敌突破金兵防线，和金兵战斗，夜里提着兵器追赶金兵，敌兵闻风丧胆小心防备，夜晚也枕着空箭袋睡觉。我军勇气倍增磨刀擦箭，清晨便万箭齐发射向敌巢。

在动荡不安的时代，皇帝巴不得起义军前来归附，但心里面却又畏惧起义军。

辛弃疾率军南归之后，起义大军被解散，安置在流民中生活。

于是，辛弃疾走上仕途。

〜 被历史耽误的英雄

宋金两国之间签订和议之后，不禁让英雄扼腕、志士叹息，上至朝廷百官，下至贩夫走卒，都闭口不言战。

在当时大多数人避而不谈伐金的大环境下，辛弃疾站了出来，他怀着高昂的信心及斗志，向宋孝宗献计，一口气写了十篇关于抗金的军事论文，这组文章叫作《美芹十论》。

这组文章引起了宋孝宗的注意，决定召见他。乾道六年（1170年），宋孝宗与大臣们在延和殿商讨对策，孝宗在恢复中原这个大是大非的问题上态度坚决，辛弃疾趁机谈起了南北之间的形势及三国、晋、汉的人才，辛弃疾的坚持的观点强硬而直露，他秉承不唯上、不唯书、只唯实的严谨态度，为了坚持自己的意见，不去迎合皇帝的意图。

辛弃疾的《美芹十论》，立足于详细辩论"和与战"，他从战略问题谈到战术问题，在政治局势、军事力量对比、如何发展经济、获取民心等各方面提出了具体的阐述和建议，给某些摇摆在"和与战"之间的人注入了强心剂，坚定了大家的信心，鼓舞士气，既然要立志恢复中原，就不能因为一时的成败而改易其志。

即便如此，辛弃疾的观点最终也没被皇帝采纳。

后来，辛弃疾又写了《九议》等军事论文献给朝廷，这些军事文献充分论述宋金两国之间不利与有利的条件、形势之间的发展变化、战术的长处和短处、地形的有利和有害，分析极为详细，但是当时宋金之间议和，已成为定局。

每个人都存在一定的思维定势，不愿意去打破这种状态。只要南北分裂，总是北方来平定南方，吴楚脆弱不能与中原抗衡，时间一长，大家都这样认为。所以辛弃疾的一系列军事建议没有实行。

《美芹十论》与《九议》，洋洋洒洒的万言军事论文，认真分析了宋金两国之间的可战、如何战、解决粮草问题和详战，这份详尽的战略构想，充分显示出了辛弃疾经纶济世的军事才能。

南归之初的辛弃疾，曾经是多么斗志昂扬、豪气干云，吟咏出"袖里珍奇光五色，他年要补天西北"的诗句，如今提出的意见建议得不到采纳，军事计策也得不到与支持。

从乾道三年（1167 年）以来，辛弃疾先后任职广德通判、建康通判。乾道六年（1170 年），辛弃疾在延和殿受到了宋孝宗的召见后，他就被调往南宋都城临安做司农寺主簿，虽然司农寺主簿仍然是负责文字工作的事务官，但毕竟进了京，离皇帝更近了。

当时南宋的大片土地沦陷于金人之手，而且南北边境一带也经常遭到金人的侵扰，可是南宋都城临安表面上却是一片承平气象，这让一腔热血、志在恢复河山的辛弃疾非常失望，他对官场的那种应酬交际和吹拍攀附极为反感和痛恨，豪放的性格根本无法融入腐朽的官僚体系，与他们渐行渐远，渐趋孤独。

乾道七年（1171 年）正月元夕佳节，憋闷了很久的辛弃疾，终于迎来了一个能够触发灵感的节日，他以诗词特有的笔调，将自己精忠报国的渴望、矢志不渝的情怀、无路请缨的惆怅、孤寂郁闷的牢骚，一股脑儿地全部倾泻融入《青玉案·元夕》这首千古佳作之中。

东风夜放花千树。更吹落，星如雨。宝马雕车香满路。凤箫声动，玉壶光转，一夜鱼龙舞。

蛾儿雪柳黄金缕，笑语盈盈暗香去。众里寻他千百度。蓦然回首，那人却在，灯火阑珊处。

当时的南宋王朝，半壁江山落入金人手中，不久之前的隆兴北伐，换来的却是符离大败、兴隆议和。南宋每年要给金国白银、绢帛不计其数，甚至还要割地给金国，如今南宋首都的元夕佳节，却是一片欢腾之象，丝毫没有国难当头的迹象。

放眼望去，像东风吹散了千树繁花一样，如今吹得烟火纷纷，花千树、星如雨，灯火是多么盛美，热闹非凡，元宵节气氛热烈，豪华的马车满路芳香，游人如织、仕女如云，如此佳节，到处都是一片狂欢之景，到处都是彩灯飞舞，人们仿佛忘了过往，忘情地彻夜狂乐。

观灯看花的妇女，头上戴着"蛾儿""雪柳""黄金缕"等装饰品，人人都打扮得花枝招展，她们一路带着欢声笑语，带着幽香，从眼前走过，在熙熙攘攘的人群中，寻找着、辨认着，可是没有一个人是自己需要的。

经过千百次的寻觅回眸，终于在灯火零落的地方寻见了他，大家都在尽情地狂欢，可是他却在热闹圈外，独自站在灯火阑珊处。

在这个可以纵情娱乐、忘情欢呼的节日里，所有的喧嚣、繁华、熙攘都与他无关。

孤独与寂寞常常藏在热闹与喧哗之中。

原来，众里寻他千百度。蓦然回首，那人却在，灯火阑珊处。

王国维曾在《人间词话》中说，古今之成大事业、大学问者，必经过三种之境界：昨夜西风凋碧树，独上高楼，望尽天涯路，此第一境界；衣带渐宽终不悔，为伊消得人憔悴，此第二境界；众里寻他千百度，蓦然回首，那人却在灯火阑珊处，此第三境界。

做人做学问者，在经历了第一境界和第二境界之后，才能有所顿悟，自己曾经苦苦追寻的东西，往往在不经意的时候或从没想到的地方出现。

那么，辛弃疾这首词中苦苦寻觅的那个"他"，到底是谁？

有的人说，那人就是美人或者是意中人，辛弃疾寻找的那位美人独自伫立在一个角落，与周围的喧闹格格不入，与结伴而去的人们截然不同，因为辛弃疾对此人念念不忘，所以不必指名道姓，他转眼一看，原来所爱之人站在灯火零落的角落，唯有这个心地淡泊的姑娘，才是辛弃疾的意中人，在金国千百次地寻求之后，看到她又惊又喜。

"那人"不仅是辛弃疾的意中人，还是他的一种精神寄托。前面的灯火风月、一片欢腾，都是为了一个意中人而设。辛弃疾走遍了京都的大街小巷，穿过熙熙攘攘的人群，左顾右盼，焦急万分，一遍又一遍地寻找意中人，怎么找都找不到，没想到猛地一回头，才发现这个姑娘站在灯火零落处。

还有人说，"那人"其实就是辛弃疾本人。"众里寻他千百度，蓦然回首，那人却在灯火阑珊处"，这几句是为了突出表现"那人"与众不同的性格，辛弃疾一直与周围的人不同，他矢志不渝坚持着自己的抗战理想，词中"那人"的形象，何尝不是辛弃疾自己的人格写照。

当时满朝文武沉溺于"和平"之中，像辛弃疾这样坚持抗战的毕竟是少数，他在朝廷中处于被孤立的状态，但是他执着于自己的理想追求，那位独立在灯火阑珊处的"美人"，正是他的化身。

惊喜总是藏在无意间的回首之中。辛弃疾寻觅很久才发现，要寻的人就站在灯火阑珊处。等到夜色淡了，灯火暗了，而你就站在那里，不曾走远，见到寻找很久的人，心中涌起的是苦苦寻觅的酸涩和失而复得的喜悦。

也许辛弃疾，寻觅的是志同道合的知音，可以是明君、贤臣，也可以是佳人、自我。

且留空白，让我们大家去猜想吧。

词坛英雄飞将军

宋代词人，各有千秋。亡国之君李后主的词作中，谈论最多的是亡国之痛；苏轼将生平的心境写入词中，意境高超；辛弃疾则将人生经历与词融合，于豪壮之外见凄美之境，于闲适之中见怒勃之气，豪而不粗，交相辉映，互为异彩。

辛弃疾的词成就于他自己的才大气雄、学识渊博，同样也成就于他所处的时代背景。

辛词肝肠似火、色貌如花，内在始终燃有创作之火，外在又保留了词作的形式之美。他的词"慷慨纵横，于倚声家为变调，而异军突起，能于剪红刻翠之外，屹然别立一宗，迄今不废"。

李后主、苏轼、辛弃疾三人都拓宽了词的宽度，不再只把词当作歌词，词的功能不仅是言儿女之情，还可以吟咏盛衰兴亡。

辛弃疾与苏轼，两人都是豪放派的"课代表"。

历史上把两种风格相同或者相似的人放在一起作比较的很多，但很多评论多数与个人喜好相关，如果要用一个定性的公式去分出高下，本身就是不准确的。

每一个评论家都有一套自己的准则和偏好，词评家们总要给某些并列相称的词人分个高低，苏轼和辛弃疾两人以"苏辛"并称，但是两人的风格各异。南宋的范开在《稼轩词序》中说："世言稼轩居士辛公之词似苏东坡，非有意学坡也，自其发于所蓄者言之，则不能坡若也。"

随后又说："辛弃疾一世之豪，以气节自负，以功业自许，他的词作之为体，如张乐洞庭之野，无首不尾，不主故常；又如春云浮空，卷舒起灭，随所变态，无非可观。"稼轩词意不在作词，而是其气之所充，蓄之所发，词作中固有清而丽、婉而妩媚，这是东坡词所没有的。

苏轼和辛弃疾两人是豪放派的代表，既有共性，也有个性。有共性不难，可是做到个性突出也不易。

纳兰性德就说："词虽苏辛并称，而辛实胜于苏，苏诗伤学，词伤才。"这样的评论还有很多，比如苏轼之自在处，辛弃疾偶尔能到，但是辛弃疾之当行处，苏轼必不能到。

也有人说，稼轩求胜于东坡，豪壮或过之，而逊其清超、逊其忠厚。

世间很难有所谓的感同身受。如果没有辛弃疾的才力、胸襟，不处于他的那种境地，想要在粗莽之中见沉郁，以粗豪学稼轩，恐怕也很难吧。

两人各有千秋，又何必要分胜负、决高下。

可以说，辛弃疾提高了词的气格，他的词作音乐性都很高，而且词作数量也还算丰富，流传下来的有一百多首，他将自我的修养和愤志写入词中，尽情抒写个人情怀，真正做到了无意不可入、无事不可言。

辛弃疾具有强烈的英雄情结和积极的人生追求，他从小就受到祖父辛赞的影响，刚决志毅，多事功之志，愤恨金人的统治，所以他不愿意归顺金朝，萌生了澄清中原的壮志。

辛弃疾并非纸上谈兵之将，他一直留意政治局势，对于打仗他提出了具体的战略。担任官职期间，面对暴动，他也上书分析原因，希望从根源上解决暴动，可惜没有被采纳。这一时期辛弃疾形成的性格特点——戎马疆场，是他词作中慷慨激昂的原型。

豪壮之外，还有凄美。

南归后，辛弃疾的角色开始转变，从年少英豪向游宦仕子过渡，他的词作基调、题材内容也因身份的转变而开始演变。

辛弃疾一生任过的官职很多，从二十四岁起，一直到四十多岁，他一直辗转于江淮两湖一带任地方官。

他与当时的时局格格不入，朝廷士大夫之风为养气，士大夫奄奄然不复有生气，语文章者多是虚浮，谈道德者多是拘滞。辛弃疾为官不循旧制，直言不讳，气盛而威。他人给辛弃疾劝告，让他养豪迈之气，日趋于平；晦精察之明，务归于怒。

南方的风气，容易让人压抑摧折；北方的环境，容易让人启发激励、有所作为。一边是苟且偷生的江南风气，一边是临事操切的独特个性，互为激荡，产生了辛弃疾那样的个性胸怀，造就了辛词沉郁顿挫、欲飞还敛的风格。

任湖南安抚使时，修营栅缺少瓦片，当时正处于雨季，无法烧制，他就下令长沙城内外的居民，每家交瓦片，酬劳是一百文，两天内就交齐了。修路缺石块，他让监狱囚徒上山开采石块，按照罪行的轻重，规定他们用所缴的数量来抵罪，短期内就如数凑齐了。

担任江西安抚使，遇上大旱，辛弃疾到任后立即下令囤粮者配，却粮者斩，言出必行，令行禁止，立即收敛，处事明快，粮船连樯而至，米舟十之有三用来救济灾民。但也是这年，辛弃疾被免职，罪名是用钱如泥沙，杀人如草芥。

罢官这一年，岳飞去世。

他的词作中深刻地展现出这个时代的残酷、懦弱、贤佞错位。真可谓是"真鼠枉用，真虎可以不用"。

辛弃疾被贬之后一直都没有死心，黄干劝他不要复出，写了《与辛稼轩侍郎书》一文，指出他不能为时代所用的关键。

文中说他是"以果毅之姿，刚大之气，真一世之雄也"。然而抑遏摧伏，不能使之人尽其才，一旦有警，就会拔起于山谷之间，而可以委之以方面之寄。他不以久闲为念，不以家事为怀，单车就道，风采凛然。然而当时黑白混杂，贤佞混淆，国家尚且自伐，又怎么去讨伐别人呢？

朱熹是辛弃疾的好友，他认为辛弃疾是国家栋梁之材，南宋当时安于逸乐，北伐最后的时机已经过了，如果还要北伐，则需要存钱、存粮、练兵。可惜的是，辛弃疾不能得君行志。

不可谓宋无人，恐怕是高宗不能驾驭之耳。诗人刘过形容他"此老精神精于虎，红颜白发双眼青"。

仕途不得志的辛弃疾，将治军练兵之才用于经营园林居宅。善于理财的他，拥有两处隐居园林，分别是江西上饶带湖和江西铅山瓢泉，园林里的山水林亭常常成为他词作中的意象。

闲散几年之后，他重新被朝廷起用，出任绍兴知州兼浙东安抚使，六十几岁的他应召前往朝廷献策，满怀信心的他希望可以上陈政见。辛弃疾毅然支持北伐，他用心筹划、组织精兵劲旅，到任镇江刚满一年，又因误荐人才的过失而被罢职。返回铅山故宅不久后，朝廷下诏让他伐金，此时他已病体难支，只得回铅山养病。公元1207年，辛弃疾卒于铅山家中。

一心想恢复中原的辛弃疾，壮志难酬，谗毁不休，难抑心中的波涛愤恨、深情幽志，将它们写入词中。

他充分运用抒情、叙事、说理、写景等手法，取材于平生亲历所见的盛衰兴亡，带着强烈深远的历史感和情真意切的时代感，加上他博览经史子集、驰骋百家，使得他的词风多变，具有鲜明生动的幽默感、清丽感、绵密感、悲歌慷慨、缠绵曲折。

苏轼的一生，把路越走越宽，他攀过高峰，尝过美食，看遍人心，赏过美景，知其不可而为之，遇事喜欢往宽处想，有着看尽花开花落、云卷云舒、胜败两忘的豁达。

辛弃疾的一生，把路越走越窄，他年少成名，执戈横槊，进入中年，不得不过着宜醉宜游宜睡、管竹管山管水的无聊生活，但他始终心系祖国山河；

暮年隐退，从未终止恢复中原的宏愿。在弥留之际，仍然不忘杀敌报国。自始至终，辛弃疾心中的爱国信念、报国初心从未动摇。

辛弃疾无论是用剑，还是用笔，他一直都在战斗。

纵使十八年里被贬调十六次，可每一次被起用，他还是一如既往地去谋划、去筹备。

有人会说，辛弃疾真傻，被弹劾、罢废、排挤那么多次，难道不会对朝廷心灰意冷吗？

为什么不学一学陶渊明，隐居田园"采菊东篱下，悠然见南山"？

为什么不学一学苏轼，随遇而安"归去，也无风雨也无晴"？

为什么不能圆滑一点，既然朝廷对你如此，为何还要去为之战斗？

或许，这是辛弃疾的天性，无法改变。

他的本质，就是忠心奋进，他的血液里流淌的是复国的担当，他的骨子里刻下的是伐金的责任。

纵然被贬黜千百次，纵然被虐千万次，但他对宋朝的初心仍未改变。

如果要投票选举南宋的模范干部，辛弃疾肯定可以名列前茅，收获一堆奖状和勋章。

世界上只有一种真正的英雄主义，那就是认清生活的真相之后依然热爱生活。辛弃疾就是这样的英雄，他是南宋朝廷的一块砖，哪里需要哪里搬。

王国维在《人间词话》中说："南宋词，吾独爱辛稼轩一人。"也许是王国维被辛弃疾光辉皎洁的本质打动。

终究，辛弃疾没能当上将军，没能戎马疆场。

历史之中的辛弃疾就这样带着无尽的悲愤远去了，而文学中的辛弃疾却像一座不老的高峰，永远豪迈，永远妩媚。

每当我们抬头仰望这座高峰，总是能真真切切地听到一个初心不改的大英雄，总是可以看到他在夕阳中痛拍栏杆、望眼欲穿的身影，一遍一遍地呐喊，一次一次地表白，捶打着自己的胸膛。

苏词豪迈，旷达超逸，里面充盈了达则兼济天下的抱负；辛词豪放，重剑无锋，里面充盈了执着一生的报国情怀。

苏轼和辛弃疾，都是词坛璀璨的明珠、耀眼的光辉。

他们，用豪情撑起了豪放派的脊梁。

我们，都是世间最心甘情愿的读者。

吴文英

名气不高，但词写得真好

南宋消亡的见证者，宋词中的李商隐

吴文英在江湖上开通"梦窗小词"的公众号时，南宋的词风一直都是豪放派的主旋律。

特别是辛弃疾作为豪放派的领军人物，使得南宋词家写的都是声律铿锵、击剑鸣鼓的豪放词。

刚开通公众号的吴文英，偏偏不写主旋律的豪放词，另辟蹊径在婉约词上开辟一片天地。

不了解吴文英的人，以为他是个姑娘。

第一，吴文英不是女的，只不过名字容易让人误解而已。

第二，吴文英并非姓吴，他与翁元龙为"亲伯仲"，是翁逢龙的弟弟，只不过后来过继给吴家，才改名为吴文英而已。

第三，正史上虽然没有吴文英的传记，但是他的确创作了很多词作，数量颇高。

吴文英终其一生都没考上南宋公务员，流连于苏杭一带，为了生计，他游幕于达官显贵家门，给别人做门客，依靠写词作曲获得一些微薄的收入。

什么是门客？

一笔好字不错，二等才情不露，三斤酒量不醉，四季衣服不当，五子围棋不悔，六出昆曲不推，七字歪诗不迟，八张马吊不查，九品头衔不选，十分和气不俗。

这话说得有点夸张，不过门客的差事也不简单，寄人篱下，精通诗词歌赋，还要陪主人喝酒打牌、消遣娱乐。

在主人家生活，不得不仰人鼻息，必须学会左右逢源的本事，清淡凑趣、以娱主人，因此不得不写一些凑趣、酬答的作品。

比如，吴文英在宦官王虔州的生日宴会上，就写了一首《汉宫春·寿王虔州》：

怀得银符，卷朝衣归袖，犹惹天香。星移太微几度，飞出西江。吴城驻马，趁鲈肥、腊蚁初尝。红雾底，金门候晓，争如小队春行。

何用倚楼看镜，算橘中深趣，日月偏长。江山待吟秀句，梅鬑催妆。东风水暖，弄烟娇、语燕飞墙。来岁醉，鹊楼胜处，轰围舞袖歌裳。

王虔州是天子近臣，衣袖里面散发出来的都是皇家的香味，官威显赫。但是呢，王大人的工作还是比较辛苦的，您应该多出来转一转，体验一下宫门外的生活。

拍了一顿马屁，最后说希望明年还能为王大人过生日。

后来，吴文英开始游幕于苏州转运使署，成为提举常平仓司的门客，长达十年。

有一次，吴文英陪着庾幕诸公登上苏州西面的灵岩山，看到了当年吴国的遗迹，想起了吴国的兴衰，联想到国家偏安一隅，恐怕要重蹈当年吴王夫差沉溺享乐、先胜后败的覆辙，凭吊古人、感时伤今，于是写了一首《八声甘州·陪庚幕诸公游灵岩》：

渺空烟四远，是何年、青天坠长星？幻苍崖云树，名娃金屋，残霸宫城。箭径酸风射眼，腻水染花腥。时靸双鸳响，廊叶秋声。

宫里吴王沉醉，倩五湖倦客，独钓醒醒。问苍波无语，华发奈山青。水涵空、阑干高处，送乱鸦斜日落渔汀。连呼酒、上琴台去，秋与云平。

所谓庾幕，就是指提举常平仓的官衙中的幕友西宾。

与幕友们一起游览古迹，联想到无数仁人志士被迫隐退，同时也感伤自己郁郁不得志，抒发内心的无限感慨。

其实，吴文英并不是不关心国家大事，只不过碍于自己的身份和地位，作为达官显贵的门客，实在是没有什么发言权，只要做好自己的分内之事就可以了。

如果说了一些不该是门客说的话，做了一些不该是门客做的事，稍不注意就会触怒权贵，说不定连自己的饭碗都保不住。

后来，吴文英移居杭州，继续给人做幕僚，与词人吴潜成为好朋友。

吴潜为人大气豪迈，关心国家大事，两人惺惺相惜。

一次，两人一起在苏州名园沧浪亭游玩，相互写诗作词。沧浪亭是五代旧址，见证了无数朝代更迭、世事变迁。

吴文英写道——

乔木生云气。访中兴、英雄陈迹，暗追前事。战舰东风悭借便，梦断神州故里。旋小筑、吴宫闲地。华表月明归夜鹤，叹当时、花竹今如此。枝上露，溅清泪。

遨头小簇行春队。步苍苔、寻幽别坞，问梅开未。重唱梅边新度曲，催发寒梢冻蕊。此心与、东君同意。后不如今今非昔，两无言、相对沧浪水。怀此恨，寄残醉。

吴潜也随之写下——

扑尽征衫气。小夷犹、尊罍杖履，踏开花事。邂逅山翁行乐处，何似乌衣旧里。叹芳草、舞台歌地。百岁光阴如梦断，算古今、兴废都如此。何用酒，儿曹泪。

江南自有渔樵队。想家山、猿愁鹤怨，问人归未。寄语寒梅休放尽，留取三花两蕊。待老子、领些春意。皎皎风流心自许，尽何妨、瘦影横斜水。烦翠羽，伴醒醉。

看到如今的沧浪亭，两人无限感慨，相知相叹。

吴文英在杭州生活期间，邂逅了一位心爱的姑娘苏姬，两人生活了一段时间之后，被迫分开。

端午节那天，吴文英梦见了苏姬，醒来之后抑制不住自己的思念，提笔写了一首《踏莎行·润玉笼绡》：

润玉笼绡，檀樱倚窗。绣圈犹带脂香浅，榴心空叠舞裙红，艾枝应压愁鬟乱。

午梦千山，窗阴一箭。香瘢磨擦褪红丝腕，隔江人在雨声中，晚风菰叶生秋怨。

王国维曾经在《人间词话》中写过这样一段话：

介存谓："梦窗词之佳者，如水光云影，摇荡绿波，抚玩无极，追寻已远。"余览《梦窗甲乙丙丁稿》中，实无足当此者。有之，其"隔江人在雨声中，晚风菰叶生秋怨"二语乎？

在王国维看来，周济对于吴文英的词作评价太高了，他认为吴文英别的词都比较凌乱，唯独"隔江人在雨声中，晚风菰叶生秋怨"这两句才有意境。

吴文英深深爱着苏姬，其经常在他的词作之中出现。

水云共色，渐断岸飞花，雨声初峭。步帷素袅。想玉人误惜，章台春老。岫敛愁蛾，半洗铅华未晓。舣轻桡。似山阴夜晴，乘兴初到。

心事春缥缈。记遍地梨花，弄月斜照。旧时斗草。恨凌波路锁，小庭深窈。冻涩琼箫，渐入东风郢调。暖回早。醉西园、乱红休扫。

后来，吴文英得知苏姬不幸离世的消息之后，他写了一首《风入松·听风听雨过清明》：

听风听雨过清明，愁草瘗花铭。楼前绿暗分携路，一丝柳、一寸柔情。料峭春寒中酒，交加晓梦啼莺。

西园日日扫林亭，依旧赏新晴。黄蜂频扑秋千索，有当时、纤手香凝。惆怅双鸳不到，幽阶一夜苔生。

心爱的苏姬如今已经香消玉殒了，吴文英在清明时节再次来到西园，睹物思人。

伴随着对故人的无限思念，吴文英步入晚年。

暮年的吴文英，客居越州，依旧在权贵的府中做幕客。做了一段时间的幕客之后，吴文英辞掉了工作，孤独老去。

那年的除夕之夜，吴文英孤独无依，落魄不堪，几乎身无分文。在送旧迎新的日子里，吴文英感叹自己的双鬓又增添了白发，痛惜好多年的春节，自己都无法返回家中，与家人共享天伦之乐。

在外面闯荡多年的吴文英，依旧没有实现当年的梦想，如今生活潦倒、生性疏狂。

虽然是新年，可是吴文英却没法添置新衣服，索性连旧衣服也懒得换洗，因为贫穷，连酒也不能赊来独酌守岁，只得折一些梅枝，赏花度过漫漫除夕之夜。

同样又是除夕之夜，吴文英越来越感到寂寞，他只能把这种情绪写入词中，一首《祝英台近·除夜立春》，道尽了吴文英晚年凄凉的生活。

剪红情，裁绿意，花信上钗股。残日东风，不放岁华去。有人添烛西窗，不眠侵晓，笑声转、新年莺语。

旧尊俎，玉纤曾擘黄柑，柔香系幽素。归梦湖边，还迷镜中路。可怜千点吴霜，寒销不尽，又相对、落梅如雨。

节日的喜庆，让吴文英不由得追忆与苏姬度过的美好生活，人生如梦，回忆后满腹愁肠。

人至暮年，再也没有精力去给别人当幕客了，再也没有闲心靠写词作曲换取权贵的开心了。吴文英一生未第游幕到老，晚年因踬以死，留下了一部《梦窗词集》。

他的词风格绮丽，意境邈远，被称作"词家李商隐"。读他的词，一眨眼，就能飞上九天，再眨眼，又能潜入深渊。

稍不注意，还跟不上吴文英的思路。

人们评说吴文英的词作，"求词于吾宋者，前有清真（周邦彦，字清真），后有梦窗（吴文英，字梦窗）"。

姜夔

没有考上公务员的文学全才，孤鹤一般的南宋词人

我的词虽然高冷，但我的心却很温柔

宋朝的词人，大部分都高中进士、入仕为官。

然而，有一部分词人从未中过进士，也没有当过公务员，与山水相伴度过一生，比如梅妻鹤子的主人公、宅男林逋，还有本文的主人公、《扬州慢》的作者姜夔。

公元 1154 年，姜夔出生于一个落魄的官宦之家，父亲在他十四岁的时候就去世了。姜夔只得跟着姐姐生活，直到成年后才独自生活。

与林逋不一样，姜夔想过要考上公务员、拿上铁饭碗，报答含辛茹苦养大他的姐姐。可是，从公元 1174 年到 1183 年，姜夔参加了四次国家公务员考试，都没考上。

没有考上公务员的姜夔在家乡父老的面前颜面尽失，为了不增加家里的负担，姜夔离开家乡，到外面闯荡一番。

由于没有外出计划，他只得到处流浪漂泊。

家庭条件艰苦的姜夔，并未亏待自己的才华。他在音律、词曲、散文等方面均有研究，精通研习，堪称南宋末期翻版全才苏轼。

姜夔辗转扬州、江淮、湖南一带，为了生活，他将自己的词作曲赋卖给青楼酒肆，换一些钱维持生计。

因此，他的那些词曲开始在大街小巷之间传唱，穿梭在南宋街头的繁花似锦之中。

后来，姜夔结识了诗人萧德藻，这位朋友的家境不错，进士出身，与范成大、杨万里、陆游等大诗人齐名。

这里简单说一下范成大。在偏安一隅的南宋，有那么一个人，无论在哪个领域混，名声都是响当当的。在南宋政界，二十多岁的他考取进士以后，成为政坛的常青树；在诗词界，是"中兴四大诗人"之一；在书法界，集百家之长，融合一体，被称为"近世以能书称"。这个人就是南宋范成大，与杨万里、陆游、尤袤合称南宋"中兴四大诗人"。

再说一说杨万里。他是"诗坛霸主"，也是转变南宋诗风的关键人物，他创造出流传后世的"诚斋体"，与之前的西昆体占据了南北宋诗坛的半壁江山，而且他还是个爱国诗人。

当时，萧德藻很欣赏姜夔。调任湖州的时候，萧德藻还专门带上了姜夔，并且还向文坛"大V"杨万里和范成大极力推荐姜夔。在他们的推荐下，姜夔的名气很快在江湖传开了。

杨万里对姜夔的诗十分赞赏，写了一首诗：

> 尤萧范陆四诗翁，此后谁当第一功。
> 新拜南湖为上将，更差白石作先锋。
> 可怜公等俱痛绝，不见词人到老穷。
> 谢遣管城侬已晚，酒泉端欲乞移封。

姜夔以湖州为大本营，开始四处游历。

在合肥居住期间，有一次宴会，一个歌伎能歌善舞，吟唱了他的词作，嗓音特别好听，身段翩若惊鸿。

这姑娘住在城南的赤阑桥畔，一个垂柳掩映的里巷人家。两姐妹擅长弹奏琵琶，姜夔与之相知、相识，并与其中一位相爱。

两人虽深深相爱，可是却避免不了现实问题。

"没房、没车、没存款"的三无人士，自然得不到女方父母的青睐，因为现实问题，两人难以厮守终生，姜夔只得被迫离开合肥。

爱情不顺、仕途受挫、生存艰难、穷困辛酸，姜夔不得不布衣终生。

后来，姜夔为了纪念这段刻骨铭心的爱情，写了二十多首词反复回味，这些词在他的词作中占了四分之一。

比如这首《鹧鸪天·元夕有所梦》：

> 肥水东流无尽期。当初不合种相思。
>
> 梦中未比丹青见，暗里忽惊山鸟啼。
>
> 春未绿，鬓先丝。人间别久不成悲。
>
> 谁教岁岁红莲夜，两处沉吟各自知。

与这位姑娘相思二十多年以来，姜夔多次寄居在合肥，偶尔与该女子碰见。

公元 1191 年，姑娘离开合肥。

范成大邀请姜夔前往苏州，两人经常踏雪赏梅、吟诗作对。后来，范成大举行冬宴，姜夔也参加了宴会。

大才子姜夔喝到兴起，提笔写了一首《暗香·旧时月色》：

> 旧时月色，算几番照我，梅边吹笛。唤起玉人，不管清寒与攀摘。何逊
> 而今渐老，都忘却，春风词笔。但怪得，竹外疏花，香冷入瑶席。
>
> 江国。正寂寂。叹寄与路遥，夜雪初积。翠尊易泣，红萼无言耿相忆。
> 长记曾携手处，千树压，西湖寒碧。又片片吹尽也，几时见得？

这首词写完之后，又写了一首《疏影·苔枝缀玉》：

> 苔枝缀玉，有翠禽小小，枝上同宿。客里相逢，篱角黄昏，无言自倚

修竹。昭君不惯胡沙远，但暗忆、江南江北。想佩环、月夜归来，化作此花幽独。

犹记深宫旧事，那人正睡里，飞近蛾绿。莫似春风，不管盈盈，早与安排金屋。还教一片随波去，又却怨，玉龙哀曲。等恁时、重觅幽香，已入小窗横幅。

这两首词惊艳了在座的宾客，范成大拍手叫好："写得好！老铁！"立即让歌伎演唱出来。

那些梅花，在姜夔的笔下，被赋予了人的情感，它们有思念和期盼，也有哀怨愁恨，这何尝不是姜夔的自我写照呢。

面对冰冷无情的现实，姜夔并没有对生活失去信心。出身低微的他，同样同情这世间那些遭遇不幸的人们。

对于那些命苦的女人，姜夔写下了"红乍笑，绿长嚬。与谁同度可怜春。鸳鸯独宿何曾惯，化作西楼一缕云"的诗句。

听到被封建礼教残害、没有嫁给爱情的姑娘，姜夔提笔写下"扁舟载了，匆匆归去，今夜泊前溪。杨柳津头，梨花墙外，心事两人知"的诗句。

后来，姜夔娶了范成大的歌女，两人感情深厚，夫唱妇随，让他有了家的感受。可是，婚后两人的日子一贫如洗，没有收入，怎么谈诗和远方。

公务员考试屡次失败、漂泊多年的姜夔，想"曲线做官"，他对音乐相当有研究，就向朝廷写了两篇《大乐议》和《琴瑟考古图》，希望有人可以赏识他的才华，进而赐他个一官半职，没想到文章石沉大海。

后来他想，是不是朝廷不喜欢他的音乐作品，干脆写了一篇《圣宋铙歌鼓吹十二章》献上朝廷。这次，姜夔的才华终于被朝廷发现了，朝廷允许姜夔破格去考进士。

姜夔开心得像个孩子，他回到家中，把以前的书复习了一遍又一遍，信心满满地参加考试，结果是没考中。

经过两次打击，姜夔觉得自己没有做南宋公务员的命，便不再折腾了。

姜夔虽然过的是依赖别人的清客生活，但不同于仰人鼻息的食客。当时，富家公子张鉴非常欣赏姜夔的才华，提出想要帮姜夔买个官做。

买官？换作别人，早就乐开花了。

可是姜夔却说道："老铁，你的心意我领了。但是我不行，这样的方式我宁可终生不仕。"

他始终保持着文人的清高和风骨，他希望别人推荐自己，是因为自己的才华，而不是这种方式。与其这样，不如粗茶淡饭，潦倒一生。

姜夔与张鉴的情谊很深，"十年相处，情甚骨肉"。

随着杨万里、范成大等一个个好友相继去世，只会作诗填词的姜夔生活更加困顿。祸不单行的是，后来杭州发生火灾，很多房屋都被烧毁殆尽，姜夔的房子也被烧毁。为了生存，姜夔不得不再次奔走他乡。

公元 1221 年，姜夔在困顿的生活中病逝，终年六十七岁。

病逝之后，家里连办丧事的钱都没有，好朋友们集资把他安葬在了杭州钱塘门外的西马塍。

斜杠青年、布衣才子的困顿生命，画上了句号。

让我们再次欣赏姜夔的那首《扬州慢》。公元 1176 年，姜夔路过扬州。他想象的扬州一定是"天下三分明月夜，二分无赖是扬州"。或者是"夜市千灯照碧云，高楼红袖客纷纷"。怎么也没想到竟然是现在的模样，草木衰败，园林荒废。

淳熙丙申至日，余过维扬。夜雪初霁，荠麦弥望。入其城则四顾萧条，寒水自碧，暮色渐起，戍角悲吟；余怀怆然，感慨今昔，因自度此曲。千岩老人以为有《黍离》之悲也。

　　淮左名都，竹西佳处，解鞍少驻初程。过春风十里，尽荠麦青青。自胡马窥江去后，废池乔木，犹厌言兵。渐黄昏、清角吹寒，都在空城。

　　杜郎俊赏，算而今、重到须惊。纵豆蔻词工，青楼梦好，难赋深情。二十四桥仍在，波心荡、冷月无声。念桥边红药，年年知为谁生？

　　姜夔所处的时代，恰好是南宋王朝和金朝南北水火不相容的时候，姜夔途经饱受金人蹂躏的扬州，感慨万千，写了这首千古名作。昔日淮河左畔繁华的都市在战火的蹂躏下变得如此荒凉颓废，空寂的城池里面回荡着号角的声音，目之所及野草漫地，已不复当年模样。

　　姜夔的人格如巍巍山峰，孤寂傲岸。

　　姜夔的词作如孤月寒梅，如"野云孤飞，去留无迹"。

　　清而空，幽而雅，冷而柔，清而刚。

　　冷如"淮南皓月冷千山"，明明是炽烈的深情，却偏要以"冷"写之。

　　冷如"波心荡，冷月无声"，明明是对故国沦丧的愤恨与悲痛，却仍要以"冷"写之。

　　姜夔在他的词中抒发了自己虽然流落于江湖，但是不忘君国的感时伤世的情怀，描写了流浪漂泊的羁旅生活，抒发自己不得用世及情场失意的苦闷心情，以及彰显了他与生俱来的超凡脱俗、飘然不群，有如孤云野鹤般的独特个性。

　　经历四朝的姜夔，虽然未谋得一官半职，布衣终老，但是人们敬重他的人格，欣赏他的词作。

　　南宋文坛为他，留下一席之地。

蒋捷

宋朝最后一场雨，道尽人生的境遇

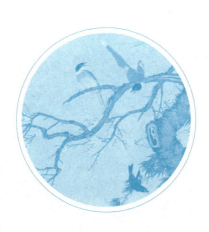

他的逝去，代表宋词的结束

　　宋词的末世之音，从崖山海战之后，开始颓靡。

　　那场战争，据说有十万人殉国。这其中的痛苦和啃噬折磨，留给了无数活着的词人。

　　比如，竹山先生——蒋捷。

　　显然这些末世词人，伴随着南宋灭亡的盛世挽歌，都不出名。

　　作为宋词的终结者，历史上的蒋捷连具体的生卒年都没有。

　　出生于书香世家、心怀报国之志的蒋捷，曾经中过进士，本想一展才华的他，没想到二十九岁考中进士，五年后南宋就灭亡了。

　　公元 1274 年，蒋捷本来要前往临安参加南宋的殿试，航船经过吴江时，两岸的景色引发了他的离愁别绪。

　　一片春愁待酒浇。江上舟摇。楼上帘招。秋娘度与泰娘娇。风又飘飘。雨又萧萧。

　　何日归家洗客袍。银字笙调。心字香烧。流光容易把人抛。红了樱桃。绿了芭蕉。

　　心中的愁闷连绵不断，急需排解愁绪，航船逐浪起伏，缓缓向前滑动，带出了蒋捷的动荡漂泊之感。

　　此时，江岸边上酒楼悬挂的酒招子，正在迎风摇摆。盼着漂泊归去，可是偏偏又遇到不解人意的鬼天气。

　　想象回到家后的温暖生活，思归的心情更加急切。想象结束旅途的劳顿，换掉衣服，妻子调弄起镶有银字的笙，点燃熏炉里心字形的香。实在是相当美好。

时光匆匆流逝，难以琢磨，可是当夏天的樱桃成熟变红，芭蕉叶子变为深绿，春去夏又到，让人不由得感叹年华易逝、人生易老。

按理说，南宋王朝的新科进士，本应该春风得意，为什么要愁绪满怀呢？

因为，蒋捷已经依稀感受到了敌人铁蹄侵略的声音，预感到了日暮西山的南宋朝廷。

果然，五年后，南宋朝廷覆灭人手，在他的词中，也体现出了怀念故国的沉痛。

梦冷黄金屋。叹秦筝、斜鸿阵里，素弦尘扑。化作娇莺飞归去，犹认纱窗旧绿。正过雨、荆桃如菽。此恨难平君知否，似琼台、涌起弹棋局。消瘦影，嫌明烛。

鸳楼碎泻东西玉。问芳悰、何时再展，翠钗难卜。待把宫眉横云样，描上生绡画幅。怕不是、新来妆束。彩扇红牙今都在，恨无人、解听开元曲。空掩袖，倚寒竹。

蒋捷做了一个很凄美的梦，黄金屋冷，叹筝蒙尘，莺归旧窗，雨后樱桃都是梦中情景。梦醒之后，亡国之痛却突然涌上心头，这种恨，如同玉石雕刻的弹棋局，中心隆高永远难以平伏。心情实在悲愤，导致消瘦不堪，因此连自己都嫌弃不忍心看着灯下的孤影。

宫中的楼阁、酒杯碎了，美酒倾倒出来，也暗示着国破家亡。

那些宫中佳丽如今在哪里，心仪之人又在哪里呢？

希望可以远远看见她头上的翠钗，可是生死未卜。

既然再难相见，就把思念寄托在画像上吧。

南宋没有给蒋捷施展才华的机会，但蒋捷却给南宋当了一辈子的守灵人。

才华横溢的蒋捷，在国家灭亡之后，毫无用武之地。尽管自己穷困潦倒，他也没有在元朝做官。

从此，蒋捷隐居不仕，留下了一首首末世之音。

在乱世隐居，是一段漫长艰辛的旅程，绝对不是浪漫的人生征途。为了谋生，蒋捷不得不写一些字，拿去地摊上贩卖，那个本来填词作诗的才能，也只能在给别人编造家谱的过程中发挥点作用。

公元 1299 年，在一片江南竹林的深处，蒋捷伏案夜灯之下，一边聆听窗外细碎的秋雨，一边写着自己一生的感受。

这首《虞美人·听雨》之后，三百多年的宋词时代宣告终结，开始进入元曲时代。

少年听雨歌楼上，红烛昏罗帐。壮年听雨客舟中，江阔云低，断雁叫西风。

而今听雨僧庐下，鬓已星星也。悲欢离合总无情，一任阶前，点滴到天明。

蒋捷回忆自己的一生，把听雨的过程娓娓道来。

少年时期，跟着自己心仪的姑娘，一起听那雨打芭蕉的声音，盏盏红烛下是昏暗的罗帐。此时国家安定，自己无忧无虑，放浪不羁，如同一张白纸，听雨是一件很幸福的事情，意气风发、轻舞飞扬。

到了中年，江阔水清，一叶孤舟，如沧海一粟。大雁划过天际，这雨下得猝不及防，站在船头，凝视着雨点落在水中荡漾出圈圈涟漪。

此时兵荒马乱，东奔西走，四处流浪，自己有了一定的社会阅历，再次听雨，内心肝肠寸断，百折千回、韵味悠长。

到了暮年，蒋捷已经白发苍苍，寄居在僧庐之中，伴随青灯黄卷，让自己的心安定。深秋时节，枯叶满地，三更时分下起了大雨，本就无眠的蒋捷，认真倾听雨声，懒得起来关窗。

此时江山易主，自己也快要走到生命的尽头，这雨声听起来，似是无可奈何，又似声声叹息。

听了一辈子的雨，如今再次面对雨声，蒋捷可以说是无动于衷了。

第一幅画是楼上听雨，第二幅画是舟中听雨，第三幅画是僧庐听雨，三幅画构成了蒋捷的一生。

蒋捷的少年风流、壮年飘零、晚年孤冷，从中可以透见宋王朝由兴到衰、由衰到亡的嬗变轨迹。

人这一生的悲欢离合，都在听雨的过程中落幕。

暮年的蒋捷，隐居在无锡太湖之滨。经历过生活的折磨，见证过命运的浮沉，蒋捷的笔法愈加洗练缜密、沉郁苍凉。在此期间，他也写了一些词作。

比如这首《贺新郎·秋晓》：

渺渺啼鸦了。亘鱼天、寒生峭屿，五湖秋晓。竹几一灯人做梦，嘶马谁行古道。起搔首、窥星多少。月有微黄篱无影，挂牵牛、数朵青花小。秋太淡，添红枣。

愁痕倚赖西风扫。被西风、翻催鬓鬓，与秋俱老。旧院隔霜帘不卷，金粉屏边醉倒。计无此，中年怀抱。万里江南吹箫恨，恨参差、白雁横天杪。烟未敛，楚山杳。

这首词中，包含了蒋捷的不幸身世、亡国之痛，只能在愁绪和焦躁中了却残生。

　　蒋捷与周密、张炎、王沂孙并称"宋末四大家"，这位静默的"樱桃进士""竹山先生"，这位自始至终保持高洁的气节而孤独终老、一生穷困潦倒但仍矢志不渝的南宋末期爱国词人，属于宋词的辉煌时代，在他最后的吟唱中，拉下帷幕。

　　最后，让我们再次看看什么是宋词？

　　在文学体裁上面，一般分为唐诗、宋词、元曲、明清小说，这其中当属宋词的发展历程比较曲折，无论是诗，还是词，都和音乐有着不小的关系。在唐朝时期，民间开始出现了按照音乐来填词的创作方式，大体而言，词最开始是倚靠声音制作，由歌伎弹唱，目的是为了娱宾遣兴。

　　五代十国时期，词开始崛起，参与填词的文人越来越多；到了宋初，词在题材和语言风格上面，已经形成了定局；到了北宋中期，以大文豪苏轼为主的改革家们，大胆突破了词在音律上的束缚，使得词从音乐的附属品变成了独立的体裁；到了南宋前期，宋词得到空前繁荣，南宋后期开始衰落。

　　词的风格分为豪放派和婉约派，豪放派的代表有苏轼、辛弃疾等人，婉约派的代表有柳永、李清照等人。在这些人的带领之下，词终于在诗歌江湖中有了自己的一片天地。